# NORA ROBERTS



# La rebelle amoureuse

*Collection :* NORA ROBERTS

*Titre original :* THE HEART'S VICTORY

*Traduction française de* ANDREE JARDAT

HARLEQUIN®
est une marque déposée par le Groupe Harlequin

*Photos de couverture*
*Femme :* © MEGGIE CASAGRANDE/GETTY IMAGES
*Réalisation graphique couverture :* M. GOUAZE


83-85, boulevard Vincent-Auriol, 75646 PARIS CEDEX 13.
Service Lectrices — Tél. : 01 45 82 47 47
www.harlequin.fr
ISBN 978-2-2802-8483-7

# *Chapitre 1*

Foxy passa en revue le dessous de la MG. Une forte odeur d'huile et d'essence l'assaillit tandis qu'elle resserrait les joints de culasse.

— Excuse-moi, Kirk, lâcha-t-elle soudain d'une voix teintée de sarcasme. J'ai oublié de te remercier pour la salopette que tu m'as si gentiment prêtée.

— Pas de quoi. Je suis ton frère, non ?

Foxy ne voyait de ce dernier que le bas de son jean tout effrangé et ses baskets crasseuses ; pourtant, elle devina le petit sourire moqueur qui accompagnait ses paroles.

— C'est merveilleux de constater à quel point tu n'as pas changé ! répliqua-t-elle. Toujours les idées aussi larges, n'est-ce pas ?

La jeune femme prit le temps de donner un nouveau tour de clé avant d'ajouter :

— Je connais des frères qui n'auraient jamais laissé leur sœur changer elle-même le câble de transmission de leur voiture.

— Peut-être. Mais tu sais bien que moi, je suis pour l'égalité des sexes !

Foxy relâcha un instant son attention et regarda les baskets s'éloigner en direction de l'établi, au fond du garage. Elle entendit le cliquetis sec d'outils que l'on remettait en place.

— Et je peux t'assurer que si tu n'avais pas choisi de devenir photographe, je t'aurais embauchée pour faire partie de mon équipe de mécaniciens !

— Heureusement pour moi, je préfère nettement le révélateur à l'huile des moteurs ! ironisa-t-elle.

Elle s'essuya la joue du revers de la main.

— Quand j'y pense ! Si Pamela Anderson n'avait pas eu besoin de moi pour les photos de son reportage, je ne serais pas là, en train de farfouiller dans les entrailles de cette voiture !

C'est lorsqu'elle entendit le petit rire bref et chaleureux de son frère que la jeune femme réalisa à quel point ce dernier lui avait manqué. Peut-être était-ce parce qu'elle avait eu le bonheur de le retrouver tel qu'en son souvenir, malgré les deux années qui les avaient séparés, juste comme s'ils s'étaient quittés la veille, le visage marqué des mêmes rides et des mêmes légères cicatrices qui promettaient, avec l'âge, de lui conférer un charme supplémentaire. Son sourire, ses yeux, chacun de ses gestes exprimaient toujours l'insouciance qui le caractérisait. Ses boucles blondes, de la couleur des blés mûrs, n'avaient rien perdu de leur volume, et les fines extrémités de sa moustache se retroussaient toujours de la même façon comique lorsqu'il souriait. Foxy l'avait pratiquement toujours connu ainsi. Elle avait six ans et lui seize lorsqu'il avait décidé de se laisser pousser la moustache. Dix-sept ans plus tard, celle-ci faisait toujours partie des attributs de séduction de son frère.

Enfant, Foxy vénérait son grand frère. Il était son héros, et elle exultait lorsqu'il l'autorisait à le suivre dans son sillage. C'était lui qui l'avait affublée du surnom de « Foxy », et la petite Cynthia Fox de dix ans qu'elle était alors s'était accrochée à ce sobriquet comme s'il avait été le plus beau des cadeaux. Lorsque Kirk avait quitté le cocon familial pour poursuivre une carrière de pilote professionnel, elle n'avait alors vécu que dans l'attente des courtes lettres qu'il leur envoyait et de ses trop rares visites. Il avait à peine vingt-trois ans lorsqu'il remporta sa première course importante. Foxy, elle, allait sur ses treize ans.

Cette année-là fut aussi celle d'une peine indescriptible dont, aujourd'hui encore, elle portait les stigmates.

Il était tard lorsque Foxy et ses parents, après quelques courses en ville, avaient repris en voiture le chemin de la maison. La chaussée était recouverte d'une couche de neige glissante. Foxy regardait les gros flocons s'écraser mollement contre les vitres, peu attentive à la musique de Gershwin que diffusait la radio. Elle s'était allongée sur la banquette, avait fermé les yeux et s'était mise à fredonner un air de variété plus approprié à la jeune adolescente qu'elle était alors.

Rien ne laissait présager que la voiture allait entamer un dérapage incontrôlable et, pourtant, elle s'était brusquement mise à tournoyer, d'abord lentement, puis gagnant de la vitesse à mesure que les pneus glissaient un peu plus sur la neige mouillée. Foxy avait vu un tourbillon blanc, en même temps qu'elle avait entendu son père jurer tandis qu'il essayait vainement de rétablir la situation. Ses injures s'étaient perdues dans une secousse terrible et un bruit sinistre de tôle froissée.

Foxy avait senti la morsure de la neige sur son visage, une douleur fulgurante lui traverser le corps. Puis plus rien.

Lorsque, deux jours plus tard, elle avait enfin ouvert les yeux, Kirk était là, penché tendrement sur elle. Le premier mouvement de joie de la fillette avait bien vite été balayé par le mélange d'émotions qu'elle avait lu dans les yeux de son frère : lassitude, douleur, mais aussi résignation. Elle avait alors refermé les yeux, refusant de croire à la réalité. Tout doucement, Kirk s'était penché vers elle et lui avait murmuré :

— Nous serons toujours là l'un pour l'autre, Foxy. Et je vais m'occuper de toi.

Et il avait tenu sa promesse. A sa façon. Durant les quatre années qui avaient suivi le drame, Foxy avait été ballottée de circuit en circuit, subissant un programme scolaire qui l'assommait et que lui dispensaient des précepteurs recrutés au gré de leurs pérégrinations.

A un âge où l'on était censé apprendre l'algèbre et l'histoire, Cynthia Fox, elle, savait monter et démonter un moteur de voiture les yeux fermés, et grandissait tant bien que mal dans un monde exclusivement masculin, rythmé de vapeurs d'essence et de vrombissements d'engins de course.

Car Kirk Fox vouait sa vie à sa passion : la course automobile. Ce qui lui faisait parfois oublier jusqu'à l'existence de Foxy. Mais celle-ci l'acceptait, reconnaissante à son frère du sentiment de sécurité qu'il lui offrait malgré tout.

Plus tard, la découverte du monde universitaire fut un grand choc pour elle. Sa perception des choses et des gens s'élargit en même temps qu'elle découvrait les mesquineries de ses camarades de dortoir, et que sa personnalité s'affirmait. Elle comprit alors que le cercle élitiste des clubs et associations en tout genre n'était pas fait pour elle, et que l'éducation pour le moins laxiste qu'elle avait reçue avait fait d'elle une personne libre et indépendante, rebelle à toute forme d'autorité.

Dégingandée et timide lorsqu'elle avait intégré le campus, elle s'était peu à peu transformée en une séduisante jeune femme, mince et élancée, douée d'une grâce innée, et qui s'était découvert une passion pour la photographie. Elle avait passé les deux années suivantes à construire sa carrière, ne ménageant aucun effort pour parvenir au but qu'elle s'était fixé.

Aujourd'hui, à vingt-trois ans, elle considérait comme un cadeau tombé du ciel le contrat qu'elle venait de signer avec Pamela Anderson et qui lui permettrait de travailler tout en passant du temps avec son frère.

— J'imagine que tu seras choqué d'apprendre que je n'ai pas mis les mains dans le cambouis depuis deux ans, avoua-t-elle en donnant un dernier tour de clé.

— Et comment te débrouillais-tu lorsque tu avais un problème ? s'enquit Kirk en jetant un dernier coup d'œil sous le capot de la MG.

— Je la portais chez un garagiste, grommela la jeune femme. Comme tout le monde.

— Avec l'expérience que tu as ? Mais c'est un crime !

— Je n'avais pas le temps, figure-toi, se défendit Foxy. J'ai quand même changé moi-même les bougies et les vis platinées le mois dernier.

Kirk referma le capot et l'essuya à l'aide d'un chiffon doux.

— Cette voiture est une véritable pièce de collection. Tu ne devrais laisser à personne d'autre que toi le soin de la toucher.

— Je ne peux quand même pas…

Elle s'interrompit au bruit d'une voiture qui arrivait dans la cour et entendit Kirk saluer le nouvel arrivant.

— Hé, ce n'est pas un endroit pour un homme d'affaires comme toi !

— Que veux-tu, je tiens à vérifier mon investissement.

Les mains de Foxy se mirent à trembler, son cœur à battre plus fort.

Lance Matthews.

« Ne sois pas ridicule. Tu ne peux pas lui en vouloir encore, pas après six ans ! »

De son poste restreint d'observation elle ne voyait de lui que ses baskets avachies et le bas de son jean qui, tout comme celui de Kirk, était effrangé.

— Il faut toujours qu'il fasse du genre, grommela-t-elle à voix basse en réprimant un reniflement indigné.

Six ans ! Il était peut-être enfin devenu supportable aujourd'hui. Elle en doutait, pourtant.

— Je n'ai pas pu assister aux tours d'essai ce matin, lança-t-il. Alors, comment s'est comportée cette petite merveille ?

— Elle passe à plus de deux cents.

Un petit claquement sec suivi du bruit mousseux d'une canette de bière que l'on ouvrait et Kirk reprit :

— Charlie tient absolument à y faire quelques réglages supplémentaires mais elle est au top. Vraiment au top.

Au ton de sa voix, Foxy comprit que son frère avait déjà oublié sa présence. Ne comptaient plus désormais que son nouveau bolide et les courses qu'il allait disputer.

Elle distingua le bruit ténu d'une boîte que l'on refermait puis, quelques secondes après, reconnut la fumée caractéristique des cigarillos de Lance. Elle se frotta le nez, comme pour chasser les souvenirs liés à cette odeur.

— C'est ton nouveau jouet ? demanda Lance en se dirigeant vers la MG.

Foxy l'entendit soulever le capot.

— On dirait le jouet que tu as offert à ta sœur lorsqu'elle a décroché sa licence, ajouta-t-il. Qu'est-ce qu'elle devient au fait ? Elle s'amuse toujours avec ses appareils photo ?

Outrée, Foxy donna une impulsion à la planche à roulettes et jaillit de sa cachette.

— C'est effectivement le même *jouet*, riposta-t-elle froidement en se relevant. Quant à mes appareils photo, ce sont mes outils de travail.

A travers son indignation, Foxy nota que Lance Matthews était plus séduisant que jamais. Ces six années avaient creusé des rides sur son visage taillé à la serpe et pourtant il était toujours aussi beau. « Beau » n'était pas le terme exact, trop faible pour qualifier Lance Matthews. Ses cheveux, d'un noir de jais, retombaient en boucles indisciplinées sur son visage et dans son cou. Ses sourcils, parfaitement dessinés, accentuaient la couleur de ses yeux dont la teinte pouvait varier, selon son humeur, du gris anthracite à un gris plus doux. Ses traits aristocratiques se trouvaient renforcés par la légère cicatrice qui lui barrait le front. Il était plus grand que Kirk, plus musclé aussi, et doté d'une décontraction toute féline. Mais Foxy savait que sous cette apparente nonchalance se cachait une grande conscience professionnelle qui lui avait d'ailleurs valu d'être, à vingt ans, l'un des plus grands coureurs automobiles de son temps. On disait alors de lui qu'il avait la précision d'un chirurgien, l'instinct d'une bête sauvage et les nerfs du diable. A trente ans, et alors qu'il venait de remporter le titre de champion du monde, il avait brutalement mis un terme à sa carrière pour se lancer dans le design et le sponsoring.

Foxy s'attarda sur le sourire narquois qui flottait sur les lèvres de Lance et qui le caractérisait si bien.

— Ça, alors ! Mais c'est notre petite Fox ! s'exclama-t-il en fixant ostensiblement la tenue débraillée de la jeune femme. Tu n'as pas changé !

— Toi non plus, rétorqua-t-elle, furieuse de se sentir encore sous son charme. Dommage, d'ailleurs !

Elle avait soudain la désagréable impression de se retrouver dans la peau de l'adolescente timide et maladroite qu'elle était jadis. Mais elle reconnaissait qu'à cet instant elle n'était pas vraiment à son avantage. Son visage devait être couvert de cambouis, elle flottait littéralement dans la salopette prêtée par son frère, et tenait un crochet dégoulinant de graisse à la main. Il y avait mieux pour se sentir séduisante et en pleine possession de ses moyens.

— Je vois que ta langue est toujours aussi affûtée, railla Lance, son éternel sourire au coin des lèvres.

Le fait de retrouver la gamine mal embouchée qu'elle était six ans auparavant semblait manifestement beaucoup l'amuser.

— Je t'ai manqué ? ajouta-t-il.

— Tu n'imagines même pas à quel point ! ironisa à son tour Foxy en tendant le crochet à son frère.

— Toujours aussi peu de respect pour ses aînés, n'est-ce pas ? fit remarquer Lance en s'adressant cette fois à Kirk.

Puis il braqua les yeux sur le visage maculé de la jeune femme et ajouta d'un air faussement distrait :

— Je t'embrasserais bien mais j'avoue que je n'aime pas particulièrement le goût de l'huile de moteur.

— Heureusement pour moi !

Du coin de l'œil, Kirk suivait le débat animé entre sa sœur et son ami, et se gardait bien d'intervenir.

— Dis-moi, Foxy, tu comptes t'exhiber dans cette tenue pendant toute la durée de la saison ? plaisanta-t-il en allant reposer l'outil à sa place.

— La saison ? s'étonna Lance en tirant lentement sur son cigare. Tu as l'intention de faire la saison avec nous, Fox ? Sacrées vacances !

Foxy essuya lentement ses mains pleines de cambouis sur sa salopette et redressa les épaules.

— Je ne suis pas là en tant que groupie, figure-toi, mais en tant que photographe, lança-t-elle avec une pointe de fierté.

— Oui, renchérit Kirk. Foxy va travailler avec Pam Anderson, la journaliste. Je croyais te l'avoir dit.

— Je t'ai vaguement entendu parler d'elle, en effet, murmura Lance en détaillant longuement le visage de la jeune femme. Ainsi, reprit-il pensivement, tu vas renouer avec les circuits ?

Foxy retrouva l'intensité troublante du regard de Lance, regard quelquefois si intense, se souvenait-elle, qu'elle en avait le souffle coupé. Elle n'était pourtant qu'une adolescente lorsqu'elle avait perçu pour la première fois l'incroyable sensualité qui se dégageait de l'ami de son frère. Mais si elle trouvait alors cette attirance fascinante, elle en connaissait aujourd'hui les dangers.

— Absolument ! lança-t-elle d'un air de défi. Dommage que tu ne sois pas des nôtres !

— Eh bien, réjouis-toi, riposta Lance, je serai là. Kirk va piloter une voiture de ma création. Tu penses bien que je ne vais pas laisser passer une chance pareille de le voir gagner. J'imagine que je ferai la connaissance de Pamela Anderson à ta soirée, ajouta-t-il en se tournant vers Kirk.

Puis il porta de nouveau son attention sur Foxy et lui tapota gentiment la joue avant de tourner les talons et de se diriger vers la sortie.

— Surtout, ne te lave pas le visage ! lança-t-il, narquois, en s'éloignant, je risquerais de ne pas te reconnaître. Et j'ai bien l'intention de t'inviter à danser, en souvenir du bon vieux temps !

— Tu peux compter là-dessus ! lui cria Foxy qui regretta aussitôt son comportement puéril.

Elle jeta un coup d'œil à son frère.

— Le choix de tes amis me surprendra toujours, laissa-t-elle tomber en retirant sa salopette.

Kirk haussa les épaules et regarda Lance quitter le parking.

— Tu ferais mieux d'aller tester ta voiture avant de rentrer à la maison. Elle pourrait avoir besoin d'un petit réglage.

Foxy poussa un profond soupir.

— Tu as raison, j'y vais.

Foxy choisit pour la soirée une robe longue, lavande et verte, dont le crêpe de Chine était aussi fin que du papier de soie. C'était une robe romantique mais sexy, dont le drapé fluide laissait deviner le galbe parfait de ses jambes. La jeune femme songea avec satisfaction que Lance Matthews en serait pour ses frais : Cynthia Fox n'était plus l'adolescente garçon manqué qu'il avait connue. Elle accrocha deux anneaux d'or à ses oreilles et alla se planter devant le miroir pour juger de l'effet obtenu.

Elle détailla sans complaisance la masse épaisse de ses boucles fauves cascadant sur ses épaules, son visage racé aux pommettes hautes, ses yeux verts en amande. Quelque chose de sauvage et de sensuel émanait de cette beauté singulière. Ses traits fins, son teint diaphane lui donnaient l'apparence d'une fragilité que démentaient le feu de sa chevelure et la droiture de son regard. En observant son reflet dans le miroir, la jeune femme eut le sentiment que cette soirée serait celle de tous les défis.

Elle était en train d'enfiler ses chaussures, lorsque quelqu'un frappa à la porte.

— Foxy, je peux entrer ? demanda Pam Anderson en entrebâillant la porte.

Elle n'attendit pas d'y avoir été invitée pour s'avancer dans la pièce.

— Oh ! s'exclama-t-elle en découvrant son amie. Tu es magnifique !

Foxy se retourna, sourire aux lèvres.

— Toi aussi.

En effet, la robe en mousseline de soie bleu pâle que portait Pam seyait à merveille à ses allures de poupée délicate. Une fois encore, Foxy se demanda comment cette petite beauté blonde avait pu asseoir avec autant de succès sa carrière de journaliste free lance. Par quel miracle parvenait-on à décrocher des interviews d'une telle profondeur lorsque l'on affichait, comme elle, des airs d'orchidée fragile ?

— N'est-ce pas merveilleux de démarrer un nouveau contrat par une soirée ? dit Pam en regardant la jeune femme brosser énergiquement ses cheveux. La maison de ton frère est vraiment charmante, Foxy. Et ma chambre, parfaite.

— En fait, c'est la maison de notre enfance, précisa Foxy en s'enveloppant d'un nuage de parfum. Kirk en a fait son camp de base. Elle est si proche du circuit d'Indianapolis !

— En tout cas je trouve ton frère très sympathique. Et très généreux de m'héberger jusqu'à ce que nous attaquions les circuits.

Foxy éclata de rire et s'approcha un peu plus près du miroir pour passer un bâton de rouge sur ses lèvres.

— C'est vrai, Kirk est sympathique… lorsqu'il daigne s'intéresser à autre chose qu'à ses courses. Mais tu auras très vite l'occasion de t'en rendre compte par toi-même.

Elle regarda attentivement sa bouche puis, satisfaite, referma le tube.

— Pam…, commença-t-elle en croisant dans le miroir le regard de son amie, puisque nous allons vivre ensemble pas mal de temps, autant que tu saches comment fonctionne Kirk. Il est…

Elle soupira, cherchant ses mots.

— Comment dire ? En fait, pas si sympathique que ça. Parfois même, il peut se révéler odieux. La course automobile est toute sa vie, et il a une fâcheuse tendance à croire que, comme les voitures qu'il pilote, les gens sont des machines sans cœur et insensibles.

— Tu l'aimes beaucoup, n'est-ce pas ?

— Plus que tout, assura Foxy en se tournant vers elle. Et encore davantage depuis que j'ai découvert en lui de grandes qualités humaines. Kirk n'était pas obligé de se charger de mon éducation lorsque nous avons perdu nos parents ; j'ai réalisé cela lorsque j'étais étudiante. Il aurait pu me placer dans un foyer d'accueil, et personne n'aurait trouvé à le blâmer. En fait…

La jeune femme s'interrompit pour rejeter ses cheveux en arrière puis elle alla s'appuyer contre la commode, bras fermement croisés sur sa poitrine.

— En fait c'est le contraire qui s'est produit. Certains l'ont critiqué de ne pas le faire. Mais lui s'en fichait. Il a fait le choix de me garder avec lui et c'était exactement ce dont j'avais besoin. Et cela, tu vois, je ne l'oublierai jamais. Et j'espère qu'un jour je pourrai lui rendre au centuple ce qu'il m'a donné.

Foxy se redressa, la voix soudain enrouée d'émotion.

— Je crois qu'il est temps que je descende vérifier que tout est prêt. Les invités ne vont plus tarder maintenant.

— Je viens avec toi, déclara Pam en lui emboîtant le pas. Mais parle-moi un peu de ce Lance Matthews qui va nous suivre sur la tournée. Si mes sources sont exactes, c'est un ancien champion automobile, aujourd'hui à la tête des Entreprises Matthews dont l'activité principale consiste à créer de nouveaux modèles de formule 1. C'est d'ailleurs lui qui a conçu celle que pilotera ton frère cette saison. En outre, il est…

Pam esquissa une petite moue, cherchant ce qu'elle pourrait bien ajouter.

— … il est issu d'une des plus anciennes familles de la côte Est, Boston je crois, qui a fait fortune dans le transport de marchandises. Ils sont outrageusement riches.

— Ce que je pourrais rajouter te donnerait des cauchemars, affirma Foxy en se dirigeant vers la salle à manger.

— Aurais-tu une dent contre Lance Matthews, par hasard ?

— Plus que ça, même, éluda Foxy qui se mit à inspecter attentivement le buffet dressé au milieu de la pièce.

Elle jugea parfait le choix des plats de bois laqué qui

contrastaient merveilleusement avec l'indigo de la nappe, ainsi que celui du centre de table en faïence émaillée débordant de tulipes et de branches de cornouillers. Un dernier coup d'œil aux imposants chandeliers en argent lui confirma que le traiteur connaissait bien son métier et avait respecté l'élégance décontractée exigée par son client.

— Ce buffet me semble parfait, conclut-elle.

L'arrivée du traiteur, déboulant de la cuisine, la retint de tremper les doigts dans un bol de caviar. L'homme se dirigea vers les deux femmes à petits pas précipités.

— Vous êtes en avance ! leur reprocha-t-il en s'interposant entre Foxy et le caviar. Les premiers invités ne sont attendus que d'ici à quinze minutes.

Foxy lui adressa un sourire enjôleur.

— Je suis Cynthia Fox, annonça-t-elle, la sœur de M. Fox. Puis-je vous aider ?

— M'aider ? Grands dieux, certainement pas ! s'écria-t-il en accompagnant ses dires d'un geste de la main qui rabaissait les deux amies au rang d'intruses indésirables. Surtout, ne touchez à rien ! Vous risqueriez de rompre l'équilibre de la mise en place.

— C'est magnifique ! le complimenta Pam en pressant discrètement le bras de Foxy. Viens, Foxy, allons prendre un verre en attendant que les invités arrivent.

— Sale bonhomme prétentieux !, grommela Foxy en suivant Pam dans le salon.

— Ne sois pas si dure. Toi-même, tu ne laisserais personne régler tes appareils photo à ta place, n'est-ce pas ? demanda Pam en se laissant tomber dans un fauteuil.

Foxy se mit à rire.

— Touché ! Eh bien, dit-elle après avoir passé le bar

en revue, il y a là de quoi abreuver une armée entière pendant toute une année !

— Si tu tombes sur une bouteille de sherry, j'en prendrais bien un petit verre. Tu m'accompagnes ?

— Surtout pas ! répondit Foxy en farfouillant parmi les innombrables bouteilles. Boire me rend un peu trop honnête. J'en arrive même à oublier la règle d'or de la bienséance : tact et diplomatie. Tu connais la rédactrice en chef du magazine *Mariages*, Joyce Canfield ?

— Oui.

— Je l'ai rencontrée à un cocktail il y a quelques mois. J'avais fait des photos pour eux. Lorsqu'elle m'a demandé ce que je pensais de sa robe, je l'ai regardée d'un œil vitreux par-dessus mon deuxième verre de Margarita et je lui ai dit qu'elle devrait éviter le jaune qui lui donnait l'air d'un citron.

Foxy traversa la pièce et tendit à Pam le verre qu'elle lui avait demandé.

— Inutile de te dire que, depuis, ils ne font plus appel à mes services, conclut-elle avec une grimace comique.

Pam laissa échapper un petit rire cristallin et se mit à siroter son sherry.

— J'essaierai de me souvenir de ne pas te poser de questions délicates lorsque tu as un verre d'alcool à la main.

Elle regarda son amie caresser la surface lisse d'une table.

— Quel effet cela fait-il de se retrouver chez soi ? s'enquit-elle.

Une ombre voila le regard clair de Foxy.

— Des souvenirs que l'on croyait enfouis remontent

à la surface. C'est curieux, je n'avais jamais repensé à ma vie ici, mais là, tout à coup…

Elle s'approcha doucement de la fenêtre et écarta les rideaux de toile ivoire. Le soleil couchant embrasait le ciel de ses feux rouge et or.

— Finalement, reprit-elle, c'est le seul endroit que je pourrais véritablement qualifier de foyer. A New York, ce n'est pas la même chose. Depuis la mort de mes parents j'ai toujours beaucoup voyagé, d'abord avec Kirk, puis pour mon travail. Et je viens juste de réaliser, en retrouvant cette maison, à quel point ma vie a toujours manqué de racines.

— Est-ce si important pour toi ?

— Je ne sais pas.

Elle se tourna vers Pam, lui offrant un visage perplexe.

— Je ne sais pas, répéta-t-elle. Peut-être. A vrai dire, tout cela reste assez confus.

— Que veux-tu dire ?

Foxy sursauta au bruit d'une porte que l'on ouvrait.

Kirk se tenait sur le seuil, les mains fourrées dans les poches de son pantalon, son éternel sourire aux lèvres.

Foxy le gratifia d'un regard approbateur avant de le rejoindre.

— Dis donc, mais c'est de la soie ? remarqua-t-elle en touchant le col de sa chemise pour s'en assurer. Aurais-tu décidé de renoncer à plonger les mains dans le cambouis ce soir ?

Kirk répondit à l'ironie de sa sœur en tirant sur une mèche de ses cheveux. Puis il plaqua sur sa joue un baiser sonore.

— Je vais te préparer un verre, lui proposa la jeune femme en se dirigeant vers le bar, parce que figure-toi que nous sommes consignés ici pour… encore deux minutes et demie. Zut ! il n'y a plus de glace.

Elle referma le couvercle du bac à glace et haussa les épaules.

— Tant pis, je vais devoir affronter les foudres du traiteur. Pam boit du sherry, lança-t-elle par-dessus son épaule en quittant la pièce.

— Je vous ressers ? s'enquit Kirk qui sembla enfin remarquer la présence de la jeune femme.

— Non merci, répondit cette dernière en portant le verre à ses lèvres. Je n'ai pas encore eu l'occasion de vous remercier de bien vouloir m'héberger. Vous n'imaginez pas à quel point cela me fait plaisir de rester là, parmi vous.

— Je sais ce que c'est de passer ses nuits à l'hôtel.

Kirk lui sourit et alla s'asseoir en face d'elle. C'était la première fois, depuis la veille, qu'ils se retrouvaient en tête à tête. Il prit une cigarette et l'alluma. Durant quelques secondes, il étudia ostensiblement la jeune femme.

Elle n'avait rien des groupies écervelées qui passaient leur vie à hanter les circuits, constata-t-il.

Ses yeux s'attardèrent sur la bouche sensuelle, délicatement rosée. « Belle et désirable », jugea-t-il en connaisseur.

— Foxy m'a si souvent parlé de vous que j'ai l'impression de vous connaître, lança Pam qui se reprocha aussitôt la platitude de ses propos. J'ai vraiment hâte d'assister à la course.

— Pourtant, répliqua Kirk en se renversant sur son siège, vous n'avez pas le physique de l'emploi.

— Vraiment ? rétorqua Pam en recouvrant sa belle assurance. Et de quoi ai-je donc le physique ?

Kirk laissa échapper quelques ronds de fumée, souriant à demi.

— Plutôt le genre qui s'intéresse à la musique classique tout en sirotant du champagne.

Pam fit négligemment tourner son verre entre ses mains avant de lever les yeux sur Kirk.

— Cela m'arrive aussi, reconnut-elle en l'épinglant du regard. Mais en tant que journaliste, je m'intéresse à pas mal d'autres choses. J'espère donc que vous saurez vous montrer coopératif et que vous répondrez sincèrement à mes questions.

Un petit sourire moqueur souleva les extrémités effilées de la moustache de Kirk. Il se demanda si la peau de la jeune femme était aussi douce qu'elle en avait l'air, si ses cheveux soyeux couleraient entre ses doigts… La sonnerie de la porte d'entrée annonçant l'arrivée des premiers invités le détourna de ses pensées. Il se leva, prit le verre des mains de Pamela, et l'aida à se lever à son tour.

— Etes-vous mariée ?

— Non, répondit Pam en fronçant les sourcils.

— Parfait ! Je n'aime pas coucher avec des femmes mariées.

La désinvolture de sa remarque prit la jeune femme de court. Mais, très vite, la colère l'assaillit, empourprant violemment son teint de porcelaine.

— Espèce de présomptueux…

Kirk ne lui laissa pas le temps d'achever.

— Ecoutez-moi bien, la prévint-il le plus sérieusement du monde. Nous allons coucher ensemble, et cela même avant la fin de la saison.

— Seriez-vous profondément choqué si je déclinais votre *généreuse invitation* ? rétorqua-t-elle sur le ton glacial et teinté d'une pointe de condescendance que seuls peuvent avoir les gens du Sud.

— Non. Pas le moins du monde. Ce serait dommage, voilà tout, conclut Kirk en haussant négligemment les épaules.

La sonnette retentit pour la deuxième fois.

— Ils insistent, dit-il en prenant la jeune femme par la main. Nous devrions y aller.

# *Chapitre 2*

Au cours de l'heure qui suivit, la maison ne cessa de se remplir d'invités qui, peu à peu, finirent par envahir le patio fleuri, portés par les conversations animées et les éclats de rire.

Tous les gens présents ce soir-là étaient liés par une passion commune, celle de la course automobile. Il y avait des pilotes, certains accompagnés de leur épouse, d'autres seuls, ainsi que des fans privilégiés.

Foxy allait de groupe en groupe, assurant de façon officieuse le rôle de maîtresse de maison. La belle ordonnance du buffet avait vite été anéantie, et plateaux et saladiers s'étaient retrouvés, en moins de temps qu'il n'en faut pour le dire, éparpillés un peu partout.

Heureuse de voir autant de bonne humeur autour d'elle, la jeune femme alla ouvrir à un retardataire. Son sourire se figea instantanément sur ses lèvres. Elle nota néanmoins avec une certaine satisfaction le regard qui la détaillait sans vergogne et qui donnait à Lance l'air d'un chasseur sur le point de fondre sur sa proie. Elle releva crânement le menton, redressa les épaules et jaugea le nouvel arrivant à son tour. Comme toujours, il affichait ce calme souverain qui avait le don de l'agacer prodigieusement, et soutint le regard de la jeune femme, non sans une certaine arrogance.

— Il semblerait que je me sois trompé, murmura-t-il, comme pour lui-même.

— Trompé ? répéta Foxy en résistant à l'envie de lui claquer la porte au nez.

— Oui. En fin de compte, tu as changé.

Il prit les mains de la jeune femme entre les siennes et la fit tourner sur elle-même, détaillant avec ostentation sa silhouette harmonieuse.

— Tu es toujours aussi ridiculement mince, jugea-t-il, cependant le temps a bien fait les choses. Tu as des rondeurs bien placées.

Foxy se mit à trembler d'indignation. Furieuse, elle tenta de dégager ses mains.

— Si tu t'imaginais me faire un compliment, c'est raté. Et s'il te plaît, Lance, lâche-moi !

— Mais bien sûr, acquiesça-t-il en poursuivant néanmoins son inspection. Dans une minute. Je me suis toujours demandé comment ce charmant petit minois allait évoluer. Et je dois avouer que je ne suis pas déçu.

— Je suis étonnée que tu te souviennes à quoi je ressemblais.

Résignée à attendre que Lance veuille bien relâcher son étreinte, Foxy cessa de s'agiter inutilement. Elle scruta son visage à la recherche du moindre défaut qui aurait pu s'accentuer au cours des six dernières années. En vain.

— Toi, en revanche, tu n'as pas changé du tout, ajouta-t-elle.

— Merci, dit-il sobrement.

— Inutile de me remercier, lâcha-t-elle. Ce n'était pas un compliment.

Les mains de Lance glissèrent sur la taille de la jeune femme et il l'entraîna, ainsi enlacée, vers la salle à manger.

Contre toute attente, elle ne tenta pas de résister à cette marque de familiarité qui l'amusait plus qu'elle ne la dérangeait. Elle avait toujours si facilement succombé au charme de Lance !

Elle s'écarta néanmoins fermement de lui tandis qu'ils pénétraient dans la salle de réception.

— J'imagine que tu connais tout le monde, affirma-t-elle en embrassant la pièce d'un geste de la main. Je te laisse, tu sais où se trouve le bar.

— Je crois aussi me souvenir que tu n'as pas toujours été aussi désagréable avec moi, murmura Lance en fixant sur elle un regard pénétrant.

— Eh bien tu vois, il m'a fallu du temps mais j'y suis arrivée.

— Lance, mon chou ! s'exclama Honey Blackwell en se précipitant vers eux.

Honey Blackwell était une petite blond platine dont les courbes provocantes ne laissaient pas les hommes indifférents. Riche et oisive, elle était dans l'esprit de Foxy l'incarnation même de la groupie idiote. Elle la regarda passer les bras autour du cou de Lance et l'embrasser avec effusion, tandis que celui-ci plaquait ses mains sur ses hanches généreuses.

— Je vous laisse, je vois que vous vous connaissez, jeta-t-elle avec humeur.

Elle s'approchait d'un groupe d'invités lorsqu'une main se posant sur son bras la fit sursauter.

— J'attendais le moment propice pour me présenter. Je suis Scott Newman.

— Enchantée, je suis Cynthia Fox, se présenta à son tour la jeune femme en prenant la main tendue.

— Je sais. Vous êtes la sœur de Kirk.

Foxy sourit au jeune homme, détaillant au passage les yeux d'un brun velouté, le nez droit, la bouche finement ourlée dans un visage discrètement hâlé. Ses cheveux châtains, qu'il portait mi-longs, balayaient le col d'un costume trois pièces impeccablement coupé. Le type parfait du jeune cadre supérieur.

— Nous allons être amenés à nous croiser souvent au cours des prochains mois, lui assura-t-il.

— Vraiment ? lança-t-elle distraitement en s'effaçant pour laisser le passage à un serveur portant un plateau débordant de petits-fours.

— Je suis le manager de Kirk, précisa Scott. En gros, c'est moi qui veille à l'organisation et au bon déroulement des courses.

— Je vois. Mais vous savez, je me suis tenue à l'écart des circuits pendant quelques années.

Tout en parlant, Foxy reporta son attention sur son frère qui, une brunette piquante accrochée au bras, subjuguait une grappe de fans suspendus à ses lèvres.

« Mon frère est une comète, songea-t-elle avec amour. Une comète éblouissante. »

— A l'époque où je suivais les courses, reprit-elle, un vague sourire aux lèvres, il n'y avait pas encore de manager.

Elle se remémora, un bref instant les nuits où, ivre de fatigue, elle s'écroulait sur la banquette arrière d'une voiture, dans des vapeurs d'essence et de tabac froid. Ou celles, plus fastes, où elle pouvait se payer le luxe d'une toile de tente sur un bout de terrain à proximité du circuit.

— En effet, il y a eu quelques changements depuis, lui expliqua Scott. Surtout à partir du moment où Kirk a commencé à remporter des courses importantes et où il a bénéficié du soutien financier de Lance Matthews. Sa carrière a alors sacrément décollé !

— L'argent, toujours l'argent, n'est-ce pas ? dit Foxy en riant.

Mais la pointe de sarcasme dont elle avait émaillé sa question échappa totalement à Scott.

— Vous n'avez rien à boire, remarqua-t-il. Venez, nous allons remédier à cela.

Foxy passa son bras sous celui de Scott et se laissa guider vers le bar.

— Que voulez-vous ? s'enquit Scott.

Le regard de Foxy passa de son chevalier servant au serveur grisonnant qui officiait derrière le bar.

— Un Margarita.

Un rayon de lune filtrait à travers les jeunes pousses des arbres. Les fleurs à peine écloses, porteuses des promesses d'un été tout proche, exhalaient leur parfum subtil dans la nuit tiède.

Foxy inspira profondément et se laissa aller contre les coussins profonds de la balancelle, écoutant distraitement la rumeur assourdie qui lui parvenait de la maison. Elle avait éprouvé le besoin d'échapper au brouhaha ambiant ainsi qu'à l'atmosphère enfumée pour savourer quelques instants de solitude. Elle prit une nouvelle bouffée d'air pur et, poussant sur ses pieds, fit balancer son siège.

Elle repensa à Scott. Il avait beau être séduisant, courtois et intelligent, elle le trouvait ordinaire. Elle se renversa en arrière et regarda les nuages moutonneux éclipser paresseusement la lune. L'espace de quelques secondes, la clarté faiblit pour disparaître tout à fait.

— Te voilà encore en train de critiquer, murmura-t-elle. Faut-il qu'un homme danse sur les mains pour que tu t'intéresses à lui ? Qu'est-ce que tu attends ? Un chevalier sur son fier destrier ?

Elle fronça les sourcils, rejetant cette éventualité en souriant.

— Non, les chevaliers sont trop parfaits. Tu sais bien que tu préfères les hommes un peu moins lisses, capables de te faire rire et pleurer ou même de provoquer ta colère. Ceux qui te font battre le cœur dès qu'ils posent la main sur toi.

Elle se mit à rire doucement, se demandant si elle trouverait un jour une perle aussi rare. Elle rejeta la tête en arrière et croisa les jambes, attentive au doux bruissement de la crêpe de Chine sur ses cuisses.

— Je veux du mystère. Un homme à la fois tendre et sauvage. Mais fort aussi, intelligent, bien sûr, et pourvu d'un brin de fantaisie.

Elle interrompit son inventaire pour fixer les étoiles qui scintillaient entre les nuages mouvants.

— Voyons, sur quelle étoile vais-je faire un vœu ? lança-t-elle d'une voix plus forte.

— En principe on choisit la plus brillante, lui répondit la voix chaude de Lance.

Foxy sursauta et plissa les yeux dans l'espoir de percer la semi-obscurité. Elle devina plutôt qu'elle ne la vit sa silhouette élancée se diriger vers elle avec la grâce et la souplesse d'un félin. L'espace de quelques secondes, le jardin prit l'aspect d'une jungle effrayante.

La belle voix grave de Lance vibra étrangement dans le silence paisible de la nuit.

— Quel vœu as-tu fait ? demanda-t-il.

Foxy réalisa soudain qu'elle retenait son souffle. Elle s'exhorta au calme, cherchant à se persuader que ce petit frisson qui la parcourait n'était dû qu'à la surprise d'avoir vu Lance apparaître brusquement.

— Des bêtises, éluda-t-elle sur un ton qu'elle voulait désinvolte. Que fais-tu ici ? Tu étais pourtant aux mains d'une belle blonde pulpeuse.

Lance donna une légère impulsion à la balancelle.

— J'avais besoin d'air frais. Et de tranquillité, ajouta-t-il en regardant ostensiblement la jeune femme.

Foxy haussa les épaules et ferma les yeux, comme pour chasser la présence de l'homme qui se tenait près d'elle.

— Tu as réussi à te tirer des griffes de Miss Gros-Seins ? railla-t-elle.

— Pourquoi es-tu aussi vindicative avec moi, Foxy ? murmura-t-il.

La jeune femme ouvrit les yeux. Il avait raison. Elle n'avait pas cessé de l'agresser depuis l'instant où ils s'étaient revus. Pourtant, ce n'était pas dans son caractère.

— Je suis désolée, Lance. Assieds-toi. Je te promets de bien me tenir.

Sans se faire prier, Lance se laissa tomber à côté d'elle. Elle se raidit légèrement.

— Je ne déteste pas me mesurer à toi, admit-il humblement, mais j'avoue qu'une trêve serait la bienvenue.

Il sortit un briquet de sa poche et alluma le bout d'un long cigare fin.

Foxy regarda la petite flamme vaciller un instant avant de s'éteindre. Elle commençait enfin à se détendre.

— Voyons un peu si nous pouvons nous comporter en gens civilisés durant quelques minutes, suggéra-t-elle gaiement. De quoi pourrions-nous parler ? Du temps ?

Du dernier prix Goncourt ou du régime politique en Roumanie, peut-être ? J'ai trouvé ! Quel effet cela fait-il de concevoir des voitures plutôt que de les conduire ? Mets-tu plus d'espoir dans la voiture que tu as dessinée pour le Grand Prix d'Indianapolis ou dans la formule 1 conçue pour les autres courses ?

— Je vois que tu t'intéresses toujours de près à ce sport.

— Si je ne me tenais pas au courant de ce qui se passe sur les circuits, Kirk ne me le pardonnerait pas, répondit Foxy en riant.

— Ton rire non plus n'a pas changé. Quand tu avais quinze ans déjà, il était le plus sexy que j'aie jamais entendu. Pareil à une bulle éclatant dans le brouillard.

Lance exhala un mince filet de fumée et posa un long regard sur les reflets cuivrés que le clair de lune allumait dans la chevelure de Foxy.

— J'ai appris que le siège social de ta société était à Boston, reprit Foxy, mal à l'aise. Je suppose que tu vis là-bas maintenant.

Sa tentative désespérée pour abandonner un sujet qu'elle jugeait épineux amena un petit sourire moqueur sur les lèvres de Lance.

— La plupart du temps, répondit-il en allongeant négligemment le bras derrière elle. Tu connais ?

Foxy, bercée par le doux va-et-vient de la balancelle, ne prêta qu'une vague attention au geste de Lance.

— Non, mais j'adorerais y aller. Il paraît que c'est une ville tout en contrastes. J'ai pu m'en rendre compte sur des photos. Ce mélange de verre et d'acier, de minéral et de végétal, c'est assez étonnant.

— A ce propos, j'ai vu un de tes clichés il n'y a pas très longtemps.

Sous le coup de la surprise, Foxy se tourna vers Lance. Leurs deux visages étaient si proches qu'elle pouvait sentir son souffle tiède sur sa peau. Elle s'écarta légèrement de lui, repoussant vivement l'image de ses lèvres sur les siennes.

— C'est une photo que tu as prise en hiver, mais il n'y avait pas de neige, poursuivit-il. Juste des arbres nus saupoudrés d'une fine couche de givre. Un homme, emmitouflé dans un vieux manteau blanc et noir, semblait dormir sur un banc. Un rayon de soleil filtrant entre les branches des arbres caressait son visage. Il émanait de cette photo quelque chose d'incroyablement beau et triste.

Foxy écoutait parler Lance, perplexe. Elle ne l'aurait jamais cru sensible à son art. Alors qu'ils étaient assis côte à côte dans le silence de la nuit, la jeune femme sentit quelque chose d'indéfinissable passer entre eux. Pourtant, elle ne savait si elle devait y résister ou l'encourager. Les yeux toujours rivés sur Foxy, Lance se mit à jouer négligemment avec une mèche de ses cheveux.

— J'ai été très impressionné lorsque j'ai vu ton nom au bas de cette photo. Je n'arrivais pas à croire que cela pouvait être toi. La Cynthia Fox que je connaissais ne pouvait pas être cette professionnelle, capable d'une telle subtilité, d'une telle profondeur. Pour moi, tu n'étais encore qu'une adolescente mal embouchée, celle que j'avais toujours connue.

Le cœur battant, Foxy le regarda jeter au loin le reste de son cigare.

— Quoi qu'il en soit, poursuivit-il, j'ai tenu à vérifier, et lorsque j'ai eu la confirmation qu'il s'agissait bien de toi, j'ai été doublement impressionné.

Il s'interrompit un instant.

— De toute évidence, tu es faite pour ce métier, conclut-il.

— Ce métier qui consiste à *jouer* avec mes appareils photo ? lança-t-elle, un brin narquoise.

Elle lui sourit, se sentant soudain d'humeur légère.

— J'ai toujours pensé que l'on pouvait prendre du plaisir à travailler, lui répondit-il en souriant. Je ne fais rien de plus, moi non plus, que de jouer avec des voitures.

— Mais toi, tu peux te le permettre.

Sans qu'elle en soit consciente, sa voix s'était légèrement durcie.

Un silence gêné s'installa entre eux.

— Tu ne me pardonneras jamais le fait d'être né riche, n'est-ce pas ? laissa-t-il tomber, l'air grave.

— Tu as raison, reconnut-elle. Je déteste la richesse ostentatoire.

Contre toute attente, Lance éclata de rire et tira un peu plus sur les cheveux de la jeune femme, la forçant à soutenir son regard.

— Les vieilles fortunes, celles qui se transmettent de génération en génération, ne sont *jamais* ostentatoires, précisa-t-il. Elles savent se montrer discrètes. C'est ce qui fait leur force.

— Financièrement, je ne vois pas la différence avec les parvenus.

— Eh bien, précisa Lance que l'obstination de la jeune femme amusait, il faut au moins trois générations pour en arriver là. En dessous, toute richesse est considérée comme suspecte aux yeux de la bonne société de Boston. Sais-tu, Fox, ajouta-t-il à brûle-pourpoint, que je préfère cent fois le parfum que tu portes ce soir à l'odeur d'essence que tu dégageais habituellement ?

— Merci, répondit Foxy en se levant. Je dois aller retrouver nos invités. Tu viens ?

— Pas tout de suite.

Il lui prit la main et l'attira vivement vers lui, jusqu'à ce que, en déséquilibre, elle se laisse tomber sur ses genoux.

— Lance ! s'écria-t-elle en riant.

Elle tenta de le repousser et de se relever, mais l'étreinte se resserra un peu plus autour de sa taille.

— Je crois que j'ai oublié de t'embrasser, murmura-t-il sans la quitter des yeux.

Le sourire de Foxy mourut sur ses lèvres. Le jeu devenait trop dangereux. Elle voulut, une nouvelle fois, s'écarter de lui, mais la pression de ses mains se fit plus puissante. Elle n'eut que le temps de bredouiller un faible « non » avant que Lance emprisonne ses lèvres d'un baiser.

Foxy sentit sous les siennes les lèvres de Lance s'étirer en un sourire satisfait. La raison lui commandait de lutter, de protester, mais elle se sentait fondre au contact de cette bouche chaude et ferme sur la sienne. L'espace d'un instant, elle eut l'impression que son cœur allait flancher, que ses poumons allaient éclater, puis, comme par miracle, le sang se remit à affluer dans ses veines. Elle n'aurait su dire qui alors, de lui ou d'elle, prit l'initiative d'approfondir leur baiser. Elle sentait sur elle les mains de Lance aller et venir impatiemment sur le tissu de sa robe, aussi légères que l'air qu'ils respiraient. Elle plaqua contre son torse brûlant ses seins tendus de désir et se mit à lui mordiller les lèvres, attisant ainsi le feu qui les consumait. Poupée de chiffon haletante, elle laissa échapper un petit gémissement de plaisir.

Leurs yeux, rivés dans la même quête du plaisir, étaient de la même nuance. Foxy noua ses bras autour du cou de Lance et se grisa de l'odeur animale qui émanait de lui. Elle ne voyait rien, n'entendait rien, juste consciente des mains de Lance qui modelaient ses hanches.

Perchée sur un arbre voisin, une chouette se mit à hululer, rompant la magie de l'instant. Foxy reprit instantanément ses esprits et bondit sur ses pieds. Elle lissa distraitement des plis imaginaires sur sa robe en évitant soigneusement le regard de Lance.

— Tu n'aurais pas dû faire ça, lui dit-elle sur un ton de reproche.

Lance se leva à son tour.

— Pourquoi ? demanda-t-il d'un ton égal. Tu es une grande fille, non ? En outre, j'ai eu l'impression que tu appréciais ce baiser autant que moi, alors inutile de jouer les vierges effarouchées.

— Je ne joue pas les vierges effarouchées ! se défendit vivement Foxy, vexée. Et que j'aie apprécié ou pas ce baiser, là n'est pas le problème !

Elle s'interrompit, consciente de donner raison à Lance. Il fallait à tout prix qu'elle se tire de ce mauvais pas avec un minimum de dignité.

— Et où est-il le problème, Fox ? questionna ce dernier d'une voix teintée d'irritation.

— Le problème, siffla la jeune femme entre ses dents, c'est que je t'interdis de recommencer !

— Tu *m'interdis* ? Tu me donnes des ordres maintenant ?

Foxy pesa soigneusement ses mots avant de rétorquer :

— Je ne suis pas une marchandise dont tu peux disposer à ton gré, Lance. Si j'ai cédé, c'est parce que j'avais bêtement baissé ma garde. Sans doute aussi parce que j'étais fatiguée. Et puis peut-être aussi par curiosité.

— Par curiosité ? répéta Lance en éclatant de rire.

Eh bien j'espère l'avoir satisfaite ta *curiosité* ! Peut-être même, comme dans *Alice au pays des merveilles*, auras-tu envie d'aller toujours plus loin !

— Tu es vraiment impossible ! s'écria la jeune femme, furieuse contre elle-même.

Elle lui tourna le dos et s'enfuit en courant retrouver la chaleur rassurante de la maison.

# *Chapitre 3*

La course d'Indianapolis est un tel événement dans le milieu du sport automobile que la petite ville paisible du Middle West où elle se déroule se trouve soudain hissée, l'espace de quelques jours, au rang de capitale nationale. Car s'il est un championnat que les amateurs de grands frissons ne rateraient pour rien au monde, c'est bien celui-ci.

En effet, les championnats d'Indianapolis sont au sport automobile ce que Wimbledon est au tennis, ou le Derby d'Epsom aux courses hippiques.

Foxy contempla avec soulagement le ciel vierge de tout nuage. Pas la moindre traînée brumeuse, annonciatrice de pluie. Une petite brise fit voleter le ruban en satin qui retenait ses cheveux en queue-de-cheval. Elle avait revêtu pour la circonstance son vieux jean préféré, usé aux genoux, et une chemise de base-ball rayée rouge et blanc. Autour du cou, le Nikon d'occasion qu'elle s'était offert alors qu'elle n'était encore qu'une étudiante sans le sou, et auquel elle tenait comme à la prunelle de ses yeux.

De l'endroit stratégique où elle se trouvait, elle constata que les tribunes d'honneur étaient encore vides. Journalistes, cameramen, pilotes, mécaniciens, tout ce petit monde papotait autour des stands, une tasse de café fumant à la main. Tous tentaient, par leurs bavardages, de dissiper l'extrême tension qui régnait un peu partout. Dans moins de deux heures, les gradins bourdonneraient de spectateurs. Et lorsque le drapeau vert donnerait le signal du départ, plus de quatre mille personnes, unies par la même passion, seraient là pour assister à l'une des courses automobiles les plus prestigieuses du monde.

Durant quatre heures, le circuit vibrerait du bruit incessant des moteurs, et des milliers de paires d'yeux resteraient rivés sur les bolides effectuant sans relâche les trois kilomètres de la boucle infernale.

Foxy, elle, ressentait un mélange complexe d'émotions. Cela faisait maintenant deux ans qu'elle n'avait pas assisté à une course, et six qu'elle n'avait pas foulé le périmètre d'un circuit. Pourtant elle retrouvait, intacte, l'exaltation teintée de nervosité des premiers jours. Bien sûr elle s'émerveillait des talents de pilote de son frère, mais éprouvait depuis toujours, tapie en elle, une terreur insupportable qui trouvait ses racines dans le traumatisme de la mort brutale de ses parents. Elle savait bien que, dès que les voitures s'élanceraient sur le circuit, cette panique l'enserrerait à l'étouffer, prête à éclater à n'importe quel moment.

Elle connaissait par cœur les ficelles du métier. Elle savait, par exemple, que certains pilotes accordaient des interviews en affichant une décontraction qu'ils étaient loin de ressentir et que d'autres, comme Kirk, masquaient leur extrême nervosité sous une apparente arrogance. Pour Kirk, chaque course était semblable à la précédente et cependant toujours différente. Semblable, car il partait toujours gagnant ; différente, car les obstacles rencontrés n'étaient jamais les mêmes.

Foxy savait qu'après les interviews son frère disparaîtrait pour s'isoler, jusqu'au moment où il se glisserait dans le cockpit de son bolide. Dans ces moments-là, Foxy se faisait discrète.

— Qu'est-ce que tu fais à fouiner partout avec ce machin autour du cou ?

Foxy reconnut tout de suite la voix grincheuse, mais elle prit le temps d'achever la photo qu'elle était en train de prendre.

— Salut, Charlie, dit-elle en se tournant vers le vieil homme.

Elle lui sourit puis, lui passant les bras autour du cou, embrassa ses joues râpeuses.

— Ces bonnes femmes, toujours à vous bécoter ! ronchonna-t-il, cachant mal son émotion.

Foxy sentit le léger tremblement de ses mains lorsqu'il fit mine de la repousser. Il n'avait presque pas changé, nota-t-elle. Quelques fils d'argent supplémentaires dans des cheveux devenus plus rares, mais, au fond des yeux, la même petite flamme pétillante que dix ans auparavant, quand elle l'avait connu. Il était alors âgé de cinquante ans, autant dire un ancêtre pour la jeune fille qu'elle était alors ! Il était le chef mécanicien de Lance et régnait sur son petit monde en véritable despote. Aujourd'hui responsable de l'équipe de Kirk, il n'avait rien changé à ses habitudes tyranniques.

Il esquissa une petite moue de dégoût et maugréa :

— Toujours aussi fluette, à ce que je vois. Tu ne gagnes donc pas ta vie, que tu n'as pas de quoi te nourrir correctement ?

— Que veux-tu, Charlie, personne n'est plus là pour bourrer mes poches de barres de chocolat !

Malgré l'allusion, elle savait que Charlie Dunning

préférerait mourir sous la torture plutôt que d'avouer qu'il avait toujours eu un faible pour la gamine qu'elle avait été, et qu'elle était encore sûrement à ses yeux.

— Tu nous as manqué à la soirée de Kirk, ajouta-t-elle.

Charlie renifla bruyamment pour cacher son embarras.

— Et puis quoi encore ? Tu me vois dans ce genre de boum pour adolescents attardés ? Mais dis-moi, tu as l'intention de couvrir les courses du Grand Prix avec l'espèce de chichiteuse que j'ai vue traîner par ici ?

— Si c'est de Pamela que tu parles, la réponse est oui, répondit Foxy indifférente à l'irascibilité du vieil homme.

— En tout cas, qu'aucune de vous ne vienne traîner dans mes pattes, compris ?

— Compris, Charlie ! riposta la jeune femme d'une petite voix d'enfant obéissante.

— Et insolente avec ça ! Tu aurais mérité quelques bonnes corrections quand tu étais petite !

Pour toute réponse, Foxy régla le viseur de son appareil sur Charlie et fit de lui un gros plan.

— Insolente, répéta-t-il en s'éloignant d'un pas lourd, un petit sourire au coin des lèvres.

Foxy le regarda disparaître dans la foule, émue. Se retournant pour partir, elle poussa un cri en se heurtant à Lance. Le souvenir de leur petit intermède de la veille, qu'elle s'était soigneusement appliqué à chasser de son esprit, revint en force à sa mémoire.

— Il a toujours eu un petit faible pour toi.

Mais la jeune femme n'entendit pas ses paroles ; elle ne voyait que le regard intense qu'il fixait sur elle. Elle remarqua les boucles brunes qui voletaient autour de son visage et le maudit intérieurement d'être aussi séduisant.

— Salut, Lance, parvint-elle à dire d'un ton faussement dégagé. Aucun journaliste à tes basques ?

— Salut, Foxy, répondit ce dernier sur le même ton. Déjà au boulot ?

La jeune femme marmonna quelque chose d'inaudible et fit mine de s'absorber dans le réglage de son Nikon. La seule proximité de Lance Matthews suffisait à l'électriser tout entière.

— Toujours aussi impatiente de voir la course commencer ? demanda-t-il en jouant négligemment avec la queue-de-cheval de la jeune femme.

Le contact de ses mains dans ses cheveux fit perdre à Foxy tous ses moyens. Elle rata quatre clichés d'affilée.

— J'ai appris que Kirk était en pole position aux tours d'essai, éluda-t-elle. Tant mieux. Il sait mieux que personne tirer parti de cet avantage.

Lorsqu'elle se retourna pour lui faire face, elle affichait un air désinvolte. « Un baiser, se dit-elle, ce n'était qu'un baiser. Pas de quoi en faire toute une histoire. »

— J'imagine qu'en tant que sponsor tu dois être satisfait, reprit-elle. J'ai vu la voiture. Elle est vraiment impressionnante.

Face au silence obstiné de Lance, Foxy laissa échapper un soupir de frustration.

— Cette conversation est vraiment fascinante, Lance, mais il est temps que je retourne travailler.

Elle s'apprêtait à le quitter lorsque, d'une poigne ferme, il l'en empêcha.

— J'ai une soirée ce soir, annonça-t-il soudain d'une voix neutre. Dans ma suite, à l'hôtel.

— Vraiment ? dit la jeune femme en levant un sourcil perplexe.

— En fait, il s'agit d'un dîner. A 19 heures.

— Vous serez nombreux ?

— Non. Juste toi et moi.

Foxy suivit des yeux deux mécaniciens affichant la couleur rouge vif de l'assistance de Kirk avant de répondre :

— Dans ce cas, je crains que tu ne dînes seul. J'ai rendez-vous avec Scott Newman.

— Annule.

— Non.

— Tu as peur ?

Il accompagna sa question d'une pression un peu plus appuyée sur son bras.

— Pas du tout. Mais je ne suis pas complètement idiote, répliqua-t-elle avec une pointe de sarcasme. Tu as peut-être oublié mais je te connais depuis longtemps, et je t'ai vu à l'œuvre avec les femmes. Cela a été riche d'enseignements pour moi de te voir choisir tes proies, les utiliser et t'en débarrasser dès que tu en avais assez. Eh bien j'ai retenu la leçon, Lance ! Trouve-toi quelqu'un d'autre pour flatter ton ego surdimensionné.

Il éclata de rire.

Vexée, la jeune femme le fusilla du regard.

— Tu as toujours aussi mauvais caractère, Fox ! Mais tu es toujours aussi brillante. Je ne te donne pas une heure avant de t'ennuyer à mourir en compagnie de ce brave Scott.

— C'est *mon* problème ! s'écria-t-elle.

Lance relâcha son étreinte.

— En effet, laissa-t-il tomber avant de s'éloigner en souriant.

*
* *

Toujours furieuse, Foxy prit la direction opposée. De loin, et alors qu'elle était en train d'interviewer un pilote, Pamela avait assisté à toute la scène. Bien que trop loin pour entendre ce que les deux jeunes gens se disaient, elle avait rapidement compris que leur relation n'était pas simple.

Lance Matthews lui avait plu à la seconde où elle l'avait vu. Elle avait tout de suite vu chez lui l'anticonformisme dont il avait fait sa règle de vie et la grande générosité de cœur qui lui attirait la sympathie des hommes comme des femmes. Il était doué d'une grande force morale, d'une pointe d'arrogance et d'une sensualité débordante. Elle devinait en lui l'ami indispensable, mais également l'amant redoutable.

Tout à ses réflexions, elle boucla son interview, remercia le pilote et, après lui avoir souhaité bonne chance, elle se précipita vers Lance.

— Monsieur Matthews !

Lance se retourna vers elle, et elle vit qu'il appréciait en fin connaisseur le tailleur gris qu'elle portait tout en observant avec une certaine curiosité le magnétophone en bandoulière sur son épaule. Arrivée à sa hauteur, elle lui adressa un sourire des plus sincères.

— Monsieur Matthews, annonça-t-elle d'une voix claire en lui tendant une main aux ongles impeccablement vernis, je suis Pam Anderson. Foxy vous a peut-être parlé de moi. Je réalise une série d'articles sur le monde des courses automobiles.

Lance l'étudia quelques secondes en silence.

— Bonjour. Je ne vous avais jamais vue.

— En fait, je vous avais repéré à la soirée de Kirk, avoua Pam qui, comme à son habitude, préféra jouer la carte de l'honnêteté. Mais lorsque je suis arrivée à l'endroit où vous vous trouviez, vous aviez disparu. De même que Foxy.

— Vous êtes très observatrice, décréta Lance avec une pointe d'irritation.

La jeune femme repoussa une mèche de cheveux que le vent faisait danser devant ses yeux avant de poursuivre :

— Je suis ici pour des raisons professionnelles et je compte bien m'en tenir strictement à cela. En revanche, j'espère pouvoir compter sur votre coopération car votre expérience en tant que concepteur de voitures de course et ancien pilote m'intéresse beaucoup. En outre, le fait que vous soyez une figure connue du monde des courses et de la grande bourgeoisie américaine donnera un peu plus de crédibilité à mon reportage.

Mains dans les poches, Lance l'écoutait attentivement.

— Il y a encore quelques minutes, je me demandais si vous étiez bien la même Pamela Anderson, auteur d'un article dithyrambique sur les rouages de notre système pénal qui a soulevé tant de polémiques. Maintenant j'ai la réponse, ajouta-t-il après l'avoir détaillée longuement. Je crois que nous aurons pas mal d'occasions de bavarder au cours des prochains mois.

La jeune femme le vit soudain focaliser son attention sur Foxy qui, à quelques mètres de là, appuyée sur une barrière de sécurité, était occupée à régler ses objectifs. Un sourire flotta alors sur les lèvres de Lance. Lorsque son regard se porta de nouveau sur elle, son sourire s'élargit un peu plus et il lui demanda à brûle-pourpoint :

— Mademoiselle Anderson, que savez-vous des 500 Miles d'Indianapolis ?

— La première course a eu lieu en 1911 et le vainqueur a remporté la victoire avec une vitesse de pointe de quatre-vingts kilomètres/heure. A cette époque, la piste était pavée de briques, d'où son surnom de « Old Brickyard ». De nos jours, il s'agit toujours d'une course d'endurance, et même si elle n'est pas considérée comme un Grand Prix, il existe beaucoup de similitudes entre les formule 1 classiques et celles utilisées pour le circuit d'Indianapolis. Certains pilotes, à l'instar de Kirk Fox, ont couru à la fois les 500 Miles d'Indianapolis et le Grand Prix. Les voitures ici marchent à l'éthanol, ce qui est particulièrement dangereux car c'est un combustible qui a la particularité de brûler sans flammes apparentes.

— Vous semblez maîtriser votre sujet sur le bout des doigts, murmura Lance que ce flot ininterrompu d'informations semblait beaucoup amuser.

— En effet, j'ai eu accès à toutes les données, confirma-t-elle. Mais pouvez-vous me dire pourquoi, sur les quarante-neuf décès recensés depuis l'ouverture du circuit, il n'y en a eu que trois au cours des dix dernières années ?

— C'est parce que aujourd'hui les voitures sont plus sûres. A l'époque, on utilisait pour les construire le même matériau que celui que l'on employait pour la construction des cuirassés. Résultat : en cas de crash, les voitures résistaient aux chocs mais pas les pilotes. Aujourd'hui, c'est la fragilité des matériaux qui leur sauve la vie. En outre, ils sont entièrement protégés par des combinaisons ignifugées.

L'heure du départ approchant, Lance se dirigea vers les concurrents, toujours escorté de la jeune femme.

— On peut donc affirmer que les courses sont devenues moins dangereuses ? insista-t-elle.

— Je n'ai pas dit cela. Il y aura toujours un facteur risque sans lequel une course comme celle d'Indianapolis ne serait rien de plus qu'une promenade d'agrément.

— Les accidents ne ramènent-ils pas à la surface les vieilles peurs ancestrales ?

— Un pilote n'envisage jamais le pire, sans quoi il ne se glisserait jamais à l'intérieur d'un cockpit. Il a toujours l'impression que cela n'arrive qu'aux autres. Enfin, quoi qu'il en soit, il connaît les règles du jeu et les accepte.

— Que se passe-t-il lorsqu'un pilote voit un concurrent s'écraser ? enchaîna Pam, intarissable. Que ressent-il vraiment à ce moment-là ?

— Vous ne pouvez vous permettre aucune émotion, répondit Lance simplement. Il n'y a pas de place pour les états d'âme dans ce métier.

— Je peux comprendre. Ce que je ne comprends pas, en revanche, ce sont les motivations qui poussent un homme à vouloir risquer sa vie sur un circuit.

— Cela dépend. J'imagine qu'il y a autant de raisons différentes qu'il y a de pilotes. Cela peut être le sens de la compétition, le goût du risque, l'envie de se surpasser, l'argent, le prestige, la vitesse… Savez-vous qu'il existe une certaine dépendance à la vitesse dont on peut difficilement se passer par la suite ? Certains vont éprouver le besoin de dépasser leurs limites, de tester leur propre endurance. Mais s'il est vrai que chaque pilote a une motivation différente, tous sont unis par la même volonté de gagner, conclut-il.

Au moment où il disait cela, Lance aperçut Kirk qui se dirigeait résolument vers sa voiture.

Il le vit enfiler une cagoule qui lui donnait l'air d'un chevalier du Moyen Age se préparant au combat tout en répondant d'un bref mouvement de tête aux questions que Charlie lui posait. Derrière la visière de son casque, Lance devinait son regard déjà impénétrable et savait que la foule était devenue invisible autour de lui.

Il s'excusa auprès de Pam et s'approcha de Kirk, ignorant Foxy qui se trouvait également à son côté.

— Je te parie une caisse de whisky que tu ne battras pas le record de vitesse, cette fois.

Kirk hocha imperceptiblement la tête puis alla se placer en pole position sur la grille de départ.

Au son de *Retour en Indiana*, des centaines de ballons multicolores furent lâchés, annonçant l'imminence du départ. L'ordre s'éleva soudain, couvrant la rumeur grondante de la foule.

Sur la ligne de départ, la tension était à son comble. Les moteurs se mirent à rugir, les pilotes effectuèrent leur tour de piste à une vitesse qui paraissait insignifiante.

— Nous y sommes, murmura Foxy tandis que Pam la rejoignait près des tribunes.

— Je croyais t'avoir perdue, lui dit cette dernière en remontant ses lunettes de soleil sur son nez.

— Tu n'imagines pas que je pourrais rater un départ, tout de même ? répliqua Foxy tout en fixant son objectif sur la grille de départ. Ils vont partir d'une seconde à l'autre maintenant.

Pam nota la pâleur extrême de son amie mais le vrombissement terrifiant des bolides s'élançant sur la piste l'empêcha de lui en faire la remarque.

— Comment font-ils ? se demanda-t-elle à voix haute. Comment peuvent-ils maintenir une vitesse pareille sur sept cents kilomètres ?

— C'est pour gagner, laissa tomber Foxy d'une voix tendue.

L'après-midi s'étirait en longueur mais les décibels ne faiblissaient pas. Dans les stands, la chaleur exacerbait les odeurs déjà fortes d'essence, d'huile et de sueur. Dix voitures avaient dû se résoudre à abandonner la course. Une boîte de vitesses cassée, un embrayage fichu, une erreur minime de jugement, et c'étaient les espoirs de toute une année qui étaient réduits à néant.

Pam se débarrassa de la veste de son tailleur, retroussa les manches de son chemisier et, magnétophone en bandoulière, s'éloigna pour aller arpenter les stands.

La sueur dégoulinait le long du dos de Foxy, plaquant sa chemise sur sa peau moite.

Lance se tenait juste derrière elle. Il parla en premier, le regard fixé sur la piste, véritable vallée serpentant entre les versants abrupts des gradins.

— Il va attaquer son quatre-vingt-cinquième tour, annonça-t-il en tendant à Foxy le gobelet en plastique qu'il tenait à la main.

Perdue dans ses pensées, la jeune femme s'en empara machinalement et en but une gorgée.

— Je sais. Il a presque un tour d'avance sur Johnson. Tu connais sa vitesse moyenne ?

— Un peu plus de cent quatre-vingt-dix kilomètres/heure.

Foxy regarda Kirk se faufiler entre le tissu serré des voitures. Elle retint son souffle lorsqu'elle le vit dépasser un concurrent dans une courbe serrée. Pétrifiée d'angoisse, elle concentra alors toute son attention sur les petits cubes de glace qui flottaient à la surface de son gobelet.

— Tu as l'air épuisée, Foxy. Tu ne veux pas t'asseoir un moment ?

La douceur de sa voix surprit la jeune femme.

— Non, je ne peux pas, protesta-t-elle, anormalement émue. Pas tant que ce ne sera pas fini. Tu sais que tu vas perdre ton pari, n'est-ce pas ?

— J'espère bien !

Il laissa soudain échapper un juron.

— Bon sang ! Je n'aime pas la façon dont le numéro 15 amorce le premier virage ! Il rase chaque fois le mur d'un peu plus près.

— Le 15 ? demanda Foxy qui, plissant les yeux, se mit à le chercher dans le flot incessant des voitures. Je le vois. Ce n'est pas ce gamin qui vient de Long Beach ?

— Ce *gamin*, comme tu dis, a un an de plus que toi, marmonna Lance. Et il n'a pas suffisamment d'expérience pour tenir le rythme. Il va craquer.

Quelques secondes plus tard, la prophétie de Lance se réalisait : le jeune pilote amorçait de nouveau le premier virage, une fois encore trop près du mur. Des étincelles jaillirent des pneus arrière tandis que le bolide touchait le mur puis partait dans une spirale sans fin. Des bouts de fibre de verre furent projetés en l'air. Les bolides qui arrivaient sur le coureur se mirent à onduler habilement entre les débris retombés au sol. L'un d'eux zigzagua dangereusement mais, après quelques secondes, réussit à repartir dans un hurlement de moteur. Le drapeau jaune s'abaissa en même temps que la formule 1 s'immobilisait enfin. Une nuée de secouristes munis d'extincteurs se précipitèrent sur les lieux du crash.

Comme toujours lorsqu'elle assistait à une telle scène, une gangue de glace enveloppa Foxy. Elle devenait alors une coquille vide, incapable de penser et dénuée de la moindre émotion. A l'instant où la voiture avait touché le mur, elle avait braqué l'objectif de son appareil sur elle, immortalisant chaque seconde du crash. Inlassablement, elle réglait la vitesse d'obturation, la profondeur de champ, puis actionnait le déclencheur, presque sans s'en rendre compte. Ce ne fut que lorsqu'elle vit le pilote sortir de la carcasse et faire signe à la foule qui retenait son souffle que tout allait bien qu'enfin elle retrouva ses réflexes d'être humain.

— Mon Dieu ! s'exclama Pam qui les avait rejoints. Comment peut-on sortir indemne d'une telle épave ?

Foxy ignora la question, concentrée à présent sur l'équipe de secours.

— Comme je vous l'ai dit tout à l'heure, répondit Lance, les nouveaux matériaux utilisés ont sauvé la vie de plus d'un pilote. Vous en avez là une preuve éclatante.

— Malheureusement, ce n'est pas toujours le cas, murmura Foxy qui, l'œil toujours rivé au viseur, suivait la voiture de son frère. Tu devrais aller interviewer le miraculé, suggéra-t-elle à son amie. Ce doit être intéressant de savoir ce qui se passe dans la tête d'un pilote alors qu'il est en train de s'écraser à plus de deux cents à l'heure.

Pam jeta un coup d'œil perplexe à Foxy mais se garda de tout commentaire.

— J'y vais, dit-elle en s'éloignant d'un pas rapide.

Foxy laissa retomber son appareil et repoussa les mèches folles qui lui chatouillaient les joues.

— J'imagine que, la prochaine fois, il ne serrera pas autant ce virage.

— Bravo ! ironisa Lance d'un ton glacial. J'admire ton sens aigu du professionnalisme !

Foxy soutint sans ciller le regard métallique qui la transperçait.

— Dans mon métier, mieux vaut avoir les nerfs solides, rétorqua-t-elle calmement.

— Bien sûr. Et surtout ne faire preuve d'aucune compassion, n'est-ce pas ? ajouta Lance qui, saisissant fermement la lanière de l'appareil photo, attira la jeune femme vers lui. Mais je te rappelle qu'il y avait un homme dans cette voiture !

— Qu'est-ce que tu croyais ? se défendit âprement la jeune femme. Que j'allais devenir hystérique ? Cela ne sert à rien de se voiler la face, Lance. Ce n'est pas la première fois que j'assiste à un accident, et il est arrivé que des pilotes n'aient pas la chance de celui-ci. Je vous ai même vus, Kirk et toi, extirpés en catastrophe de voitures à deux doigts de s'enflammer. Tu veux de l'émotion ?

Le ton de Foxy était monté d'un cran, et ses yeux verts flamboyaient d'une étrange colère.

— Alors, trouve-toi quelqu'un qui n'a pas grandi dans l'odeur de la mort !

Lance l'observa un instant en silence.

— Brave petit soldat ! railla-t-il d'une voix teintée de condescendance.

— Absolument, répliqua Fox, au comble de l'irritation.

Elle releva crânement le menton et ajouta :

— Et maintenant, si tu veux bien ôter tes mains de mon appareil photo…

Pour toute réponse, Lance arqua un sourcil, puis, lentement, s'exécuta.

Les deux jeunes gens se jaugeaient, contenant à grand-peine une colère qui, s'ils lui donnaient libre cours, serait dévastatrice.

— Laisse-moi seule, lui intima Foxy en lui tournant le dos.

Mais, vif comme l'éclair, Lance se plaça devant elle pour lui barrer le passage.

— Dans une minute.

Et, sans lui laisser le temps de réagir, il l'attira vers lui et l'embrassa passionnément. La jeune femme ne le repoussa pas. Au contraire, elle s'agrippa désespérément à lui et répondit à son baiser, refusant ce que la raison lui commandait. Leurs corps s'embrasèrent instantanément, tout comme ils s'étaient embrasés la nuit précédente. Elle passa ses bras autour du cou de Lance et plaqua son corps contre le sien. Le vacarme des moteurs s'atténua jusqu'à disparaître totalement de son esprit embrumé. Plus rien ne comptait que l'urgence de son désir.

Ce fut Lance qui, le premier, rompit le charme.

— Je suppose que tu vas me dire que je n'aurais jamais dû ? murmura-t-il d'une voix rauque.

— Cela ferait-il une différence que je te le dise ?

Les jambes en coton, Foxy tentait vainement de réprimer le tremblement qui l'agitait.

— Non, répondit Lance avec honnêteté.

— Me laisseras-tu partir maintenant ?

Il relâcha son étreinte mais laissa ses mains sur les hanches de la jeune femme.

— Pour le moment, acquiesça-t-il. Mais sache que j'ai la ferme intention de terminer ce que j'ai commencé.

D'un geste ferme, Foxy repoussa les mains de Lance.

— De ta suffisance ou de ton arrogance, je me demande bien laquelle est la moins irritante !

Lance la regarda en souriant, indifférent à la pique qu'elle venait de lui lancer.

— Tu es trop mignonne quand tu prends tes airs de grande dame offensée.

Sans un mot, Foxy s'éloigna, consciente des yeux de Lance braqués sur elle.

Seulement la moitié des compétiteurs allaient finir la course. Avant le départ, Foxy avait pu lire, sur le visage de Kirk, ce mélange de confiance et de concentration extrême qu'elle connaissait bien et qui signifiait qu'il allait remporter la victoire. Aussi, lorsque le drapeau s'abaissa, annonçant la fin de la course, ne fut-elle pas étonnée de voir la foule se précipiter dans sa direction.

Elle savait qu'il se prêterait volontiers aux marques d'adulation qu'on lui porterait, offrant à ses admirateurs en délire un visage enfin serein et détendu, délivré de toute trace de tension. Il sourirait de nouveau et son regard retrouverait la petite flamme pétillante qui lui donnait l'air d'un sale gosse content du bon tour qu'il venait de jouer.

Inlassablement, il répondrait aux questions des journalistes, signerait des autographes, serrerait les mains qui se tendraient pour le féliciter.

Puis ce serait la fin. Les cinq cents miles d'Indianapolis, déjà, appartiendraient au passé car, pour Kirk Fox, seule comptait la prochaine course.

Dans deux jours il serait en route pour Monaco et son fameux rallye.

# *Chapitre 4*

La ville de Monte-Carlo est blottie au pied d'un massif des Alpes-Maritimes et fait face au bleu intense de la mer Méditerranée. Elle offre un curieux mélange de gratte-ciel et d'élégantes maisons anciennes, et même si elle n'en a pas la taille, elle donne l'impression d'une grande ville qui serait tout droit sortie d'un conte de fées.

Ce qui frappa Foxy en redécouvrant les lieux, ce fut la variété de couleurs. Elle admira le blanc éblouissant des bâtiments qui se combinait avec bonheur au vert et au brun des montagnes environnantes et au bleu profond de la mer. Fleurs et plantes grasses à profusion ajoutaient une note typiquement exotique.

La jeune femme tomba littéralement sous le charme de l'endroit.

Kirk occupé par les essais préliminaires et Pam par ses interviews, Foxy passait le plus clair de son temps en compagnie de Scott Newman. Elle le trouvait charmant, attentionné, intelligent mais, néanmoins — et elle maudissait Lance d'avoir raison sur ce point —, parfaitement ennuyeux. Il planifiait tout, anticipant le moindre de ses désirs, ne laissant aucune place à la fantaisie. Chacun de leurs rendez-vous était scrupuleusement respecté, et Foxy le retrouvait, toujours impeccablement vêtu, toujours parfaitement bien élevé. Avec lui, elle était à l'abri du moindre danger, mais également de la moindre surprise susceptible de donner un peu de piquant à leurs rencontres. Plus d'une fois, elle s'était sentie coupable, trop consciente du fossé qui les séparait car si Scott avait tout du parfait chevalier, elle, en revanche, n'avait rien de la gente demoiselle enfermée dans sa tour d'ivoire.

Pour l'heure, elle passait nerveusement d'une fenêtre à une autre, écoutant distraitement le cliquetis étouffé du clavier de l'ordinateur de Pam. Elle se prit à contempler rêveusement les yachts majestueux ancrés dans la baie. Elle se souvint soudain d'une voiture qui, durant les courses d'entraînement, avait raté son virage et plongé tout droit dans la mer.

Elle se tourna vers son amie et regarda un instant ses longs doigts fins courir sur le clavier. La table sur laquelle elle travaillait disparaissait sous un amoncellement de papiers, de documents et de cassettes vidéo parmi lesquels elle seule pouvait s'y retrouver.

— Tu vas au casino ce soir ? demanda-t-elle.

— Mmm ? Non… Je veux finir cet article. Et toi, tu y vas avec Scott ? s'enquit-elle à son tour sans cesser de pianoter.

Foxy fronça les sourcils puis se laissa tomber lourdement sur une chaise.

— Oui, je suppose, soupira-t-elle.

Pam leva le nez de son ordinateur et l'observa un instant.

— J'ai compris, dit-elle en posant les coudes sur son bureau. Allez, raconte à maman.

Le ton doux et maternel amusa Foxy qui adressa un sourire affectueux à son amie.

— Je suis stupide, je sais, confessa-t-elle dans un petit rire. J'adore cette ville ! C'est l'un des endroits les plus romantiques du monde, et j'ai la chance inouïe d'être payée pour y venir. Un homme charmant me fait la cour et pourtant…

Elle s'interrompit pour pousser un profond soupir.

— Et pourtant…, reprit Pam à sa place, tu t'ennuies à mourir. C'est normal. Tu passes presque toutes tes journées en sa compagnie, et il faut avouer qu'il n'est pas le compagnon idéal. Kirk n'est pas libre, moi non plus. Quant à Lance…

— Je n'ai pas besoin de Lance ! protesta un peu trop vivement Foxy.

Bien au contraire, ne pas avoir affaire à Lance était une bénédiction plutôt qu'un problème, songea-t-elle en essayant de s'en persuader.

— De toute façon, ajouta Pam prudemment, il semblerait qu'il ait pris ses distances avec toi.

Foxy ignora la remarque de son amie et tenta de se justifier.

— Scott est vraiment charmant. En outre, il sait se montrer discret. Je lui ai clairement fait comprendre depuis le début que je ne voulais pas d'une relation sérieuse avec lui et il a accepté. Sans même essayer de discuter.

Elle se leva d'un bond de sa chaise et se mit à faire les cent pas.

— Il n'a pas tenté de m'entraîner dans son lit, ne se met jamais en colère, est le roi de la ponctualité, ne manifeste aucun débordement d'aucune sorte…

Elle s'interrompit brusquement et se souvint qu'à deux reprises Lance, lui, l'avait embrassée malgré ses protestations…

— Je me sens à l'aise avec lui, conclut-elle d'un ton peu convaincant.

— C'est drôle, mes vieilles pantoufles me font à peu près le même effet, laissa négligemment tomber Pam.

Foxy aurait aimé se mettre en colère mais elle ne put qu'éclater de rire.

— Tu n'es pas faite pour ce genre de relation pépère, voilà tout ! ajouta son amie en riant à son tour.

Elle fit tourner pensivement un stylo entre ses doigts et reprit.

— Tu es comme ton frère, Foxy, tu as besoin de défis permanents. Maintenant, en ce qui concerne Lance Matthews…

— Ah, non ! l'interrompit Foxy en levant la main comme le ferait un agent de circulation. Arrête tout de suite !

— Dommage ! Parce que, avec lui, je doute que tu t'ennuies un jour.

— Peu importe, rétorqua Foxy, butée. D'ailleurs, ajouta-t-elle en se dirigeant vers la porte, j'ai bien l'intention de m'amuser ce soir. Et de gagner une fortune à la roulette. Tiens, je t'achèterai même un hot dog avec mes gains !

Elle se retourna, fit un clin d'œil à Pam et referma la porte derrière elle.

Une fois qu'elle fut seule, le sourire de Pamela s'évanouit. Elle fixa durant de longues minutes la page qui s'affichait sur son ordinateur.

Kirk Fox lui posait un sérieux problème. Même si, en dépit de la déclaration un brin prétentieuse qu'il lui avait faite, il avait su rester à sa place et ne lui avait fait aucune avance depuis, semblant à peine remarquer sa présence.

Elle tenta de se persuader que cela ne l'ennuyait pas

du tout. Elle renifla légèrement, haussa les épaules et fixa de nouveau son écran. Avec un peu de chance, il serait suffisamment occupé tout au long de la saison pour ne plus faire attention à elle.

Quant à elle, elle avait un reportage à faire.

Prise de remords, Foxy mit un soin tout particulier à choisir sa tenue. Elle opta pour une robe noire qui épousait parfaitement ses formes et mettait sa silhouette en valeur. Elle releva ses cheveux en chignon, ne laissant que quelques mèches lui caresser la nuque et ses épaules nues. Une fine chaîne en argent autour du cou, un léger voile de parfum et elle se sentit capable de rivaliser d'élégance avec les riches clientes qu'elle ne manquerait pas de côtoyer autour des tables de jeu.

Elle venait juste de fourrer le strict minimum féminin dans un petit sac du soir en lamé lorsqu'on frappa à la porte. Elle afficha son plus joli sourire, bien décidée à offrir à Scott l'image d'une jeune femme ravie à l'idée de passer la soirée avec lui, et alla ouvrir.

— Oh ! dit-elle bêtement.

Elle réalisa soudain que c'était la première fois qu'elle voyait Lance en tenue de soirée. Le costume à la coupe impeccable qu'il portait lui donnait un air différent. L'espace d'une seconde, Foxy eut l'impression d'avoir devant elle un étranger, le diplômé de Harvard, résidant dans le quartier très chic de Beacon Hill, l'héritier de la fortune des Matthews.

— Bonsoir, Foxy. As-tu l'intention de me faire entrer ou comptes-tu me laisser sur le palier ?

Le ton de sa voix et le sourire ironique qui flottait sur

ses lèvres lui firent retrouver son apparence habituelle d'homme irritant. Foxy redressa les épaules et essaya d'afficher un air digne.

— Désolée, Lance, mais comme tu peux le constater j'étais sur le point de sortir.

— Jusque-là, j'avais tendance à croire que beauté et ponctualité ne faisaient pas bon ménage. Je reconnais que j'avais tort.

Il s'avança vers elle et, avant même qu'elle ait eu le temps de réagir, prit son menton entre ses doigts.

— Je t'emmène prendre un verre avant de dîner. J'ai réservé une table pour 20 heures.

— Eh bien il va falloir que tu annules, répliqua-t-elle en tentant d'écarter la main de Lance.

— Cela nous laisse une heure devant nous, poursuivit ce dernier, indifférent aux protestations de la jeune femme. As-tu une idée de la façon dont nous pourrions tuer le temps ?

— Que dirais-tu d'une partie de solitaire ? suggéra-t-elle avec désinvolture. Mais *seul* et dans *ta* chambre.

— Vraiment ? riposta Lance, une lueur amusée au fond des yeux. Dommage ! L'idée de sortir avec toi me séduisait assez. Ah ! j'oubliais, ajouta-t-il en serrant la jeune femme d'un peu plus près : Newman est désolé mais il a eu un… un empêchement de dernière minute. As-tu un châle ? La soirée risque d'être fraîche.

— Un *empêchement* ? répéta Foxy, attentive aux mains de Lance qui caressaient à présent ses épaules nues. Mais encore ?

— En fait, il avait oublié qu'il avait déjà un rendez-vous ce soir. C'est vraiment dommage de devoir couvrir d'aussi jolies épaules.

— Il avait *oublié* qu'il avait un rendez-vous ? insista Foxy que les battements désordonnés de son cœur ainsi que le sourire moqueur de Lance commençaient à irriter au plus haut point. Scott n'aurait jamais pu faire une chose pareille, il a bien trop d'éducation ! Qu'est-ce que tu lui as fait, Lance ? Ou plutôt qu'est-ce que tu lui as dit ? Je sais ! conclut-elle en dardant sur lui un regard assassin. Tu as cherché à l'intimider, n'est-ce pas ?

— J'avoue que l'idée m'a effleuré l'esprit, admit Lance avec une spontanéité qui désarçonna Foxy. Va chercher ton châle.

— Mon…, balbutia la jeune femme. Certainement pas !

— Comme tu voudras, répliqua-t-il en la prenant par la main.

— Si tu crois que je vais sortir avec toi, fulmina-t-elle, tu perds complètement la raison ! Je ne bougerai pas d'ici !

La main de Lance glissa lentement sur sa taille.

— Parfait. L'idée de rester ici me convient parfaitement…

Il inclina légèrement la tête et effleura d'un baiser le creux de son épaule.

— Il… il n'en est pas question, protesta faiblement Foxy. Tu ne peux pas rester ici.

— J'ai entendu dire que le service était excellent dans cet hôtel, poursuivit-il en lui mordillant le lobe de l'oreille. J'adore ton parfum : léger comme une brise de printemps et pourtant si lourd de secrets.

— Lance, s'il te plaît…

Foxy se sentait près de rendre les armes. Il lui devenait de plus en plus difficile de résister au souffle tiède de la bouche de Lance sur la sienne.

— Oui ? murmura-t-il en dessinant du bout de sa langue le contour de ses lèvres.

Foxy se mit à trembler comme une feuille. Elle s'écarta désespérément de lui, luttant encore pour ne pas céder à la tentation.

— Je meurs de faim, annonça-t-elle brusquement, consciente de l'incongruité de sa tactique.

D'un geste qui se voulait désinvolte, elle repoussa les quelques mèches plaquées sur son visage.

— J'accepte donc ton invitation, enchaîna-t-elle très vite. A condition, bien sûr, que ce soit toi qui paies puisque c'est à cause de toi que mon chevalier servant s'est désisté. Et tu devras également m'emmener au casino, comme cela était prévu.

— Avec plaisir, chère amie, répondit Lance en esquissant une courbette.

La distance entre eux la rendant plus forte, Foxy ajouta avec détermination :

— Et sache que j'ai bien l'intention de te faire dépenser des sommes indécentes.

Puis elle alla chercher sur son lit un châle de soie dans lequel elle se drapa avant de se diriger vers la porte d'un pas qu'elle souhaitait assuré. La lune éclaboussait la baie de Monte-Carlo. Une légère brise, venue du large, exhalait des parfums d'iode. Foxy et Lance avaient pris place sur la terrasse d'un restaurant bondé de célébrités. Une musique d'ambiance leur parvenait, douce et légère, entrecoupée des murmures des clients voisins. Sur leur table, un soliflore dans lequel se trouvait une rose d'un rouge incandescent. Il n'en fallait pas plus à Foxy pour réveiller le romantisme qui sommeillait en elle. En outre, elle brûlait de prouver à Lance qu'elle n'était plus la gamine qu'il avait connue mais une vraie femme, qui pouvait se révéler aussi sophistiquée que celles qu'il avait l'habitude de fréquenter. Elle s'appliqua néanmoins à garder à leur conversation un ton neutre.

— Je crois que Kirk a eu des problèmes avec sa voiture, hier.

Elle prit une crevette dans son assiette et la trempa dans un bol de sauce.

— J'espère qu'il a pu le régler, ajouta-t-elle sur un ton faussement distrait.

— Ce n'était rien. Juste une pièce de moteur à remplacer.

Lance la regardait par-dessus son verre, et ce que Foxy lut dans ses yeux la fit redoubler de vigilance.

— Curieux, n'est-ce pas, de penser qu'un simple joint peut remettre en cause les centaines de milliers de dollars investis dans une course.

— Curieux en effet, répéta Lance dans un demi-sourire.

— Si tu commences à te moquer de moi, le prévint la jeune femme en hochant fièrement le menton, c'est très simple : je me lève et je m'en vais.

— Si tu veux. Mais j'irai te chercher et je te ramènerai ici.

Foxy plissa les yeux et fixa Lance en silence. Mais celui-ci soutint son regard sans ciller, son éternel sourire moqueur aux lèvres.

— Oh, mais je n'en doute pas, soupira la jeune femme. Je suis même certaine que, si je faisais un scandale qui nous mènerait tout droit en prison, tu ne bougerais pas plus qu'en ce moment même.

Elle s'interrompit pour siroter une gorgée de vin.

— Il est difficile de rester calme face à quelqu'un d'aussi impassible, reprit-elle. Je me souviens que, lorsque tu étais pilote, tu avais la même attitude. Tu étais pénétré de la même extrême concentration que Kirk, mais tu possédais cette rigueur qu'il n'a jamais eue. Il est aussi fonceur et tête brûlée que tu étais réfléchi, et tandis que tu pilotais avec une décontraction qui laissait à penser qu'il n'y avait rien de plus facile, lui n'était qu'une boule de nerfs. En fait, toi tu courais pour le plaisir.

Intrigué, Lance observa la jeune femme avec une acuité accrue.

— Ce n'est pas le cas de Kirk ?

La surprise se peignit sur le visage de Foxy.

— Tu plaisantes ! Kirk ne vit que pour les courses. Elles lui sont aussi indispensables que l'air qu'il respire. Pour lui, le plaisir qu'elles procurent ne passe qu'au dernier plan.

Elle pencha légèrement la tête, la lueur de la bougie dansant au fond de ses yeux.

— Si tes motivations avaient été les mêmes que celles de Kirk, tu n'aurais jamais abandonné à trente ans, ajouta-t-elle. Comme lui tu aurais eu l'espoir de courir jusqu'à ton dernier souffle.

— Tu me surprends, Foxy. Je dois reconnaître que l'adolescente que tu étais avait une perception des choses beaucoup plus aiguë que ce que je croyais.

Lance laissa le maître d'hôtel poser devant eux les tournedos Rossini qu'ils avaient commandés, puis partagea une boule de pain en deux avant de reprendre :

— Tu détestes ce monde, n'est-ce pas, Foxy ?

— Oui, avoua-t-elle en acceptant la moitié de pain qu'il lui tendait. Depuis toujours. Et toi, comment tes parents ont-ils accueilli ta décision de devenir pilote ?

— Froidement, répondit-il si spontanément que la jeune femme éclata de rire.

— Je suis sûre que tu t'es réjoui de leur réaction.

— Je ne m'étais pas trompé, tu ne manques pas de perspicacité.

— Les proches des coureurs ont tous une façon différente d'appréhender le problème, affirma Foxy dans un souffle. Cependant, quelle que soit celle-ci, il est plus difficile d'être spectateur que pilote.

Elle inspira profondément avant de mordre, songeuse, dans la croûte croustillante de son pain.

— J'imagine que ta famille doit être soulagée maintenant que tu as intégré le monde des affaires. C'est beaucoup plus honorable.

— Tu ferais mieux de manger, lui recommanda Lance. Perdre de l'argent demande beaucoup plus d'énergie que d'en gagner.

Foxy lui adressa une moue dédaigneuse puis s'exécuta docilement.

La nuit n'était pas encore trop avancée lorsqu'ils franchirent le seuil du casino. Malgré elle, Foxy laissa tomber son masque d'indifférence, trop excitée par tout ce qui l'entourait.

— Oh ! Lance, s'exclama-t-elle en s'agrippant à son bras, c'est fabuleux !

Elle admirait, éblouie, le kaléidoscope de couleurs qu'offraient les robes de grands couturiers assorties de parures somptueuses. Elle s'amusa à distinguer les différentes langues étrangères qu'elle entendait sur leur passage et les bruits caractéristiques de chaque table de jeu : le doux cliquetis de la bille tournant sans fin sur la roulette, le raclement des plaques ratissées sur les tapis, le claquement sec des jetons lancés sur les tables, le bruissement des cartes que le croupier battait avant de distribuer.

Riant de cette joie enfantine qu'elle manifestait, Lance lui passa un bras autour de la taille.

— Foxy, ma chérie, ne me dis pas que c'est la première fois que tu entres dans un lieu de débauche comme celui-ci ?

— Ne te moque pas de moi, veux-tu, répliqua-t-elle, trop impressionnée cependant pour se sentir vraiment insultée. C'est si beau !

— L'amour du jeu est pourtant partout le même, Fox. Que ce soit dans un fauteuil moelleux avec une coupe de champagne ou dans un garage improvisé en tripot avec une canette de bière.

Foxy chercha le regard de Lance puis lui sourit.

— Je me souviens des parties de poker que tu faisais. Tu ne voulais jamais me laisser jouer.

— Tu étais très précoce en effet, souligna-t-il en lui caressant à présent la nuque.

— Tu craignais surtout que je ne te batte !

La jeune femme se fit soudain songeuse. Avec une pointe de culpabilité, elle se félicita de passer cette soirée avec Lance plutôt qu'avec Scott Newman.

— Qu'y a-t-il dans cette jolie tête ? murmura Lance, à qui le regard pensif de Foxy n'avait pas échappé.

— Je pensais à la réaction que j'ai eue lorsque j'ai su que tu avais manipulé ce pauvre Scott ! J'en arrive même à culpabiliser de ne pas culpabiliser !

Lance éclata de rire et déposa un léger baiser sur les lèvres de la jeune femme.

— Au point de gâcher ta soirée ?

— Même pas, avoua-t-elle humblement. Je suppose que je suis trop égoïste pour cela.

La bouche de Lance s'élargit en un sourire satisfait.

— Alors, nous devrions bien nous entendre, proclama-t-il en entraînant Foxy vers la roulette.

Une fois installée, la jeune femme suivit avec attention la petite bille argentée qui bondissait de case en case. Lorsque, enfin, elle s'immobilisa, le croupier ajouta les plaques des perdants à celles des gagnants. Le tas de jetons ainsi accumulés lui fit penser à une espèce de tour de Babel. Elle distingua dans un joyeux brouhaha les intonations mélodieuses de la langue italienne et celles, gutturales, de la langue allemande, qui se mélangeaient à l'accent élégant du sud de l'Angleterre. Les visages également offraient une grande diversité. Certains affichaient un âge avancé, d'autres une éclatante jeunesse, d'autres encore un profond ennui ou, au contraire, une joie indicible.

Mais un seul fascinait Foxy qui ne pouvait détacher son regard de la vieille dame, d'une rare élégance, qui lui faisait face. Ses cheveux soyeux d'un blanc éclatant encadraient un visage aux traits délicats que n'arrivaient pas à altérer les fines rides qui les striaient. Au contraire même, ces rides ajoutaient du caractère à ce visage qui avait dû être d'une grande beauté. Les diamants que la vieille dame portait autour du cou et aux oreilles rehaussaient le vert émeraude de ses yeux, et elle arborait avec panache une robe de soie d'un rouge incandescent qui donnait l'illusion de feu couvant sous la glace. Sous le charme, Foxy la regardait tirer avec grâce sur un long fume-cigarette en or.

— Comtesse Francesca de Avalon, de Venise, chuchota Lance à son oreille. Une femme exceptionnelle.

— En effet, approuva Foxy en prenant la coupe de champagne qu'il lui tendait. Quelle somme as-tu l'habitude de parier sur un coup ?

En guise de réponse, Lance haussa les épaules et alluma la cigarette qu'il venait de sortir d'un élégant étui en argent.

Foxy se mit à rire et secoua la tête.

— J'ai du mal à m'y retrouver. Je ne connais pas la valeur de ces plaques.

— Le prix d'une soirée au casino, répliqua négligemment Lance en levant son verre en direction de Foxy.

En soupirant, la jeune femme prit cinq des plaques qui se trouvaient devant elle, misant ainsi, sans le savoir, sept cents euros sur le noir.

— Je vais essayer de ne pas te faire tout perdre en une fois.

— Très généreux de ta part, fit remarquer Lance en suivant la petite bille des yeux.

— 27, noir ! annonça le croupier d'une voix claire.

— Nous avons gagné ! s'écria Foxy.

Elle croisa le regard amusé que Lance posait sur elle. Ses yeux gris, remarqua-t-elle, avaient pris la couleur sombre de l'ardoise.

— C'est bon, Lance, ne me regarde pas avec cet air suffisant, veux-tu ? dit-elle en trempant les lèvres dans le champagne pétillant. C'était juste la chance des débutants. D'ailleurs…, commença-t-elle en tendant la main vers ses gains.

— Trop tard, l'interrompit Lance en arrêtant son bras. La roue est lancée.

La mine horrifiée de Foxy le fit éclater de rire.

— Oh ! Mais je ne voulais pas..., balbutia la jeune femme. Lance, il doit y avoir l'équivalent de mille dollars là-dessus !

— Possible, en effet, lâcha gravement Lance.

Muette d'angoisse, Foxy regarda la bille minuscule effectuer ses petits bonds capricieux. Un mélange de crainte, de culpabilité et d'excitation l'assaillit tandis que la roue commençait à ralentir.

— 5, noir !

Foxy ferma les yeux, au comble du soulagement, puis les rouvrit très vite pour ramener en hâte sa mise vers elle. Elle se tourna vers Lance qui riait ouvertement, et le gratifia d'un sourire dédaigneux.

— Tu aurais aimé que je perde, n'est-ce pas ?

— Disons que cela m'aurait amusé, reconnut-il en faisant signe au serveur de leur apporter une nouvelle coupe de champagne. Pourquoi ne miserais-tu pas sur des colonnes à présent ? Il faut savoir prendre des risques dans la vie.

— Après tout... c'est ton argent, marmonna Foxy en plaçant cinq plaques sur la première colonne.

De nouveau, elle rafla la mise. Puis la chance sembla l'abandonner et elle perdit trois mille euros qu'elle regagna intégralement le tour d'après. Complètement inconsciente des sommes qui se jouaient et de la chance dont elle bénéficiait, elle gagnait, coup après coup, satisfaite de voir son tas de plaques grossir devant elle. Elle commençait même à y prendre goût. La réussite la grisait tout autant que les coupes de champagne qu'elle ne cessait de vider. Impassible, Lance la regardait jouer et lui adressait, de temps en temps, un sourire plein d'amusement et de tendresse.

— Lance, tu es sûr de ne pas vouloir miser quelques-uns de ces jetons ? demanda-t-elle dans un élan de générosité.

— Tu te débrouilles très bien sans moi, répondit-il en enroulant autour de ses doigts une boucle des cheveux de la jeune femme.

— C'est le moins que l'on puisse dire, affirma une voix inconnue.

Foxy tourna la tête et plongea dans les yeux émeraude de la comtesse de Avalon qui se tenait derrière elle, légèrement courbée sur une canne au pommeau d'ivoire. Foxy fut frappée par la petite taille de la comtesse qui ne devait pas mesurer plus d'un mètre cinquante. D'un geste impérieux, elle imposa à Lance, qui s'apprêtait à se lever, de rester assis. Elle s'exprimait dans un anglais courant, presque sans accent.

— Laissez-moi vous féliciter, *signorina*, pour vos succès retentissants et pour votre jeu, très habile.

— Disons plutôt que j'ai beaucoup de chance, comtesse. Croyez-moi, je ne pensais vraiment pas gagner des sommes pareilles lorsque nous sommes arrivés !

— Alors, je n'ai plus qu'à changer de stratégie, soupira la vieille dame, et croire, moi aussi, à ma bonne étoile.

Elle s'interrompit et jaugea Lance d'un regard approbateur.

— Vous semblez me connaître, jeune homme, reprit-elle de la même voix égale. A qui ai-je l'honneur ?

Lance inclina légèrement la tête.

— Comtesse de Avalon, je vous présente Cynthia Fox.

Foxy prit dans la sienne la petite main fine que la comtesse lui tendait.

— Vous êtes ravissante, décréta-t-elle en épinglant Foxy de ses yeux vifs. Mais si j'avais ne serait-ce que dix ans de moins, je vous aurais soufflé votre charmant compagnon. Ne faites jamais confiance à une femme d'expérience.

Puis, sans plus de commentaires, elle se détourna de Foxy et reporta toute son attention sur Lance.

— Et vous, qui êtes-vous ?

— Lance Matthews, comtesse, dit Lance en effleurant de ses lèvres la main de la vieille dame, dans un baisemain aussi désuet que charmant. C'est un honneur de vous rencontrer.

La comtesse plissa les yeux quelques secondes et son regard sembla s'égarer un instant dans le vide.

— Matthews, murmura-t-elle. Mais bien sûr ! J'aurais dû reconnaître tout de suite ce regard insondable. J'ai bien connu votre grand-père dans le passé.

Le regard teinté de nostalgie, elle laissa échapper un petit rire cristallin.

— Vous lui ressemblez beaucoup, Lancelot Matthews. Et je tiens à dire que vous portez très bien ce nom dont vous avez hérité.

— Merci, comtesse. Je suis d'autant plus flatté que j'adorais mon grand-père.

— Moi aussi. Moi aussi… En revanche, ajouta-t-elle à brûle-pourpoint, votre tante Phoebe est parfaitement sinistre. Je l'ai rencontrée au cours d'un voyage en Martinique il y a deux ans.

Le visage de Lance se fendit d'un large sourire.

— J'ai bien peur que vous n'ayez raison, admit-il.

La comtesse se tourna de nouveau vers Foxy qui, fascinée, ne l'avait pas quittée des yeux.

— Ne relâchez jamais votre vigilance, jeune fille, lui conseilla-t-elle. Il a tout du coureur de jupons qu'était son aïeul.

Elle prit la main de Foxy dans la sienne et la pressa légèrement.

— Comme je vous envie ! conclut-elle avant de s'éloigner d'une démarche assurée.

— Quelle femme magnifique ! murmura Foxy.

Puis, s'adressant à Lance :

— Tu crois que ton grand-père était amoureux d'elle ?

D'un signe de la main, Lance signifia au croupier de convertir les jetons accumulés en argent liquide.

— Oui. Je sais qu'il a vécu une liaison torride avec elle. Il voulait même la convaincre de divorcer et de s'installer avec lui sur la Côte d'Azur. Mais, pour ma famille, cette histoire n'a jamais existé.

— Comment sais-tu tout cela ? demanda Foxy, passablement intriguée.

Lance l'aida à se lever, et couvrit ses épaules de son châle.

— C'est lui-même qui me l'a confié. Il m'a même avoué un jour n'avoir jamais aimé qu'elle. Jusqu'à sa mort, à plus de soixante-dix ans, il a attendu un signe d'elle pour tout quitter. En vain.

Foxy, pensive, ondulait entre les tables de jeu, n'ayant pas la moindre conscience des nombreuses paires d'yeux braquées sur le couple hors du commun qu'elle formait avec Lance.

— C'est merveilleusement triste, soupira-t-elle avec une pointe de nostalgie. Je suppose que cela a dû être affreux pour ta grand-mère de vivre toutes ces années aux côtés d'un homme qui aimait une autre femme.

— Ma chère innocente Fox, rétorqua Lance. Sache que ma grand-mère est une Winslow, de Boston. Et que, dans ce milieu, un mariage de raison, deux beaux enfants et des parties de bridge hebdomadaires suffisent amplement au bonheur. L'amour n'est pas prévu au programme. Il est tout juste bon pour le commun des mortels.

— Tu plaisantes !

— Malheureusement, non. Viens. Marchons un peu. La soirée est si belle.

Elle lui sourit et passa son bras sous le sien.

Indifférents au flux dense de la circulation, ils flânèrent sous le ciel étoilé, auréolés de la lumière chaude des lampadaires.

Le champagne lui ayant agréablement tourné la tête, Foxy se sentait légère comme une bulle. Elle avait déjà oublié les prophéties de la comtesse et, parfaitement détendue, jouissait pleinement de cette promenade au clair de lune, chargée des parfums et des mystères de la nuit.

Elle se détacha soudain de Lance et alla s'adosser contre le tronc d'un palmier.

— J'adore ces arbres ! J'ai toujours rêvé d'en avoir un mais le climat n'est pas propice en Indiana. J'ai dû me contenter d'un pin parasol.

Lance s'approcha d'elle et, d'un geste tendre, repoussa une mèche de cheveux.

— J'ignorais que tu t'intéressais à l'horticulture.

D'une pirouette, la jeune femme se dégagea et alla se pencher sur une balustrade qui surplombait la mer.

— J'ai mes petits secrets, qu'est-ce que tu crois ? A huit ans, je voulais devenir plongeuse. Ou chirurgien. Je n'arrivais pas trop à me décider. Et toi ? Qu'est-ce que tu voulais être quand tu étais petit ?

— Moi ? Je rêvais de devenir lanceur dans l'équipe des Red Socks, répondit-il sans hésiter.

— Tu ne m'as pas dit combien j'avais gagné au casino.

— Hmm ? marmonna Lance qui, perdu dans la contemplation des reflets dorés de la chevelure de Foxy, n'écoutait plus qu'à moitié.

— Combien ai-je gagné au casino ? répéta-t-elle.

— Dans les huit mille euros, annonça-t-il avec désinvolture.

— Quoi ? s'écria-t-elle, sous le choc. Huit mille euros !

— Au cours actuel de la Bourse, précisa-t-il.

Les mains sur la bouche, les yeux écarquillés, Foxy le fixait comme s'il venait de lui dire qu'il était originaire de Mars.

— Lance ! Seigneur ! Tu te rends compte, j'aurais pu tout perdre !

— Réjouis-toi, ce n'est pas le cas, répondit-il, une pointe d'amusement dans la voix. Tu t'es même très bien débrouillée en dépit de ton désir de perdre.

— Mon Dieu, Lance ! Je n'avais aucune idée des sommes qui se jouaient, sans quoi… Tu es complètement fou de m'avoir laissée faire ! C'est sûr, tu es fou !

Elle se laissa aller contre l'épaule de Lance tandis que son rire clair résonnait dans la nuit calme. Et lorsqu'il passa un bras autour de sa taille, elle ne protesta pas.

— Si j'avais su combien valait cette petite bille chaque fois que la roue tournait, je crois que je me serais évanouie ! poursuivit-elle entre deux éclats de rire.

Elle prit une profonde inspiration et leva vers lui ses yeux brillant d'excitation.

— Eh bien, il semble que j'ai contribué à accroître la fortune, pourtant déjà conséquente, des Matthews.

— Cet argent est à toi, Foxy. C'est toi qui l'as gagné.

La jeune femme, horrifiée, esquissa un pas en arrière.

— Il n'en est pas question ! C'est *ton* argent ! En revanche…

Elle s'interrompit pour aller cueillir une marguerite qui dressait fièrement sa corolle éclatante au pied d'un parapet.

— En revanche…, reprit-elle en glissant la fleur dans ses cheveux, tu pourrais m'offrir un cadeau. Je ne sais pas… Quelque chose d'extravagant.

Elle se tourna vers lui et ajouta dans un sourire :

— C'est correct, non ?

— Tu as une idée en tête ? s'enquit-il.

Elle ne répondit pas et s'éloigna de quelques pas, attentive au cliquetis de ses talons sur l'asphalte.

— J'hésite…, dit-elle en faisant volte-face. Un couple de chiens-loups ou peut-être… des chevaux ! Oui, deux ou trois pur-sang arabes. Ou alors, un troupeau de chèvres !

— Tu ne préférerais pas plutôt un manteau en zibeline ?

— Certainement pas ! s'indigna-t-elle en plissant le nez. Il n'est pas question que je porte la fourrure d'un animal mort !

Elle cessa soudain de faire les cent pas pour se rapprocher de Lance qui en profita pour l'enlacer.

— Comme tu voudras, dit-il en effleurant son visage de ses lèvres.

La jeune femme se rapprocha encore de lui.

— Je ne devrais pas te le dire, murmura-t-elle, mais je suis très contente de passer cette soirée avec toi et pas avec Scott.

— C'est vrai ? répliqua Lance sur le même ton en mordillant le lobe velouté de son oreille.

— Oui, chuchota-t-elle en se plaquant plus étroitement contre lui. Et j'adorerais que tu m'embrasses. Là, maintenant.

Ses derniers mots moururent sur ses lèvres prisonnières de celles de Lance. Foxy l'attira un peu plus vers elle, cherchant désespérément à combler l'infime espace qui les séparait encore. Elle aurait voulu se couler en lui, se fondre en lui. Elle entendait battre son cœur tout contre le sien, au même rythme effréné. Elle ne prêta pas attention au châle que les mains de Lance avaient fait glisser de ses épaules, trop impatient de toucher sa peau nue. La bouche enfiévrée de son compagnon s'attarda sur sa gorge, avant de remonter lentement pour reprendre ses lèvres.

Foxy se grisait de l'odeur presque animale qui émanait de Lance tandis qu'elle enfouissait son visage dans le creux de son épaule. Elle aussi voulait toucher, goûter chaque parcelle de cette peau qui la rendait folle, mais elle obéit docilement à l'injonction muette de Lance qui réclamait encore sa bouche sensuelle. Ce nouveau baiser la foudroya de désir, électrisant chaque parcelle de son corps. Chancelante, elle laissa échapper un gémissement de plaisir, attisant un peu plus la fougue qui animait Lance. Et lorsque la langue de ce dernier rompit le barrage de ses dents, approfondissant leur baiser fébrile, elle murmura son nom puis reposa sa tête contre l'épaule qu'il lui offrait.

— Je ne sais pas si c'est toi ou tout le champagne que j'ai bu, mais j'ai la tête qui tourne, parvint-elle à articuler.

Tremblant comme une feuille, elle se blottit un peu plus contre lui. Lance prit son visage entre ses mains, la forçant à le regarder.

— Quelle importance ?, dit-il d'une voix rauque. Puisque de toute façon nous allons faire l'amour ce soir.

Il avait chuchoté ces derniers mots, son souffle chaud contre l'oreille de Foxy ravivant le feu qui coulait dans ses veines.

— Je ne sais pas…, balbutia-t-elle. Tout est si confus.

Elle s'éloigna brusquement des bras rassurants qui l'enlaçaient et secoua la tête.

— Ce que je sais c'est que, lorsque tu m'embrasses, je perds complètement le contrôle de moi-même.

En deux enjambées, Lance fut près d'elle.

— Si tu cherches à me faire renoncer, tu n'y parviendras pas, Foxy, lui assura-t-il. Je suis un battant, tu le sais.

— Je sais. Bien sûr que je le sais, répéta-t-elle en inspirant une profonde bouffée d'air frais.

Elle fixa la lune, cherchant à reprendre ses esprits.

— Tu ne l'ignores certainement pas mais j'ai toujours admiré ta détermination à vouloir être le premier dans tout ce que tu entreprenais, commença-t-elle, son cœur battant sourdement dans sa poitrine.

Elle chercha à accrocher le regard de Lance mais l'ombre des palmes lui dissimulait son visage.

— Je t'aimais à la folie lorsque j'avais quatorze ans, confessa-t-elle brusquement.

Lance garda le silence puis se pencha en avant pour ramasser le châle qui gisait sur le sol.

— Vraiment ? murmura-t-il en rejoignant la jeune femme.

— Oh ! oui, s'exclama-t-elle avec une touchante spontanéité.

Encore sous l'effet grisant du champagne, elle poursuivit, comme pour elle-même :

— C'était un amour merveilleusement douloureux. Mon premier vrai béguin. Tu m'impressionnais tant ! J'étais si romantique !

Elle se tourna vers lui et lui adressa un sourire plein de tendresse.

— Tu paraissais solide comme un roc, toujours taciturne, mystérieux.

— Ah oui ? dit-il en enveloppant tendrement la jeune femme de son étole.

— Oui. Tu possédais une rare assurance. Et puis il y avait tes mains…

— Mes mains ? répéta Lance, étonné.

— Ce sont les plus belles mains que j'ai jamais vues, lui assura la jeune femme en prenant ses mains dans les siennes. Grandes et carrées, mais élégantes. Des mains d'artiste. Quelquefois d'ailleurs, je me plaisais à imaginer que tu étais musicien. Tu vivais dans une vieille mansarde sous les toits et je prenais soin de toi.

Elle relâcha les mains de Lance et remonta distraitement le châle qui avait glissé de ses épaules.

— Comme j'aurais pris soin d'un animal de compagnie, ajouta-t-elle avec un petit rire. Je souffrais d'un tel manque affectif à cette époque !

Lance, lui, ne riait pas, et restait silencieux.

— J'étais jalouse de toutes les maîtresses que tu avais, poursuivit-elle. Elles étaient toujours très belles. Je me rappelle particulièrement une certaine Tracy McNeil. Tu te souviens d'elle ?

— Non, avoua-t-il. Vraiment, je ne vois pas de qui tu veux parler.

— Elle avait des cheveux blonds magnifiques qui lui arrivaient à la taille. Moi, je détestais mes boucles frisées indisciplinées et leur couleur improbable. D'ailleurs, je suis certaine que ce qui t'a attiré chez Tracy McNeil c'étaient ses cheveux, raides comme des baguettes de tambour.

Foxy s'interrompit et inspira profondément l'odeur âcre du cigare que venait d'allumer Lance.

— Je me demande bien comment une fille élevée dans un milieu exclusivement masculin peut se montrer aussi naïve ! Enfin, quoi qu'il en soit, je soupirais après toi la majeure partie de mon temps. Tu te montrais toujours tolérant pour l'affreuse gamine que j'étais alors.

La jeune femme laissa échapper un bâillement discret.

— Puis, lorsque j'ai eu seize ans, reprit-elle, je me suis sentie adulte et je voulais être traitée en tant que telle. Le petit béguin d'adolescente s'était transformé en amour profond, et je prenais tous les prétextes pour venir rôder autour de toi. Tu l'avais remarqué ?

— Oui, confessa Lance en regardant la fumée de son cigare se fondre dans la nuit. Je l'avais remarqué.

— Tu étais toujours si gentil avec moi ! Aussi, lorsque, sans raison apparente, tu as cessé de l'être, cela a eu un effet dévastateur sur moi. Te souviens-tu de cette nuit, Lance ? C'était pendant les Vingt-Quatre Heures du Mans, continua-t-elle sans lui laisser le temps de répondre. La veille de la course je n'arrivais pas à m'endormir alors je suis descendue sur le circuit. Et quand je t'ai observé te diriger vers les stands, j'y ai vu un signe du destin.

Elle tripota machinalement la fleur dans ses cheveux.

— Je t'ai suivi. J'avais les mains moites, mon cœur battait à se rompre. Je voulais tant que tu me remarques !

Elle se tourna vers lui et lui sourit tendrement.

— Comme une femme. Car, pour moi, il était évident

que j'avais basculé dans le monde des adultes. Même si je ne savais comment gérer cet amour si encombrant. J'ai donc affiché un air désinvolte : « Salut, Lance. Toi non plus tu n'arrives pas à dormir ? » Tu portais un pull noir. Tu t'es montré très froid, très distant, mais à mes yeux cela ne faisait que te rendre encore plus romantique. Mon pauvre Lance, dit-elle en lui caressant la joue. Comme cette adoration que je te portais devait te mettre mal à l'aise !

— Le mot est faible pour exprimer ce que je ressentais alors, murmura-t-il avant de se détourner d'elle pour aller jeter son cigare à demi consumé par-dessus le parapet.

Sans paraître remarquer la trace de contrariété qui avait émaillé les propos de Lance, Foxy poursuivit, tout à ses souvenirs :

— Moi aussi je voulais être une femme fatale. Malheureusement, je n'avais pas la moindre idée de la façon dont il fallait s'y prendre pour te pousser à m'embrasser. J'ai bien essayé de me rappeler les stratagèmes dont usaient les héroïnes au cinéma. Nous étions seuls. Il faisait sombre. Et après ? La seule chose dont j'ai été capable a été de me rapprocher de toi le plus possible. Toi, qui avais le nez plongé sous le capot de ta voiture, faisant de ton mieux pour ignorer ma présence. Malgré la forte odeur d'essence et d'huile de moteur, je trouvais cela follement romantique. Que veux-tu, j'ai toujours été romantique, c'est mon point faible. Je me tenais donc sagement derrière toi, me creusant désespérément la cervelle pour savoir quelle attitude adopter tout en me demandant ce que tu pouvais bien trafiquer sous ce capot. C'est au moment même où je me suis penchée au-dessus de ton épaule que tu t'es redressé. Tu m'as retenue à temps, mais je ne voyais que tes mains sur mon bras. Mes jambes ne me portaient plus, j'étais totalement liquéfiée. C'était vraiment incroyable ! C'était la première fois que je ressentais une émotion aussi forte. Je me suis noyée dans ton regard devenu sombre, intense. Et là, je me suis dit : « Voilà, ça y est, il va me prendre dans ses bras et m'embrasser. » Nous allions succomber à la passion, comme Vivian Leigh et Clark Gable dans *Autant en emporte le vent*. Mais au lieu de cela, tu t'es mis à crier, à me reprocher d'être toujours dans tes jambes. Tu as laissé échapper un chapelet d'injures et puis tu m'as repoussée violemment. Tu m'as dit des choses horribles ce soir-là, Lance, mais le pire ça a été lorsque tu m'as traitée de *gamine insupportable*. J'aurais pu tout entendre mais pas ça. En une seconde, ma fierté, mon ego et mes fantasmes ont volé en éclats. Je n'ai pas pensé un seul instant qu'à quelques heures de la course tu pouvais vivre une tension extrême, ou que j'étais effectivement dans tes jambes. Car j'étais trop mortifiée par ce que je venais d'entendre. J'ai attendu que la douleur soit insoutenable pour m'enfuir en courant, persuadée que je te détesterais jusqu'à la fin de mes jours.

Lance laissa passer quelques secondes de silence puis il s'approcha d'elle. Tout doucement il lui caressa la joue.

— Et aujourd'hui, tu m'as pardonné, Foxy ?

— Je suppose. Et puis cela aura au moins servi à me délivrer de toi.

Elle bâilla une nouvelle fois et mit sa tête sur l'épaule de Lance.

— Allons, viens, Fox. Je te ramène avant que tu ne dormes debout.

A moitié endormie, Foxy se laissa guider docilement, soutenue par le bras que Lance avait passé autour de sa taille.

# *Chapitre 5*

Le Grand Prix de Monaco reste l'exemple classique de ce que peut être un circuit à l'intérieur d'une ville. Il est court, à peine plus de deux kilomètres, et se trouve en plein cœur d'un complexe municipal grouillant de monde. Il ne possède aucune ligne droite de plus de quelques mètres, mais est composé, en revanche, de nombreux virages, parmi lesquels deux redoutables épingles à cheveux. Loin d'être monotone, il alterne partie basse et partie haute, cette dernière culminant à quelques trois cents mètres au-dessus du niveau de la mer. Hormis la route sinueuse, les pilotes doivent affronter des dangers aussi différents que les nombreux parapets bordant la chaussée, un tunnel long de quatre cents mètres, des poteaux électriques et, bien sûr, la Méditerranée. C'est un circuit unique au monde qui requiert des pilotes une attention de chaque instant et une endurance à toute épreuve.

Pam s'était débrouillée pour arracher à Kirk la promesse d'une interview et se tenait à présent en face de lui, nerveuse. Il ne restait que deux heures avant la course, une effervescence extrême régnait dans les stands qui surplombaient le port pittoresque, niché au creux de la baie.

La jeune femme se surprit à chercher Foxy des yeux ; elle se sentirait plus à l'aise si elle ne se retrouvait pas seule avec Kirk. En vain. Elle prit alors son courage à deux mains et plongea dans le regard du pilote qui attendait sa première question, une lueur narquoise dans les yeux.

— J'ai entendu plusieurs opinions divergentes au sujet de cette course, attaqua-t-elle en affichant un sourire professionnel. Certains, dont les constructeurs automobiles auxquels j'ai parlé, considèrent Monaco comme « l'antichambre des circuits ». Et vous, qu'en pensez-vous ?

Kirk était adossé contre un mur, buvant à petites gorgées une tasse de café fumant. De petits filets de vapeur s'échappaient de ses lèvres entrouvertes. Le soleil le faisait cligner des yeux. Il paraissait totalement détendu. Contrairement à elle.

— C'est une course. Une vraie, répondit-il en la regardant par-dessus sa tasse. Simplement, ce n'est pas une course de vitesse. Aucun pilote, si bon soit-il, ne peut excéder cent quarante kilomètres/heure sur ce genre de parcours. Il s'agit plus d'un test d'endurance et de fiabilité.

— Endurance et fiabilité du pilote ou de la voiture ?

— Des deux. Changer environ deux mille fois de vitesse en l'espace de deux heures et demie est aussi redoutable pour l'homme que pour la machine. Et puis il y a ce fameux tunnel ; passer de la lumière à l'ombre un nombre incalculable de fois est épuisant. Vous ne tombez jamais en panne de batterie ? demanda-t-il soudain en soulevant le magnétophone que la jeune femme portait en bandoulière.

— Non, répondit-elle d'un ton neutre.

Si Kirk Fox avait l'intention de la déstabiliser, elle ne lui donnerait pas cette satisfaction. Elle s'éclaircit la voix et redressa les épaules.

— Il y a deux ans, enchaîna-t-elle, vous avez eu sur

ce circuit un accident grave. Cette expérience a-t-elle modifié votre façon de piloter ?

— Pourquoi ? rétorqua-t-il en vidant sa tasse d'un trait.

Il la fixait intensément, indifférent aux dizaines de personnes qui s'agitaient autour d'eux.

— Vous pourriez craindre un nouvel accident, insista la jeune femme en repoussant d'un geste impatient les mèches qui lui balayaient les joues. Mortel, celui-ci. Cela ne vous vient-il pas à l'esprit chaque fois que vous repassez à l'endroit où vous vous êtes écrasé ?

— Non, répondit laconiquement Kirk.

Il reposa sa tasse vide puis précisa :

— Je ne pense jamais au prochain accident, mademoiselle Anderson. Juste à la prochaine course.

— N'est-ce pas là une attitude un peu téméraire ? insista Pam sans se soucier du ton sec qu'avait employé Kirk.

Elle ne savait trop pour quelle raison, mais elle était contrariée, mal à l'aise, presque en colère. Elle avait vaguement conscience de ne pas être maîtresse de l'interview et de se laisser dominer, malgré elle, par son interlocuteur. Et elle n'aimait pas cela.

— Une infime erreur d'estimation, un problème mécanique subit peuvent vous mener droit à la catastrophe et vous n'y pensez pas ? reprit-elle. Vous avez pourtant eu votre lot d'accidents, de blessures plus ou moins graves. Dites-moi la vérité : qu'est-ce qui vous passe par la tête au moment où vous entrez dans le cockpit, ou pendant que vous lancez votre machine à plus de trois cents à l'heure ?

— Je pense à la victoire, laissa tomber Kirk sans une seconde d'hésitation.

Le tranchant de sa voix surprit la jeune femme, et elle observa avec attention cet homme si sûr de lui que la mort ne semblait pas effrayer. Elle vit ses yeux balayer son visage, puis s'attarder sur ses lèvres.

— Il n'y a vraiment que cela qui compte à vos yeux ? reprit-elle, troublée par le regard insistant de Kirk. La victoire ?

— Oui.

Elle comprit qu'il était sincère.

— Je n'ai jamais rencontré quelqu'un comme vous, murmura-t-elle, de plus en plus mal à l'aise.

Elle inspira profondément. Cela lui ressemblait si peu de perdre le contrôle d'elle-même.

— Parmi tous les pilotes que j'ai interviewés, aucun n'a fait preuve d'une aussi froide détermination, poursuivit-elle. Je suppose que, si vous aviez le choix, vous aimeriez mourir sur un circuit, dans un flamboiement glorieux ?

Kirk esquissa un léger sourire.

— C'est une fin qui m'irait bien, en effet. Cependant, j'aimerais autant que ce soit dans cinquante ans, et pas avant d'avoir franchi la ligne d'arrivée !

— Tous les pilotes possèdent-ils le même grain de folie que vous ?

— Probablement, répliqua Kirk qui, sans que Pam s'y attende, passa soudain ses doigts dans ses cheveux. Je me demandais s'ils étaient aussi soyeux qu'ils en avaient l'air, ajouta-t-il pour expliquer son geste. S'ils étaient aussi doux que votre peau…

Cette fois, il caressa tendrement la joue de la jeune femme.

Pam l'écoutait, pétrifiée. Elle fut incapable d'esquisser le moindre geste. Sa belle assurance s'était définitivement envolée.

— J'aime beaucoup votre voix aussi, poursuivait Kirk. Je la trouve suave et sexy. Et j'adore votre regard d'oiseau tombé du nid. Il me donne envie de vous bousculer, conclut-il avec une pointe d'ironie teintée d'insolence.

La jeune femme, furieuse, sentit le rouge lui monter aux joues. Elle avait oublié depuis bien longtemps qu'elle pouvait rougir aussi violemment.

— Est-ce une proposition ? s'enquit-elle d'une voix cinglante.

Kirk éclata du même rire franc que celui de sa sœur.

— Non, juste une constatation, finit-il par dire. Croyez-moi, si cela avait été une proposition je ne vous aurais pas laissé le temps d'y réfléchir. Je m'y serais pris autrement, ajouta-t-il en la plaquant contre lui et en l'embrassant passionnément. Comme cela, conclut-il dans un sourire satisfait en la relâchant.

Pam le regarda s'éloigner tout en dessinant du bout des doigts le contour de ses lèvres encore brûlantes de ce baiser.

Deux heures plus tard, Foxy se trouvait à l'endroit précis où Pam et son frère s'étaient tenus avant elle, passant et repassant dans sa tête chaque détail de sa soirée de la veille.

« C'est moi qui lui ai demandé de m'embrasser, songeait-elle avec amertume. Je le lui ai même pratiquement ordonné. Ce n'était pas assez que je m'affiche avec lui, il a fallu que je lui déballe tous mes petits secrets. Maudit champagne ! »

Poussant un soupir exaspéré, elle rabattit d'une main nerveuse le bord de son chapeau de paille sur ses yeux.

« Mais qu'est-ce qui m'a pris de lui parler du béguin que j'avais pour lui lorsque j'étais gamine ? Bon sang, quand je m'humilie, je ne fais pas les choses à moitié ! Et je n'ai pas lésiné sur les détails ! »

Elle ferma les yeux et soupira. La brise venue du large était une véritable bénédiction par cette chaleur.

« Je me demande si je vais pouvoir l'éviter le reste de la saison. Ou, encore mieux, pour le restant de mes jours ! »

Elle leva son téléobjectif vers les voitures qui commençaient leur tour de chauffe et activa machinalement le déclencheur.

Alors que les bolides prenaient place sur la ligne de départ, elle chercha un nouvel angle de vue. En un instant, l'air vibra du rugissement des moteurs. Appuyée sur un genou, elle immortalisa sans relâche la ligne profilée des formule 1 qui défilaient devant elle. La voiture de tête venait d'achever son premier tour lorsqu'elle se redressa. En se retournant, elle se heurta à Lance qui, en la retenant par le bras, lui procura une sensation de déjà-vu. Elle se dégagea d'un geste brusque et fit mine de rajuster la sangle de son appareil photo sur son épaule.

— Désolée, j'ignorais que tu étais derrière moi, marmonna-t-elle.

Jugeant inutile de fuir plus longtemps son regard, elle releva fièrement la tête et le fixa sans ciller. Elle remarqua avec étonnement l'absence du petit sourire narquois qui, habituellement, flottait sur ses lèvres. Aucune trace d'ironie non plus dans ses yeux gris.

— Arrête de m'observer comme si j'étais un moteur défectueux, ronchonna-t-elle, mal à l'aise, en chaussant ses lunettes de soleil.

Après tout, un écran, quelle que soit sa dimension,

restait un écran ! Et le regard insistant que Lance posait sur elle l'agaçait prodigieusement. Elle le connaissait assez pour savoir qu'il pourrait rester ainsi des heures sans parler. Il pouvait, lorsqu'il l'avait décidé, se montrer d'une patience à toute épreuve. Et elle savait aussi qu'elle n'aurait pas cette patience. Elle préféra donc prendre l'initiative.

— Lance, j'aimerais te parler de ce qui s'est passé cette nuit.

Lance, bras croisés sur sa poitrine, gardait le silence. Il attendait, patiemment, posément.

Foxy l'aurait volontiers étranglé.

— Il faut que tu saches que je n'étais pas vraiment moi-même, poursuivit-elle, sentant ses joues rougir d'embarras. L'alcool a tendance à me monter à la tête. C'est d'ailleurs la raison pour laquelle, d'habitude, je reste prudente. Alors je ne voudrais pas que tu croies… enfin, je ne voudrais pas que tu penses… En fait, je ne voulais pas me montrer aussi…

Furieuse contre elle-même, elle fourra rageusement les mains dans les poches de son jean et ferma les yeux.

« Bravo ! Tu as été brillante ! Essaie encore, tu vas bien réussir à battre les records d'incohérence. Allons, arrête de te conduire comme une idiote et déballe tout d'un coup ! »

Elle rouvrit les yeux et releva crânement le menton.

— J'espère ne pas t'avoir donné l'impression que je voulais coucher avec toi, lâcha-t-elle d'un trait.

Un immense soulagement l'envahit tandis qu'elle poursuivait :

— J'ai réalisé que j'avais effectivement pu te donner

cette impression et je ne veux surtout pas qu'il y ait un malentendu entre nous.

Lance attendit quelques instants avant de répondre, le regard toujours rivé à celui de Foxy :

— Je ne crois pas qu'il y ait de malentendu, assura-t-il d'une voix lisse.

L'ambiguïté de cette réponse la troubla.

— Pourtant, lorsque tu m'as raccompagnée dans ma chambre, tu n'as pas… enfin… tu n'as pas…

— Abusé de toi ? acheva-t-il à sa place.

D'un mouvement rapide il était près d'elle et lui ôtait ses lunettes de soleil.

— Non, assura-t-il en plongeant ses yeux dans les siens. Quoique nous fussions tous deux parfaitement conscients de ce que nous faisions. Disons que tu as eu de la chance, et que j'ai respecté les règles du jeu.

Sa voix se fit plus douce lorsqu'il ajouta :

— Je n'ai pas besoin de champagne pour te séduire, Foxy.

Et avant qu'elle n'ait eu le temps de réagir, ses lèvres se posèrent légèrement sur les siennes.

Irritée par l'arrogance de Lance ainsi que par les battements désordonnés de son cœur, elle lui arracha ses lunettes des mains et s'écarta vivement de lui.

— Cesse un peu tes manœuvres de séduction avec moi, Lance Matthews ! cria-t-elle pour tenter de couvrir le bruit des moteurs. Tu peux considérer ce que nous avons vécu hier comme un accident de parcours. Et toutes ces… ces bêtises dont je t'ai parlé…

Au comble de la colère, elle sentit une nouvelle fois ses joues s'empourprer violemment.

Mais qu'est-ce qui lui avait pris de lui avouer l'amour qu'elle lui portait lorsqu'elle était adolescente ?

— Eh bien, justement ce ne sont que des bêtises ! conclut-elle sèchement.

— Pourquoi ? demanda Lance qui demeurait aussi calme que Foxy était agitée.

— Parce que j'avais seize ans et que j'étais naïve, voilà pourquoi ! Je crois qu'il n'est pas nécessaire d'en dire plus.

— Tu n'as plus seize ans, rétorqua-t-il froidement en inclinant légèrement la tête. Pourtant tu es toujours aussi naïve.

— Pas du tout ! jeta-t-elle avec indignation. Oh, et après tout, pense ce que tu veux !

Elle se heurta au sourire ironique qui flottait de nouveau sur les lèvres de Lance.

— Excuse-moi mais j'ai du travail, lança-t-elle vivement pour se donner du courage. Trouve-toi quelqu'un d'autre avec qui passer le temps durant les quatre-vingt-dix-huit tours restants.

— Quatre-vingt-dix-sept, rectifia Lance toujours aussi impassible. Et Kirk est en troisième position, ajouta-t-il à voix basse comme pour lui-même. Si tu veux mon avis, Fox, je vais continuer à respecter encore un peu les règles du jeu, parce que je trouve cela nouveau et rafraîchissant.

Il lui sourit, d'un sourire en coin, un sourire un brin provocateur qui déclencha la méfiance de la jeune femme.

— Et rien ne dit à quel moment je cesserai d'être un homme bien élevé.

— Bien élevé ! répéta Foxy en levant les yeux au ciel. Laisse-moi rire !

Toujours souriant, Lance lui reprit les lunettes des

mains et les lui posa délicatement sur le bout du nez avant de s'éloigner d'une démarche souple et nonchalante.

Au cours des trois mois qui suivirent, Foxy mit tout son talent à tenter d'éviter Lance. De Monaco à la France en passant par la Hollande, l'Allemagne et l'Angleterre, elle fit en sorte de ne pas croiser sa route. Elle restait autant que possible en compagnie de Pamela, persuadée qu'ainsi Lance ne prendrait pas le risque d'entamer une discussion trop personnelle. Leur emploi du temps serré l'y aida beaucoup. En fait, entre le temps passé à voyager et celui passé à travailler, il leur restait à peine suffisamment d'heures pour manger et dormir. En dehors des circuits qui étaient tous différents les uns des autres, rien ne distinguait un hôtel d'un autre hôtel. La routine s'installait, rompue seulement le temps des courses.

A la fin de l'été ils se trouvaient en Italie, sur le redoutable circuit de Monza. Ces quelques mois passés à suivre la saison avaient appris à Foxy qu'elle ne renouvellerait pas l'expérience. L'époque où elle adorait aller de ville en ville, de circuit en circuit, était révolue. Curieusement, plus le temps passait, plus elle avait de mal à maîtriser ses émotions. Cette partie de sa vie était derrière elle, et si elle devait un jour revenir en Italie, ce serait juste pour le plaisir de visiter Rome ou Venise.

Avec la nuit vint le silence. Toute la journée, le circuit avait vibré des tours d'essai. Assise, seule, sur les gradins désertés, Foxy avait l'impression d'entendre encore le bruit des moteurs rugir, ceux d'hier, depuis la création du circuit soixante ans auparavant, et ceux d'aujourd'hui.

Le ciel était clair, ponctué du croissant parfait de la

lune et des innombrables étoiles scintillant de mille feux. L'odeur musquée de la forêt lui parvenait par vagues. Elle écoutait distraitement les stridulations des criquets. Elle jouissait de la tiédeur de l'air, si reposante après une journée caniculaire remplie de bruits infernaux et de fumées âcres. C'était une nuit magique qui portait à rêver, à espérer. Une nuit que l'on aimerait riche de promesses et de mots doux murmurés à l'oreille.

Elle ferma les yeux et se surprit à songer à Lance.

Une main sur son épaule la fit sursauter violemment.

— Kirk ! souffla-t-elle. Tu m'as fait peur ! Je ne t'ai pas entendu venir.

— Qu'est-ce que tu fais là, toute seule ? demanda-t-il en prenant place à côté de sa sœur.

— J'avais besoin de calme. Il y a encore trop d'allées et venues à l'hôtel. Et toi, qu'est-ce qui t'amène ici ?

— J'aime bien m'imprégner d'un circuit la veille d'une course.

Il se renversa en arrière et étendit ses longues jambes devant lui.

— C'est un circuit rapide. Nous allons battre des records de vitesse demain, annonça-t-il, sûr de lui.

Elle observa son profil, concentrant toute son attention sur lui. Comme par le passé, elle cherchait à calmer la tension qu'elle ressentait.

— Charlie a-t-il réussi à régler ton problème de pot d'échappement ?

— Oui. Lance t'importune-t-il, Foxy ? demanda-t-il brusquement.

La jeune femme s'attendait si peu à cette question qu'elle mit plusieurs secondes à réagir.

— Pardon ? dit-elle, perplexe.

— Tu m'as très bien entendu, riposta Kirk en tournant vers sa sœur un visage impassible. Est-ce que Lance t'importune ? répéta-t-il patiemment.

Foxy passa le bout de sa langue sur ses lèvres puis haussa un sourcil sceptique.

— Pourrais-tu préciser ta pensée ?

— Bon sang ! Tu sais très bien ce que je veux dire ! s'impatienta Kirk en se levant d'un bond.

Ebahie, Foxy vit son frère fourrer nerveusement ses mains dans ses poches et taper rageusement dans un caillou. Elle l'avait rarement vu dans un pareil état d'exaspération. C'en était presque comique.

— J'ai bien vu la façon dont il louchait sur toi, souligna-t-il. Et s'il a fait plus que ça, j'aimerais bien le savoir !

Les deux mains que Foxy avaient plaquées sur sa bouche furent un barrage bien dérisoire au fou rire qui la gagnait. Elle croisa le regard furibond de Kirk, et son rire redoubla. Elle lutta pour se recomposer une attitude. En vain.

— Je me demande bien ce que j'ai dit de si drôle, grommela-t-il avec humeur.

— Kirk, je…

Elle s'interrompit, toussa à plusieurs reprises puis inspira de profondes bouffées d'air afin de recouvrer son calme.

— Kirk, je suis désolée. Je m'attendais si peu à ce que tu me poses une question pareille.

Elle inspira de nouveau tandis que menaçait une nouvelle crise de fou rire.

— Et puis, je te rappelle que j'ai vingt-trois ans, ajouta-t-elle.

— Et alors ? Cela n'a rien à voir avec ton âge ! protesta-t-il en soutenant le regard rempli d'affection que Foxy posait sur lui.

— Kirk, avança Foxy doucement, lorsque j'avais seize ans tu ne faisais absolument pas attention aux garçons qui rôdaient autour du circuit, et aujourd'hui, tu es…

— Lance n'est pas un garçon ! l'interrompit vivement Kirk en fourrageant d'une main nerveuse dans ses cheveux épais. Et tu n'as plus seize ans, que je sache !

— Il paraît, oui, murmura-t-elle.

Kirk poussa un soupir de frustration et enfonça un peu plus ses mains dans ses poches.

— J'aurais dû être plus attentif, marmonna-t-il.

— Kirk…, commença Foxy d'une voix grave.

Toute trace d'humour avait disparu lorsqu'elle se leva pour aller le rejoindre.

— C'est gentil de t'inquiéter mais, crois-moi, ce n'est pas nécessaire.

Touchée par l'attention qu'il lui portait, elle posa sa tête sur son épaule.

« Quel drôle d'homme ! », songea-t-elle, ébranlée par ce brusque accès d'affection et de tendresse.

— Bien sûr que si, c'est nécessaire, murmura-t-il, visiblement mal à l'aise. Tu es toujours ma sœur, même si je ne t'ai pas vue grandir. Et je connais Lance. Je sais comment…

Il hésita à poursuivre et laissa échapper un juron.

— Comment il se comporte avec les femmes ? répondit crânement Foxy.

Elle déposa sur la joue de Kirk un baiser affectueux destiné à le rassurer.

— Cesse de t'inquiéter pour moi, Kirk. Tu sais, à

l'université je n'ai pas fait qu'étudier la photographie. J'y ai appris la vie aussi.

La mine déconfite de Kirk la poussa à lui embrasser l'autre joue.

— Si cela peut te rassurer de le savoir, Lance ne m'importune absolument pas. Et si c'était le cas, je saurais me défendre, je te le promets. D'ailleurs, nous nous parlons à peine. Tu as une imagination trop fertile, conclut-elle, fermement décidée à entraîner Kirk sur un terrain plus neutre.

Evoquer Lance remuait en elle des souvenirs douloureux. Il fallait qu'elle change de sujet. Vite.

— Dites-moi, monsieur Fox, poursuivit-elle en mimant le ton d'un journaliste sportif, vous montrez-vous toujours aussi négatif la veille d'une course ?

Il ne répondit pas tout de suite.

— J'ai réalisé récemment qu'aucune femme sensée ne pourrait s'enticher d'un type comme moi, avoua-t-il soudain.

Foxy l'observa, surprise par une telle déclaration. Il y avait quelque chose dans le regard de son frère qu'elle n'avait jamais vu auparavant et qu'elle ne parvenait pas à définir.

— Lance me ressemble beaucoup, poursuivit-il, et je ne veux pas qu'il te fasse souffrir. Il serait capable de le faire, peut-être inconsciemment, mais il en serait capable.

— Kirk, je…

— Je le connais, Foxy, la coupa-t-il.

Il s'écarta légèrement d'elle et, lui faisant face, plaqua ses deux mains sur ses épaules.

— Les femmes ne seront jamais aussi importantes dans sa vie que le sont les voitures. Aussi, je ne pense pas que ce soit une bonne idée de fréquenter ce genre d'homme. Il y aura toujours une prochaine course, Foxy. Une autre voiture, un autre circuit. Et cette passion reléguera toujours tout le reste au deuxième plan. Ce n'est pas ce que je veux pour toi, même si je suis en grande partie fautif. Je ne t'ai jamais offert rien d'autre que cet horizon-là. Je n'ai pas fait ce que j'aurais dû faire et…

— Arrête, Kirk ! Arrête.

Elle noua les bras autour de son cou et enfouit le visage dans le creux de son épaule, comme elle l'avait fait des années auparavant après l'accident de ses parents, sur son lit d'hôpital.

— Tu as fait ce que tu as pu. En y mettant tout ton cœur.

— Tu crois ? murmura-t-il en la serrant plus fort. Parce que si c'était à refaire, je referais exactement la même chose. Mais cela ne signifie pas pour autant que j'ai eu raison.

— Tu as fait ce qui nous convenait à tous les deux.

Elle leva vers lui des yeux brillant d'émotion.

— Et je t'assure que je n'aurais pas pu être plus heureuse.

— Peut-être que tu as raison, après tout, marmonna-t-il en lui ébouriffant tendrement les cheveux avant de l'embrasser.

Un sourire attendri fleurit sur les lèvres de la jeune femme tandis que la moustache de Kirk lui caressait doucement les joues.

— Je suppose que je ne m'attendais pas à te voir grandir si vite. J'aurais dû me préoccuper de tout cela plus tôt, mais tu as toujours été si discrète ! Je ne t'ai jamais entendue te plaindre.

— Je n'avais aucune raison de le faire. J'étais heureuse.

Elle prit les mains de son frère dans les siennes et sentit

la profonde cicatrice qui marquait sa paume, séquelle d'un accident mineur sur un circuit de Belgique.

— Kirk, reprit-elle au comble de l'émotion, nous avons tous les deux choisi les voies qui nous convenaient. Je ne regrette rien et je veux que toi non plus tu n'aies aucun regret. D'accord ?

Il observa un instant ce visage qui lui était si familier, semblant enfin réaliser que, devant lui, se tenait une adulte et plus la petite fille qu'il avait élevée comme il avait pu. Curieusement, la femme qu'elle était aujourd'hui lui paraissait plus vulnérable que la jeune adolescente tête brûlée qu'elle avait été. Peut-être comprenait-il mieux les méandres de la psychologie féminine qu'il n'avait compris ceux de l'adolescence ?

— Je t'aime, conclut-il dans un élan si spontané que les yeux de Foxy se remplirent de larmes. Ne pleure pas, ajouta-t-il d'un ton faussement désinvolte, je n'ai rien pour t'essuyer.

Il passa un bras protecteur autour de ses épaules et l'entraîna hors des gradins.

— Allez, viens. Je te paie un sandwich et un café.

— Je préfère une pizza. Je te rappelle que nous sommes en Italie.

— Comme tu voudras, accepta-t-il gentiment.

Ils marchèrent un moment en silence, goûtant au calme paisible de la nuit, puis Foxy demanda d'une voix faussement ingénue :

— Kirk, si Lance m'importunait, tu irais lui casser la figure ?

— Sans hésitation, répondit-il avec un large sourire.

Il tira doucement sur une mèche de cheveux de la jeune femme et ajouta, tout aussi malicieux qu'elle :

— Aussitôt la saison terminée.

La jeune femme éclata d'un rire joyeux.

— Evidemment ! J'avais compris !

Il était un peu plus de 23 heures lorsque Pam entendit le rire clair de Foxy et celui, sonore, de Kirk résonner à travers les minces cloisons de sa chambre d'hôtel.

Elle se mordit la lèvre et attendit d'entendre le bruit de leurs portes qui se refermaient. Elle mourait d'envie de parler à Foxy, de rire et de plaisanter avec elle, bref de faire tout ce qui pourrait chasser Kirk Fox de son esprit. Car depuis des semaines elle ne pensait à rien d'autre qu'à lui. Malheureusement, plus le temps passait, plus il devenait froid et distant avec elle. Il ne lui adressait quasiment jamais la parole et, lorsqu'il le faisait, il lui témoignait une politesse de rigueur. Au fil du temps, il lui était apparu comme une évidence que Kirk ne manifestait plus aucun intérêt à flirter avec elle comme il l'avait fait au cours de leur première entrevue. En temps normal, elle se serait amusée de ce changement d'humeur. Mais elle avait très vite réalisé que les choses étaient différentes. A mesure que Kirk devenait plus taciturne, elle devenait plus tendue. Elle se souvenait avec une acuité douloureuse de ce jour où, en France, leurs regards s'étaient croisés avec une telle intensité qu'elle avait compris qu'elle était amoureuse de lui. Cette prise de conscience brutale l'avait terrorisée au point qu'elle avait perdu le sommeil et l'appétit. Kirk Fox était si différent des hommes qui l'avaient jusque-là attirée. Mais elle sentait bien que les règles étaient changées et que ce qu'elle éprouvait pour lui allait bien au-delà d'une simple attirance physique.

Elle avait même songé à renoncer à son projet et à rentrer aux Etats-Unis. Mais sa fierté l'avait emporté ; elle allait rester et se tenir, elle aussi, à distance de cet homme dangereux. Elle ne serait pas un trophée de plus sur la liste probablement conséquente de Kirk Fox.

Elle tendit l'oreille. Tout paraissait calme. Elle enfila hâtivement une robe de chambre par-dessus sa chemise de nuit et sortit pour se rendre dans la chambre de Foxy. Mais, à peine le seuil franchi, elle s'arrêta, pétrifiée.

Kirk, qui faisait les cent pas dans le couloir, se retourna et l'épingla de son regard métallique.

Incapable de faire le moindre mouvement, elle retint sa respiration. Impuissante, la main sur la poignée, elle le regardait venir à elle, les yeux toujours rivés aux siens.

Et puis, soudain, un océan de bien-être la submergea. Elle savait ce qui allait arriver. Elle désirait ce qui allait arriver. Elle l'appelait de tous ses sens. Lorsque Kirk fut près d'elle, ils s'observèrent en silence un long moment.

— Je suis venu jusqu'à ta porte des centaines de fois, avoua-t-il humblement. Sans oser frapper.

— Je sais.

— Mais, ce soir, annonça-t-il en la défiant du regard, j'ai bien l'intention de braver tous les interdits.

— Je sais, répéta-t-elle en s'effaçant pour le laisser passer.

Le calme souverain dont elle faisait preuve sembla le faire hésiter une seconde, et une petite flamme d'incertitude vacilla au fond de ses yeux.

— Je vais te faire l'amour, claironna-t-il dans une ultime provocation.

— Oui, acquiesça-t-elle tout en douceur.

« Il est aussi nerveux que moi », songea-t-elle, heureuse, lorsqu'elle le vit pénétrer d'un pas ferme dans la chambre.

Elle referma doucement la porte derrière eux. Ils se dévisagèrent en silence.

— N'attends de moi aucune promesse, annonça-t-il avec gravité, les mains toujours fourrées dans ses poches.

— Non, souffla Pam qui, dans un bruissement d'étoffe léger, alla éteindre la lumière.

La lune déchira l'obscurité, baignant la chambre d'une douce clarté. De la cour leur parvenaient des bribes de conversation, ponctuées d'éclats de rire.

— Je vais probablement te faire souffrir, poursuivit-il sur le même ton.

— Probablement, murmura la jeune femme en se plaquant étroitement contre lui. Mais je suis plus forte que je ne parais.

— Tu es en train de commettre une bêtise, Pam, insista-t-il en plongeant les mains dans sa chevelure soyeuse.

— Non, assura-t-elle avec force en nouant ses bras autour du cou de Kirk. Je ne commets aucune erreur.

Kirk la serra un peu plus fort et prit sa bouche offerte.

# *Chapitre 6*

La foule habituelle piétinait avec impatience les abords du circuit dans l'attente du signal de départ, indifférente à la petite pluie fine et persistante qui tombait sans interruption depuis le matin. Les équipes techniques s'étaient empressées d'équiper les voitures de pneus adaptés à ce type de temps.

Foxy se tenait près d'un lavabo, dans les toilettes des femmes, et se rafraîchissait après son malaise. D'un geste machinal, elle s'épongea le front puis camoufla sous un léger maquillage la pâleur extrême de son visage. Ses mains étaient moites et elle laissa longtemps l'eau froide couler entre ses doigts avant de se rincer longuement la bouche.

La voix chuintante qui s'élevait du haut-parleur lui signifia qu'il ne lui restait plus que quelques minutes avant le signal du départ. Elle s'empara fébrilement de son matériel photographique et se hâta vers la sortie. Elle fut instantanément happée par la foule dense. Absorbée par ses pensées, elle ne vit pas Lance s'approcher d'elle.

— Cela ressemblerait-il à un rapprochement ? railla-t-il tandis que le flux des spectateurs la pressait contre lui.

Le sourire moqueur qui accompagnait ses paroles s'évanouit au contact des mains glacées de Foxy sur son bras nu.

— Mais tu es gelée ! dit-il en l'entraînant à l'écart.

— Pour l'amour du ciel, laisse-moi ! protesta-t-elle en essayant de se dégager. Le départ va avoir lieu dans une minute.

Indifférent aux protestations de la jeune femme, Lance plaça une main sous son menton et la força à lever le visage vers lui. La pâleur de ses traits, malgré le maquillage, sembla ne pas échapper à son regard acéré.

— Tu es malade. Il n'est pas question que tu restes là dans l'état où tu es.

Il passa son bras autour de sa taille et tenta de l'entraîner loin de l'agitation et du vacarme ambiants.

— Bon Dieu, Lance ! jura-t-elle en se débattant sans succès, ce n'est pas nouveau ! Je suis toujours malade avant une course et ce n'est pas ça qui va me faire rater ce départ !

Le visage de Lance passa de l'incrédulité à la colère.

— Tu peux me croire, gronda-t-il d'une voix menaçante, tu n'assisteras pas à celui-ci.

Puis, la traînant plus qu'il ne la conduisait, il l'entraîna vers le restaurant situé en retrait des gradins. Vaincue, Foxy se laissa aller contre lui, les jambes soudain flageolantes.

— Un café ! lança-t-il à l'adresse du serveur en installant Foxy sur la banquette la plus proche.

— Ecoute, Lance…, commença-t-elle.

— Tais-toi, lui ordonna-t-il d'une voix radoucie mais néanmoins si ferme qu'elle lui obéit d'instinct.

Il fallait remonter à plusieurs années en arrière pour qu'elle se souvienne d'avoir vu Lance dans une pareille colère. Redevenue l'adolescente qui l'admirait de loin, elle l'observa du coin de l'œil : sa bouche était pincée, sa voix vibrait d'une rage difficilement contenue, mais c'était surtout ses yeux, dangereusement assombris, qui la poussèrent à ne pas lui résister.

La salle était vide et rien, hormis les vibrations des voitures sur la ligne de départ, ne venait troubler la quiétude des lieux. Foxy regarda distraitement de petits filets de pluie ruisseler sur les vitres crasseuses. Le serveur posa devant eux deux tasses de café fumant.

Foxy ne quittait pas Lance des yeux. Pourquoi semblait-il aussi remonté contre elle ?

— Bois, lui ordonna-t-il d'un ton sec.

— Tout de suite, monsieur, répliqua-t-elle d'un ton faussement servile en portant la tasse à ses lèvres.

Une lueur de colère brûla au fond des yeux de Lance.

— Ne me pousse pas à bout, Fox.

La jeune femme reposa sa tasse intacte et se pencha vers lui.

— Lance, qu'est-ce qui te prend ?

Il la dévisagea quelques secondes avant d'avaler d'un trait la moitié de son café brûlant.

— Comment te sens-tu ? éluda-t-il en sortant de la poche de sa veste un cigare et un briquet.

— Bien, répondit-elle évasivement en le regardant tourner nerveusement son cigare entre ses doigts.

— Tu es malade avant chaque course ? s'enquit-il.

Foxy hésita un instant puis piqua du nez dans sa tasse.

— Ecoute, Lance…

— Ne commence pas !

L'injonction avait claqué comme un coup de fouet.

— Je t'ai posé une question. Es-tu malade, je veux dire *physiquement malade*, avant chaque course ? répéta-t-il d'une voix qu'il contrôlait mal.

— Oui.

Bien que murmuré, le juron qu'il laissa échapper était si violent qu'elle se mit à trembler.

— Kirk est-il au courant ? demanda-t-il.

— Non. Bien sûr que non. Pourquoi lui en aurais-je parlé ?

Dans un geste plein de tendresse, elle posa sa main sur celle de Lance.

— Lance, ce problème ne regarde que moi. Si j'avais avoué à Kirk que j'étais malade chaque fois qu'il prenait le départ d'une course, il se serait inquiété, peut-être même m'aurait-il interdit à jamais de remettre les pieds sur un circuit. Et moi, j'aurais probablement culpabilisé de lui causer autant de soucis !

Elle s'interrompit un instant et secoua la tête.

— Et, quoi qu'il en soit, il n'aurait jamais renoncé. Il n'aurait pas pu.

— Tu le connais bien, marmonna Lance.

— Je crois, oui.

Leurs regards se croisèrent. Lance paraissait moins fébrile mais Foxy devinait encore le feu couvant sous la cendre.

— Les courses passent avant tout dans la vie de Kirk, enchaîna la jeune femme. Elles ont toujours été sa priorité. Moi, je ne passais qu'en second plan. Mais ce n'était pas un problème. Cela me convenait. Car Kirk n'aurait pas été le même homme s'il avait changé l'ordre de ses priorités. Et moi, je l'aime comme il est, peut-être justement parce qu'il est comme ça. Je lui dois tout, tu comprends ?

Lance ouvrit la bouche, s'apprêtant à parler, mais Foxy l'en empêcha.

— Non ! S'il te plaît, laisse-moi terminer. Il m'a

donné un toit, il m'a ouverte à la vie, m'a protégée. Je ne sais pas ce que je serais devenue si je n'avais pas eu Kirk après l'accident. Tu connais beaucoup d'hommes de vingt-trois ans qui auraient choisi de s'embarrasser d'une adolescente de treize ans, toi ? Eh bien lui l'a fait, me donnant tout ce dont il était capable. Je sais bien qu'il est loin d'être parfait. Il est lunatique, égocentrique, mais, durant toutes ces années que j'ai passées auprès de lui, il n'a jamais rien exigé de moi, juste que je sois là.

Elle poussa un long soupir et fixa le fond de sa tasse vide.

— Cela ne me paraît pas être un grand sacrifice.

— Tout dépend, commenta Lance qui paraissait à présent plus calme. Mais, de toute façon, tu ne pourras pas être à ses côtés toute ta vie.

— Je sais.

De nouveau elle se perdit dans la contemplation de la pluie qui, à présent, crépitait joyeusement sur les vitres.

— J'en ai pris conscience tout récemment, murmura-t-elle. Je ne peux plus supporter de le voir s'enfermer dans ces bolides et d'imaginer le pire en sachant qu'un jour il se produira.

Elle chercha le regard de Lance et s'y accrocha désespérément.

— Je ne veux pas le voir mourir.

Lance se pencha vers elle et lui prit la main. Sa voix était douce à présent.

— Foxy, tu sais mieux que quiconque que tous les pilotes ne trouvent pas la mort sur un circuit.

— Peut-être, mais ce pilote-là est mon frère. Et j'ai déjà perdu deux de mes proches dans un accident de voiture. Non, laisse-moi finir. Ne crois pas que je me complaise à revivre ce sinistre souvenir, ce serait même plutôt l'inverse. Mais, quoi qu'il en soit, la situation n'est pas facile.

— Je ne cherchais pas à minimiser le danger, Foxy. Mais il est vrai qu'aujourd'hui les pilotes conduisent des voitures beaucoup plus sûres que par le passé. Il ne faut donc pas faire des accidents mortels une règle générale, mais plutôt une fatalité.

— Les statistiques ne signifient pas grand-chose, répliqua-t-elle avec un sourire contrit. Elles ne sont que des chiffres sur du papier. Tu ne peux pas comprendre, ajouta-t-elle en secouant la tête, parce que toi aussi tu as été pilote. Tu es de la même race qu'eux. Et vous avez beau énumérer un nombre incroyable de raisons pour justifier votre passion, il n'y en a qu'une : vous courez parce que vous adorez ça. Les courses deviennent alors votre mère, votre maîtresse, votre meilleur ami. Vous flirtez sans cesse avec la mort, vous vous cassez en mille morceaux, et pourtant vous n'hésitez pas une seconde à reprendre place sur la grille de départ. Un jour à l'hôpital, un jour sur les circuits, c'est votre religion, et je ne peux pas la condamner car je la comprends.

Elle pressa sa joue contre la vitre froide et laissa dériver son regard au loin.

— Je vis néanmoins dans l'attente du jour où il m'annoncera qu'il en a assez, reprit-elle comme pour elle-même. Qu'une autre passion a succédé à celle-ci.

Elle reporta soudain toute son attention sur Lance.

— Et toi, Lance ? Pourquoi as-tu arrêté ? C'est une question que je me suis souvent posée.

— Disons que ce n'était plus ma seule raison de vivre.

Il esquissa un petit sourire.

— J'en suis contente, répondit-elle simplement en lui rendant son sourire.

Elle se mit à tourner distraitement sa cuillère dans sa tasse.

— Lance, tu ne diras pas un mot de tout ceci à Kirk, n'est-ce pas ?

— Je te le promets. Cependant, j'aimerais que tu n'assistes pas aux dernières courses de la saison.

— Tu ne peux pas me demander ça ! protesta la jeune femme en secouant ses longues boucles rousses. Pas seulement à cause de Kirk, mais parce que j'ai passé un contrat avec Pam.

Elle se renversa sur sa chaise et tenta de percer l'écran de fumée qui lui cachait le regard de Lance.

— N'oublie pas que je suis photographe et que mon travail est très important pour moi, reprit-elle.

— Et après la saison, qu'est-ce que tu comptes faire ?

— J'ai ma vie, mon travail. Et puis il va falloir que je m'oblige à vivre sans Kirk. Compte tenu de ma sensibilité, cela risque de ne pas être facile.

Elle se leva de la banquette, prête à partir.

— Excuse-moi, mais je dois y aller.

Lance la devança, lui bloquant le passage. La jeune femme leva sur lui un regard étonné tandis qu'il la prenait dans ses bras. Il la serra contre lui, l'obligeant à enfouir son visage contre son épaule.

— S'il te plaît, Lance, murmura-t-elle au comble de l'émotion. Je suis sans défense lorsque tu te montres aussi gentil avec moi.

Elle sentit ses lèvres effleurer ses cheveux tandis que ses mains lui caressaient tendrement le dos.

— Si tu n'arrêtes pas tout de suite, je te préviens, je vais éclater en sanglots.

— Pleurer ? Toi ? se moqua-t-il gentiment. Je crois bien ne t'avoir jamais vue pleurer une seule fois depuis que je te connais.

— En réalité, je n'aime pas me donner en spectacle.

Elle aurait pu rester des heures dans les bras rassurants que Lance avait refermés sur elle.

— Que c'est bon !, murmura-t-elle. Méfie-toi, je pourrais m'y habituer.

Pour toute réponse, Lance se pencha vers elle et effleura doucement ses lèvres. Ce n'était pas la passion des premiers baisers, mais une infinie tendresse qui les liait l'un à l'autre à cet instant. Foxy était de plus en plus troublée. L'affection que lui manifestait Lance la désarmait mais la séduisait plus sûrement que la plus ardente des déclarations. Il s'attardait à goûter ses lèvres pulpeuses et fruitées, à les mordiller sensuellement. Elle ne l'aurait jamais cru capable d'une telle douceur. La réalité s'estompa et elle plongea dans un monde où seul Lance existait. Et lorsque, à regret, ce dernier abandonna ses lèvres, elle tremblait de tous ses membres.

— Je ne suis pas encore certain de ce que je vais faire de toi, lui chuchota-t-il à l'oreille en glissant ses doigts entre les boucles soyeuses. J'avoue que c'était beaucoup plus facile lorsque je te pensais forte. J'ai bien peur d'être maladroit, de ne pas savoir comment gérer cette fragilité.

Encore sous le choc du baiser qu'ils venaient d'échanger, Foxy se pencha pour ramasser son appareil photo.

— Je ne suis pas fragile du tout, nia-t-elle avec une désinvolture qu'elle espérait convaincante.

Lance l'observait, son inaltérable sourire moqueur au coin des lèvres.

— Dis plutôt que tu n'acceptes pas de l'être.

— Pas du tout ! protesta de nouveau la jeune femme.

Pourtant, jamais encore elle ne s'était sentie aussi vulnérable. Mais la vie lui avait appris que seules les âmes fortes s'en sortaient indemnes.

Lance lui prit l'appareil des mains, puis, toujours sans un mot, l'enlaça et l'entraîna au-dehors.

Lorsque l'équipe fut de retour aux Etats-Unis, Kirk était en tête des championnats avec cinq points. Il lui fallait remporter cette dernière victoire à Watkins Glen, pour être sacré champion du monde.

Foxy, en proie à des sentiments contradictoires, nageait en pleine confusion. Depuis le circuit de Monza, elle était préoccupée. Elle, d'habitude si sûre d'elle et de ses sentiments, passait le plus clair de son temps à s'interroger sur ce qu'elle éprouvait pour Lance Matthews. Depuis leur discussion en tête à tête, il l'obsédait. Car les marques de tendresse qu'il ne manquait pas de lui témoigner se mêlaient curieusement à une certaine retenue. D'ailleurs, depuis le baiser qu'ils avaient échangé, Lance n'avait plus cherché à la toucher. Elle commençait même à se demander si, contrairement à ce qu'elle avait cru, elle le connaissait si bien que cela.

Elle avait remarqué un changement notable également chez son frère. Il devenait plus calme, plus lointain. La jeune femme mettait cela sur le compte de la pression inhérente au championnat.

Les quelque quatre kilomètres du circuit serpentaient

entre bois et plaines. Les arbres flamboyaient des riches couleurs d'automne, découpant leurs silhouettes majestueuses sur le bleu limpide du ciel. Des feuilles mortes dansaient leur folle farandole avant d'être emportées, légères, vers d'autres horizons. Foxy adorait ce circuit qui lui rappelait que New York ne se trouvait qu'à quelques kilomètres. Elle aimait ce mélange de simplicité et d'américanisme qui s'en dégageait.

Elle regarda les voitures s'élancer à travers le viseur de son appareil. « La dernière, enfin », songea-t-elle en poussant un soupir de soulagement. Derrière elle se tenait Charlie Dunning qui surveillait le départ de près en mâchonnant le bout d'un vieux cigare.

— T'en as pas marre de prendre des photos ? ronchonna-t-il en fronçant les sourcils.

— Et toi, vieux grognon, répliqua Foxy sans décoller l'œil de son viseur, tu n'es pas fatigué de jouer avec tes voitures et de draguer les filles ?

— Mais c'est que ça au moins, ça vaut le coup !

Il lui pinça la taille et grommela :

— Tu es de plus en plus maigre, ma parole !

— Et toi, de plus en plus beau, répliqua-t-elle en tirant doucement sur la barbe poivre et sel du mécanicien. Tu ne chercherais pas à me séduire par hasard ?

— Pas du tout, mademoiselle Je-sais-tout, maugréa-t-il en rougissant légèrement.

Tout en lui souriant, Foxy sortit de la poche de sa chemise une barre chocolatée dans laquelle elle croqua à pleines dents.

— Préviens-moi si tu changes d'avis, dit-elle sur un ton malicieux. Je ne vais pas rester jeune très longtemps, tu sais.

Charlie marmonna quelque chose d'inaudible et partit rejoindre son équipe de mécaniciens.

— C'est bien la première fois que je vois Charlie rougir, fit remarquer Lance.

Foxy pivota sur elle-même et le regarda s'approcher. Un petit frémissement la parcourut. Il portait un pull en fine maille qui laissait deviner ses muscles saillants, et il affichait son habituel sourire narquois. Elle fixa avec envie sa bouche sensuelle, et le souvenir de leur baiser fut soudain si vivant qu'elle était certaine qu'il ressentait la même émotion. Elle avait l'impression bizarre de le voir pour la première fois, de découvrir à cet instant la nuance unique de ses yeux gris, et ce visage qui, s'il n'était pas parfait, n'en était pas moins extrêmement séduisant et reléguait au rang de pâle rival un homme pourtant aussi beau que Scott Newman. Elle comprit à ce moment précis qu'il n'y avait jamais eu que lui dans son cœur.

« Je n'ai jamais cessé de l'aimer », s'avoua-t-elle, revoyant, en accéléré, toutes les années qu'elle avait passées dans son sillage.

— Tout va bien ? demanda Lance en posant une main sur son épaule.

La jeune femme tressaillit légèrement.

— Non… enfin, oui…, balbutia-t-elle en revenant péniblement à la réalité.

Elle se frotta les yeux, comme pour dissiper le voile qui lui brouillait l'esprit.

— Je… j'étais en train de rêver, je suppose.

— De Charlie ? se moqua gentiment Lance.

— Charlie ? dit-elle distraitement en regardant la barre chocolatée se ramollir entre ses doigts. Ah ! oui, Charlie ! Je… je le taquinais un peu.

Lance l'observait avec un intérêt croissant.

— Tu es sûre que tu vas bien ? s'enquit-il en fronçant les sourcils. Tu as l'air bizarre.

Bizarre ? Le mot était faible pour définir ce qu'elle ressentait.

— Oui, oui, je t'assure, mentit-elle en se forçant à sourire. Et toi ?

Lance attendit que le rugissement des voitures qui s'affrontaient dans une des courbes les plus dangereuses du circuit s'estompe.

— Ça va. Ton chocolat est en train de fondre, ajouta-t-il en pointant ses doigts du menton.

La jeune femme lécha ses doigts maculés et demanda d'un air qu'elle voulait dégagé :

— Qu'est-ce que tu comptes faire une fois la course terminée ?

— Me reposer.

Foxy constata avec soulagement que l'extrême tension qui l'habitait depuis l'arrivée de Lance commençait à se dissiper. D'ici à quelques minutes, tout rentrerait dans l'ordre.

— J'imagine que c'est ce que nous ferons tous. L'été a été long.

— Tu trouves ? dit-il en la fixant intensément. Moi, j'ai l'impression que c'était hier que je t'ai vue surgir de dessous ta MG, dans le garage de Kirk.

— Et moi, que c'était il y a des années, murmura-t-elle comme pour elle-même.

Sa voix se perdit dans le vrombissement des moteurs. L'air, imprégné de l'odeur puissante des gaz d'échappement et de celle de la gomme surchauffée des pneus, était suffocant.

— Pam, en tout cas, n'a pas l'air d'être perturbée par toute cette agitation, fit-elle remarquer en désignant la silhouette menue de son amie près d'un stand. J'imagine que c'est plus facile lorsqu'on n'a aucun lien avec l'un des pilotes.

Lance laissa échapper un petit rire moqueur.

— Ne me dis pas que tu ne t'es aperçue de rien ?

— Que veux-tu dire ? questionna Foxy, perplexe.

— Foxy, ma chérie, ôte tes œillères, tu veux bien ? Pam est *personnellement* impliquée avec l'un des pilotes !

Foxy plissa les yeux et se mit à observer attentivement son amie. Les mains fourrées dans les poches de l'élégante veste blanche qu'elle portait, elle semblait suivre la course avec le plus vif intérêt.

— Tu veux dire que Pam et Kirk…

Mais bien sûr ! Comment ne s'en était-elle pas rendu compte avant ?

— Seigneur ! dit-elle dans un souffle.

— Désapprouverais-tu, par hasard ?

Le ton de Lance était sec, teinté d'une pointe d'irritation.

— Kirk est un grand garçon, tu sais ! ajouta-t-il alors qu'elle ne répondait pas.

— Ne sois pas ridicule, protesta Foxy en rejetant, d'un geste impatient, la masse épaisse de ses cheveux derrière ses épaules. Pam est une fille exquise, le problème n'est pas là.

— Et où est-il, le problème ?

Foxy désigna Pam d'un geste.

— Mais regarde-la ! Elle est tendre et fragile, et serait plus à sa place dans le salon de thé d'un quartier chic que sur un circuit automobile. Kirk n'en fera qu'une bouchée !

Lance caressa du bout des doigts le visage de Foxy.

— Tu as toujours tendance à sous-estimer la force de caractère des gens, Foxy. Penses-y, lui conseilla-t-il avant de lui tourner le dos et de s'éloigner.

Foxy resta quelques minutes immobile et le suivit des yeux. L'amour qu'elle lui portait n'était plus un amour d'adolescente, mais un amour de femme. Le temps avait passé si vite…

Et voilà que son frère aussi…

Elle devait parler avec Pam.

D'un pas décidé, elle se dirigea vers celle qui, en l'espace de quelques semaines à peine, était devenue une véritable amie.

— Il a pris la tête un peu plus vite que d'habitude, lui expliqua Pam en suivant du regard l'éclair lumineux qui venait de passer devant elles. Cette victoire lui tient tellement à cœur !

Elle se tourna vers Foxy et ajouta, avec un sourire plein d'indulgence :

— Il déteste perdre.

— Je sais. Il a toujours été comme ça.

Déstabilisée par la douceur du regard que Pam posait sur elle, Foxy inspira profondément pour se donner le courage d'aborder le sujet.

— Pam, je sais que cela ne me regarde pas mais je…

Elle s'interrompit et fourra nerveusement ses mains dans les poches de son jean.

— Seigneur ! Je sens que je vais me ridiculiser !

— Tu es venue me dire que je n'étais pas la femme qu'il fallait à Kirk, c'est cela ?

— Pas du tout ! protesta vivement Foxy. C'est *lui* qui n'est pas fait pour toi !

— Comme vous vous ressemblez, tous les deux !,

murmura Pam. C'est ce qu'il croit lui aussi. Mais je sais, moi, que nous sommes faits l'un pour l'autre.

— Pam…

Foxy s'interrompit, cherchant les mots justes.

— Les courses…

— … passeront toujours avant moi, je sais, acheva Pam en haussant les épaules. Mais je l'accepte. En fait, c'est en grande partie ce qui m'a attirée en lui. Cette détermination absolue à vouloir être au sommet, partout, toujours, et cette faculté incroyable qu'il a d'occulter le danger. Curieusement, moi qui pensais devoir vivre dans une angoisse et une terreur permanentes, je me surprends à aimer cela et à vouloir le voir gagner. Je crois que je suis aussi folle que lui, ajouta-t-elle avec un petit rire. Je l'aime, poursuivit-elle avec gravité. Suffisamment pour accepter de passer au second plan dans sa vie. Et surtout ne crois pas que j'essaie d'usurper ta place.

— Oh ! non, il ne s'agit pas de cela, Pam ! Au contraire, je suis heureuse pour Kirk. Il a tellement besoin de quelqu'un… de quelqu'un qui le comprenne ! Mais je m'inquiète pour toi. Quelquefois, il peut se montrer très dur, sans même s'en rendre compte.

— Je suis plus forte que tu ne crois, Foxy, assura Pam en lui posant une main amicale sur l'épaule. Certainement plus que toi…

— Que veux-tu dire ?

— Il est très facile pour une femme amoureuse d'en reconnaître une autre, tu sais. N'essaie pas de nier, Foxy. Et si tu veux m'en parler, n'hésite pas, je suis devenue une experte en la matière !

— Je crois que cela n'en vaut pas la peine, déclara la

jeune femme en haussant les épaules. Demain, le championnat sera terminé et chacun de nous reprendra sa route.

— Il reste encore une journée. C'est largement suffisant.

En une fraction de seconde, tout bascula.

Tandis que Pam lui parlait, Foxy vit l'inévitable se produire sous ses yeux. Les premières secondes, elle refusa farouchement de croire à ce qu'elle voyait, le bolide de Kirk qui se mettait à zigzaguer pour éviter la soudaine queue-de-poisson que venait de lui faire le pilote venant de sa droite. Le cœur de la jeune femme s'arrêta de battre. Elle attendit que Kirk reprenne le contrôle de sa voiture, comme il l'avait toujours fait. En vain. Celle-ci se mit à déraper, et Foxy entendit le crissement aigu des pneus, suivi, quelques secondes après, d'une explosion sèche semblable à celle d'un coup de feu. Puis des colonnes d'une épaisse fumée noire s'élevèrent dans le ciel tandis que la voiture, dans un froissement de tôle sinistre, s'encastrait violemment dans un mur.

Le sang se glaça dans les veines de Foxy.

— Non ! hurla-t-elle.

D'un geste brusque elle se libéra des mains de Pam qui tentaient de la retenir et se rua en direction de la piste. Sa panique grandissait à mesure qu'elle approchait de la voiture de son frère. Partout, dans un rayon de plusieurs mètres, des morceaux de fibre de verre et de pneus déchiquetés témoignaient de la violence du choc.

Foxy courait, la tête vide, lorsqu'un étau lui enserra la taille, l'arrêtant dans sa course folle.

— Pour l'amour du ciel, Foxy, tu risques ta vie ! gronda Lance d'une voix sourde.

Hagarde, échevelée, la jeune femme fixait la voiture,

terrorisée à l'idée de la voir s'embraser d'une seconde à l'autre.

— Je dois y aller ! hurla-t-elle en se débattant comme une forcenée. Tu ne comprends pas ! C'est Kirk ! Il *faut* que j'y aille !

— Tu ne pourras rien faire, Fox, lui dit-il avec douceur pour tenter de la calmer.

Tout en parlant, il voyait, par-dessus l'épaule de la jeune femme, une partie de l'équipe d'urgence étouffer la fumée avec des extincteurs tandis que l'autre tentait d'extirper Kirk du cockpit dont il était prisonnier.

— Tu ne pourras rien faire, répéta-t-il en lui caressant tendrement les cheveux.

Elle était devenue soudain si docile qu'il crut, l'espace d'un instant, qu'elle s'était évanouie entre ses bras.

— S'il te plaît, Lance, supplia-t-elle à voix basse, laisse-moi y aller. Je ne prendrai aucun risque, je te le promets.

Touché par l'immense détresse qu'il sentait en elle, Lance relâcha son étreinte. Sans un mot, indifférente à la présence de Pam qui les avait rejoints, elle regarda, comme hypnotisée, les secours sortir de l'épave le corps désarticulé de son frère.

# *Chapitre 7*

Les murs de la salle d'attente de l'hôpital étaient d'un vert clair douteux, et le carrelage du sol, beige moucheté de marron. Foxy fixait sans la voir une reproduction d'un tableau de Van Gogh, seule note de couleur vive concédée à la petite pièce. Pam était assise à côté d'elle et buvait à petites gorgées un café depuis bien longtemps refroidi. Charlie, installé en face d'elles sur un divan en Skaï, mâchouillait le bout d'un long cigare éteint. Lance faisait inlassablement les cent pas, quelquefois en grillant une cigarette, quelquefois les mains fourrées dans les poches arrière de son jean.

A plusieurs reprises, Foxy avait vaguement surpris Pam en train de chuchoter quelque chose à l'adresse de Lance. Elle n'entendait pas ce qu'ils se disaient et elle s'en moquait éperdument. Cela ne l'intéressait pas. Ce qu'elle ressentait n'avait pas de nom. C'était cette même terreur indicible qu'elle avait éprouvée lorsqu'elle avait repris conscience après son propre accident et qu'elle s'était alors sentie profondément impuissante. Impuissante comme maintenant. Lance avait raison : elle ne pouvait rien faire. Que se résigner et attendre. Une voix la fit sursauter.

— Mademoiselle Fox ?

Elle fixa sans la voir la silhouette qui se détachait en ombre chinoise sur le seuil.

— Oui ! dit-elle d'une voix étonnamment forte en se dirigeant vers le médecin.

Celui-ci était jeune et arborait une moustache brune qui lui rappela douloureusement Kirk.

— Votre frère est hors de danger, lui annonça-t-il d'une voix douce. Il va pouvoir quitter le service de réanimation.

Foxy sentit l'horrible étau qui lui enserrait la poitrine disparaître instantanément.

— Ses blessures sont-elles graves ? demanda-t-elle néanmoins avec une certaine prudence.

— Cinq côtes cassées, un poumon perforé mais, heureusement pour lui, pas d'hémorragie interne. Quant à sa jambe…

Il hésita un moment à poursuivre.

— Vous voulez dire que…, commença Foxy qui sentit une gangue de glace l'envelopper de nouveau.

Elle inspira profondément et se força à demander :

— Il risque de… de perdre sa jambe ?

— Non, la rassura le médecin en prenant sa main glacée entre les siennes. Mais il faut que vous sachiez que c'est une blessure compliquée qui nécessitera plusieurs opérations. Il s'agit d'une fracture ouverte, et l'artère a été légèrement touchée. Nous avons bon espoir de le voir récupérer l'usage de sa jambe d'ici à quelques mois mais il y a toujours un risque d'infection. Il devra rester hospitalisé un bon moment.

— Je comprends, murmura Foxy que le diagnostic du médecin venait néanmoins de soulager. Y a-t-il autre chose ?

— Quelques brûlures superficielles, des contusions, mais rien de grave. On peut dire que votre frère a eu de la chance, il s'en sort bien !

— C'est vrai, reconnut-elle en se tordant nerveusement les mains. Est-il conscient ?

Le médecin esquissa un petit sourire qui lui donna soudain l'air encore plus jeune.

— Pour ça, oui ! Dès qu'il a ouvert les yeux, il a tenu à savoir qui avait gagné la course !

Foxy se mordit la lèvre pour ne pas pleurer.

— Il sera transporté dans sa chambre d'ici à une heure, poursuivit le médecin. Vous pourrez le voir à ce moment-là. Mais pas plus d'une visite, ce soir.

Foxy hocha lentement la tête.

— C'est Mlle Anderson qui ira le voir en premier, annonça-t-elle tranquillement.

— Foxy…, protesta faiblement Pam.

— Il a besoin de toi, décréta Foxy en croisant le regard ému de son amie. Dis-lui simplement que nous étions tous là.

Pam acquiesça, les yeux remplis de larmes. Elle avait réussi, au prix d'un effort intense, à maîtriser ses émotions au cours des heures tragiques qu'ils venaient de vivre. La générosité de Foxy la libéra de toute cette pression accumulée. Elle s'approcha de la fenêtre et, le regard perdu au loin, laissa les larmes ruisseler librement sur ses joues.

— J'ai donné mon numéro personnel au secrétariat, ajouta Foxy à l'intention du médecin. Qu'on me prévienne si quelque chose survenait avant demain.

— Ne vous inquiétez pas, mademoiselle Fox. Tout va bien se passer maintenant.

— Merci.

— Charlie, ordonna Lance, tu attends Pam et tu la raccompagnes. Moi, je m'occupe de Foxy, ajouta-t-il en prenant la jeune femme par le bras.

Puis, se tournant vers le médecin :

— Il y a des journalistes en bas. Je ne veux pas que Mlle Fox ait à les affronter ce soir.

— Prenez l'ascenseur réservé au personnel jusqu'au sous-sol. De là, vous pourrez aller jusqu'à la station de taxis qui se trouve près de l'entrée.

— Merci, dit Lance en entraînant Foxy à sa suite.

— Mais enfin, lâche-moi ! lui ordonna-t-elle lorsqu'ils furent dans le couloir. Je peux marcher toute seule.

— Je sais ce que j'ai à faire, rétorqua Lance en appuyant sur le bouton d'appel.

— Je ne t'ai pas encore remercié de m'avoir empêchée de foncer tête baissée sur la piste, dit-elle soudain d'une voix lisse.

Le timbre clair d'une sonnette retentit, leur annonçant l'ouverture des portes.

— C'était vraiment stupide de ma part, ajouta-t-elle en entrant dans la cabine.

— Arrête ! Bon Dieu, arrête ! explosa Lance en la secouant par les épaules. Crie, pleure, frappe-moi ! Mais cesse de vouloir donner le change !

Foxy le regarda sans comprendre. Que pouvait-elle faire de plus. Ses émotions, cadenassées à double tour, refusaient de faire surface. Elle n'y pouvait rien.

— J'ai hurlé tant que j'ai pu tout à l'heure, se justifia-t-elle de la même voix égale. Si je n'arrive pas à pleurer, c'est parce que je suis encore sous le choc, et si je ne te frappe pas, c'est que je n'ai aucune raison de le faire.

— Bon sang ! C'est quand même moi qui ai conçu la voiture dans laquelle ton frère aurait pu se tuer ! Cela ne te suffit pas comme raison ?

Il la prit cette fois par la main pour la guider vers le garage. Leurs pas résonnaient étrangement dans le silence du parking quasiment désert à cette heure de la nuit.

— Personne n'a forcé Kirk à se glisser derrière ce volant, Lance. Tu n'y es pour rien. Personne n'est fautif.

— J'ai bien vu le regard accusateur que tu m'as lancé lorsqu'ils l'ont sorti de la voiture.

Elle était épuisée lorsque Lance l'aida à s'asseoir dans le taxi. Elle tourna son visage vers lui et s'appliqua à articuler clairement :

— Je suis désolée, Lance. Peut-être, en effet, t'en ai-je voulu, mais juste l'espace d'une seconde. Je croyais qu'il était mort, tu comprends, alors il fallait que quelqu'un porte le chapeau. Toi ou un autre, peu m'importait.

La voix tremblante, elle s'interrompit un instant avant de reprendre :

— Chaque jour de ma vie, je me suis préparée à ce qui est arrivé. Et pourtant j'ai réalisé que je ne l'étais pas. Je ne le serai jamais.

Elle inspira profondément et s'enfonça dans son siège.

— Je ne t'en veux pas de ce qui est arrivé à Kirk, pas plus que je ne lui en veux à lui, ajouta-t-elle d'une voix sourde. Cet accident le dissuadera peut-être enfin de continuer.

Lance ne répondit pas.

Ils effectuèrent le reste du trajet en silence.

Lorsqu'ils arrivèrent à l'hôtel, ils trouvèrent Scott Newman en train de faire les cent pas devant la chambre de Foxy. Dans son costume impeccable, il avait l'air d'un cadre supérieur qui aurait miraculeusement pu s'échapper quelques minutes d'une réunion importante.

— Cynthia ! s'exclama-t-il en se précipitant vers la jeune femme. J'ai appelé l'hôpital et ils m'ont dit que tu étais sur le chemin du retour. Comment va Kirk ? Ils n'ont rien voulu me dire au téléphone !

— Ça va aller, le rassura Foxy.

Puis elle lui fit un résumé succinct du diagnostic.

— Tout le monde était mort d'angoisse ici ! Ils vont être contents d'apprendre la nouvelle. Et toi, comment te sens-tu ? J'ai pensé que tu aurais besoin de moi, ajouta-t-il sans attendre sa réponse.

— Elle a surtout besoin de se reposer, répondit Lance avec autorité.

— C'est vraiment très gentil à toi de m'avoir attendue, Scott, murmura Foxy en fusillant Lance du regard. Je vais bien. Je me sens juste un peu fatiguée. Pam est restée au chevet de Kirk pour lui tenir compagnie.

— Nous avons repassé les vidéos, l'informa Scott. Kirk ne pouvait pas faire autrement pour éviter la queue-de-poisson de Martell. Il semblerait que celui-ci ait eu un problème de direction. En tout cas, sans la présence d'esprit de Kirk, ils allaient au crash tous les deux.

Il dénoua le nœud de sa cravate avant d'ajouter :

— La presse est sur les dents. Ils veulent tout savoir. Tu veux leur faire une déclaration maintenant ?

— Il n'en est pas question, intervint Lance d'une voix tranchante. Et si tu tiens vraiment à te rendre utile, demande à la réception de ne passer aucune communication téléphonique dans cette chambre, sauf si elle vient de l'hôpital. Foxy, donne-moi la clé.

— Je pense pouvoir les tenir jusqu'au matin..., avança Scott.

— Retrouve-moi dans ma chambre dans deux heures, lui ordonna Lance en prenant la clé que Foxy lui tendait. Je te donnerai de quoi les calmer un peu. Et fais en sorte qu'ils ne viennent pas importuner Foxy. Compris ?

Scott opina d'un hochement de tête puis se tourna vers Foxy.

— Si tu as besoin de quoi que ce soit, n'hésite pas, Cynthia.

— Merci, Scott, et bonne nuit, répondit la jeune femme en luttant pour ne pas claquer au nez de Lance la porte qu'il venait de lui ouvrir.

Maîtrisant la colère qui la gagnait, elle se laissa tomber dans un fauteuil.

— Tu as été très dur avec Scott, parvint-elle à dire calmement en se frottant les tempes. Je crois bien ne t'avoir jamais vu aussi grossier, d'ailleurs.

— Si tu voyais ta tête, tu comprendrais pourquoi j'ai manqué de patience !

Foxy l'observa en silence, refrénant toujours la colère qui l'étouffait.

— Tu es pâle à faire peur, poursuivit Lance, semblant ne prêter aucune attention au regard assassin qu'elle lui lançait, et cette espèce d'idiot ne te parlait que de conférence de presse ! Non mais vraiment, quel imbécile !

— Cela ne l'empêche pas d'être un très bon manager, riposta-t-elle en luttant vainement contre les signes avant-coureurs d'une violente migraine.

— Ainsi qu'un homme très charitable, railla Lance d'un ton sarcastique.

— Lance, serais-tu en train d'essayer de me protéger ?

— Peut-être bien, marmonna-t-il en décrochant le téléphone.

Foxy l'entendit vaguement dispenser toute une série d'ordres.

« C'est étrange, songea-t-elle. C'est devenu une habitude chez lui. D'abord en Italie, maintenant, ici. Et pourtant cela semble le mettre toujours aussi mal à l'aise. »

Elle le regarda raccrocher brutalement puis se mettre à arpenter la pièce comme elle l'avait vu faire dans la salle d'attente de l'hôpital, quelques heures plus tôt. Elle réalisa soudain qu'elle lui était reconnaissante d'être là, à ses côtés. Elle se sentait tout à coup si fragile, si vulnérable ! Elle ne voulait pas qu'il la laisse seule ; elle ne s'en sentait ni la force, ni le courage.

— Lance, appela-t-elle doucement en lui tendant la main.

La douce intonation de sa voix le stoppa net. Il considéra quelques secondes la main offerte, puis se dirigea vers elle.

— Merci, Lance. Je ne sais pas comment j'aurais fait sans toi. En fait, je viens de réaliser à quel point ta présence m'est indispensable. Je tenais à ce que tu le saches.

Elle vit son visage tressaillir légèrement.

— Fox…, commença-t-il.

Mais la jeune femme s'empressa de l'interrompre, se moquant éperdument de lui dévoiler sa faiblesse. Elle avait besoin de lui et entendait bien le lui faire savoir.

— Tu ne vas pas partir demain, n'est-ce pas ? Si tu pouvais rester juste deux jours de plus, le temps que les choses se tassent un peu. Je suis capable de mentir, tu sais, ajouta-t-elle avec une pointe de désespoir. C'est un truc que j'ai appris au fil des ans. Demain, je peux me rendre à l'hôpital, regarder Kirk droit dans les yeux et faire comme si tout allait bien. Je t'assure qu'il ne soupçonnera même pas à quel point je déteste le voir allongé dans ce lit. Mais si tu pouvais rester, si je savais que tu es là, près de moi… Je sais que c'est beaucoup te demander mais je…

Elle s'interrompit, pressant ses deux mains sur son visage.

— Je crois bien que je suis un peu perdue, avoua-t-elle à mi-voix.

Elle entendit les coups discrets que l'on frappait à la porte puis Lance aller répondre et revenir.

— Fox, bois ça, chuchota-t-il en lui plaçant dans la main un verre de brandy que l'un des serveurs venait d'apporter.

Elle le prit et en fixa distraitement le fond.

Lance attendit un moment puis il s'accroupit à son côté.

— Fox, murmura-t-il, épouse-moi.

La jeune femme écarquilla ses grands yeux verts puis le fixa, sidérée.

— Quoi ? s'exclama-t-elle, certaine d'avoir mal compris.

— Epouse-moi, répéta Lance plus fort.

Elle vida son verre d'un trait. L'alcool lui brûlait la gorge mais elle ne s'en rendait même pas compte. Elle fixait Lance. Elle devinait, derrière le masque de quiétude, un déferlement d'émotions vives prêtes à exploser à tout moment. Une boule se forma dans sa gorge, un intense sentiment de panique la submergea.

— Pourquoi ? demanda-t-elle dans un souffle.

— Pourquoi pas ? riposta-t-il en lui prenant le verre vide des mains.

Elle esquissa un geste d'incompréhension et ne trouva rien à répondre.

— Oui, pourquoi pas ? insista Lance en portant à ses lèvres les mains tremblantes de Foxy.

— Je ne sais pas, je…

La proposition pour le moins surprenante qu'il venait de lui faire lui ôtait toute faculté de penser.

— Il doit certainement y avoir une raison mais j'avoue que j'ai du mal à rassembler mes idées, laissa-t-elle tomber.

— Alors, accepte de m'épouser et viens vivre à Boston avec moi.

— Boston ? répéta-t-elle bêtement.

Pour la première fois depuis des heures, un faible sourire vint éclairer le visage de Lance.

— Oui, Boston. C'est là que j'habite, tu te rappelles ?

Foxy lissa une ride imaginaire entre ses sourcils.

— Oui… oui, bien sûr, je me rappelle, balbutia-t-elle.

— Nous pourrions partir dès que nous serons sûrs que Kirk est tiré d'affaire. A mon avis, il ne sortira pas avant deux mois. Mais ce n'est pas nécessaire que tu restes jusque-là. Et puis Pam sera avec lui.

Lance s'exprimait à présent avec la plus parfaite retenue, lui exposant son plan sur le même ton que celui qu'il aurait employé pour lui proposer d'aller lui chercher une tasse de thé. Elle avait l'impression de vivre un rêve éveillé.

Elle finit par secouer lentement la tête.

— Lance, je…

Elle hésita à poursuivre puis choisit d'esquiver. Il ne servait à rien de foncer, tête baissée.

— J'avoue que je n'ai pas les idées très claires en ce moment. Je crois qu'il serait plus sage que tu me laisses un ou deux jours pour réfléchir à tout cela.

Lance inclina légèrement la tête et fronça les sourcils.

— Cela me paraît raisonnable, acquiesça-t-il sans grande conviction.

Mais lorsqu'il la vit se lever et se détourner de lui, il bondit sur ses pieds.

— Non ! s'écria-t-il si fermement que Foxy pivota brusquement pour lui faire face.

— Qu'y a-t-il ?

— Non. Je ne veux pas te laisser le temps d'y réfléchir.

En deux enjambées il était près d'elle et la serrait étroitement contre lui. Ses yeux avaient perdu de leur sérénité et reflétaient à présent toute la contrariété qui semblait l'habiter. Elle avait déjà vu ce regard, des années plus tôt, au Mans. Allait-il de nouveau exprimer violemment sa colère contre elle ?

— Qu'est-ce que tu veux, Lance ?

— Toi. C'est toi que je veux, Fox, dit-il en plongeant dans son regard. Je ne veux pas te laisser m'échapper.

Il posa sur ses lèvres un baiser d'une infinie douceur.

— Tu pensais vraiment que j'allais franchir cette porte et attendre patiemment que tu te décides ?

D'un nouveau baiser, il scella la réponse qu'elle s'apprêtait à lui faire.

— Me crois-tu capable de t'abandonner alors que tu viens juste de m'avouer que tu avais besoin de moi ?

— Lance, protesta la jeune femme, cela ne voulait pas dire… Enfin, je ne veux pas que tu te croies obligé de… Je t'étais juste reconnaissante…

— Je n'ai rien à faire de ta reconnaissance ! s'emporta-t-il brusquement. Ni de ta gratitude ! Ce n'est pas ce que j'attends de toi !

Le ton monta d'un cran et sa voix vibra d'une agitation contenue.

— Et je me fiche bien de devoir ménager ta susceptibilité ! Je suis un sale égoïste, Foxy, et j'ai pour habitude d'obtenir ce que je veux, quand je le veux !

Le cœur de Foxy se mit à battre si sauvagement dans sa poitrine qu'elle en eut le vertige. Elle s'exhorta au calme, posa une main qui se voulait rassurante sur le bras de Lance.

— Lance…, hasarda-t-elle prudemment, ce dont tu parles n'implique pas nécessairement une décision aussi importante que le mariage. Considérons cela comme un grand pas en avant, comme une conséquence inévitable de notre passé, enfin je ne sais pas trop quel terme lui attribuer mais…

— Je t'aime.

Foxy resta sans voix.

— Je veux passer ma vie avec toi, poursuivit-il, et je ne retournerai pas à Boston sans toi. Je ne peux pas t'offrir les flonflons d'un mariage romantique, parce que le temps nous manque et que je n'aurai jamais la patience d'attendre. Nous verrons tout cela plus tard, si tu le désires.

Ses mains fébriles passaient, sans qu'il semble s'en rendre compte, des cheveux de la jeune femme à ses épaules, puis à sa taille.

— Foxy, tu me rends fou.

Il l'épingla d'un regard implacable.

— Et tu m'aimes aussi. Je le sais.

— Oui, admit Foxy, vaincue, en posant la tête sur son torse puissant. C'est vrai, je t'aime. Oh, Lance ! Serre-moi fort.

Durant quelques minutes, elle s'offrit l'incroyable luxe de se sentir protégée et chérie par l'homme qu'elle aimait. « Il m'aime », se disait-elle en écoutant le cœur de Lance battre contre son oreille. Tout était allé si vite !

Elle se haussa sur la pointe des pieds et tendit ses lèvres à Lance. Leurs bouches se cherchèrent, puis se prirent passionnément, réunissant leurs deux corps dans un même désir.

— Nous pourrions nous marier d'ici à deux jours, annonça Lance.

Ses mains se mirent à caresser doucement le dos de Foxy avant de s'immobiliser sur ses hanches.

— C'est à peu près le temps qu'il faudra pour réunir les pièces administratives. Ensuite, nous pourrons partir pour Boston.

Son regard se fit grave.

— Pam s'occupera de Kirk. Tu peux comprendre cela, n'est-ce pas, mon amour ?

La jeune femme repoussa vivement l'image de l'accident venue ternir ce moment de pur bonheur.

— Oui, Lance. Oui, je veux rentrer avec toi. Reste, ajouta-t-elle en se blottissant un peu plus contre lui. Je veux que tu passes cette nuit avec moi.

Lance s'écarta d'elle et caressa tendrement sa joue, du bout des doigts.

— Non. J'ai déjà assez profité de la situation, parvint-il à plaisanter. Tu as besoin d'une bonne nuit de sommeil.

Puis, sans lui laisser le temps de protester, il la porta jusqu'à son lit.

Lance l'allongea délicatement puis il s'assit auprès d'elle.

— Tu n'as besoin de rien ?

— Lance, murmura Foxy, redis-le-moi.

Lance lui prit la main et en embrassa tendrement la paume.

— Je t'aime, lui chuchota-t-il à l'oreille. Dors, maintenant.

Elle ferma les yeux et sentit à peine les lèvres de Lance effleurer les siennes.

— Je reviendrai demain matin, lui promit-il.

Elle dormait déjà d'un sommeil profond lorsqu'il referma doucement la porte derrière lui.

# *Chapitre 8*

Les rayons du soleil filtrant à travers les volets lui caressaient doucement la joue. Son esprit encore embrumé se fixa peu à peu sur des détails insignifiants mais qui, dans la quiétude du matin, prenaient une ampleur particulière : le tic-tac régulier de son réveil, la légère démangeaison entre ses omoplates, la lourdeur de l'édredon sur son corps engourdi. Elle se rappelait vaguement l'avoir rabattu jusqu'à son menton après s'être réveillée dans la nuit, transie d'angoisse et de froid. Un cauchemar l'avait brusquement arrachée du sommeil profond dans lequel elle avait sombré, lui tirant enfin les torrents de larmes qu'elle n'avait pu verser jusque-là. Elle avait pleuré, pleuré jusqu'à ce que, de ses yeux brûlants, ne coule plus une seule larme. Elle avait ensuite ruminé un long moment la déclaration de Lance mais les doutes l'avaient alors assaillie : il ne lui avait fait cette proposition que poussé par le sens aigu du devoir qui le caractérisait. Elle avait tenté de revivre l'émotion ressentie lorsqu'il lui avait avoué son amour pour elle. En vain. Elle s'était sentie malheureuse et désemparée, puis avait plongé dans un sommeil agité.

Elle s'étira paresseusement, les paupières encore lourdes de sommeil. Ce ne fut que lorsqu'elle eut pleinement repris conscience de la réalité qu'elle s'assit brusquement et que, la tête posée sur ses genoux, elle se permit de sourire à son avenir.

Elle étendit sa main gauche devant elle et, plissant les yeux, tenta d'imaginer une alliance à son annulaire.

— Je vais me marier ! dit-elle à voix haute, juste pour le plaisir d'entendre ces mots résonner à ses oreilles.

Mais ces mots magiques prirent également tout leur sens, et il lui vint brutalement à l'esprit qu'elle ne savait rien du Lance Matthews d'aujourd'hui, hormis le fait qu'il vivait à Boston et qu'il était un homme d'affaires, riche à millions. Celui qu'elle avait connu était un pilote téméraire qui n'hésitait pas à défier le destin et à plonger les mains dans le cambouis. Le seul indice sur sa vie qu'elle possédait, elle l'avait eu au cours de la soirée qu'ils avaient passée ensemble à Monte-Carlo. Mais cela ne suffisait pas. Quel genre d'homme était-il au quotidien et dans le monde qui était le sien ? Appartenait-il à l'un des clubs très fermés de la haute bourgeoisie bostonienne ? Jouait-il au golf tous les dimanches ? Elle tenta de l'imaginer, un club à la main, effectuant un swing parfait.

Elle ferma les yeux et essaya de se détendre.

Elle devait cesser de se torturer l'esprit. De toute façon, il était trop tard, l'heure n'était plus aux doutes. Quelle différence cela faisait-il qu'il joue au golf ou au backgammon, ou même qu'il pratique le yoga ? Et que, pour aller travailler, il porte un costume trois pièces ou un jean avec un pull à col roulé ?

— Allons, lève-toi et va te préparer ! Lance ne va pas tarder à arriver et il n'est pas question qu'il te voie comme ça. Tu ressembles à un zombie, ma pauvre fille !

D'un geste brusque, elle repoussa drap et édredon et bondit hors du lit. Elle étira ses muscles endoloris par le trop-plein d'émotions de la veille puis ôta les vêtements qu'elle n'avait pas eu la force de retirer avant de s'endormir. Lorsque Lance frappa à la porte, trente minutes plus tard, elle mettait la touche finale à un maquillage destiné à atténuer ses traits tirés et les cernes mauves sous ses yeux encore gonflés.

Elle l'accueillit dans une robe en maille jaune, les cheveux soigneusement tirés en une natte torsadée. Lance l'observa un instant en silence.

— Tu as pleuré, remarqua-t-il sur un ton accusateur qui fit réaliser à la jeune femme que ses tentatives de camouflage avaient échoué. Tu n'as pas dormi ?

— Pas très bien, admit-elle. En fait, je me suis réveillée et j'ai pris de plein fouet tous les événements de la journée.

— J'aurais dû rester.

— Non, le rassura Foxy. J'avais besoin d'être seule, et cela m'a permis de prendre du recul. Je vais beaucoup mieux, ce matin.

Une lueur inquiète vacilla au fond des yeux de Lance.

— Tu as changé d'avis pour le mariage ?

L'espace de quelques secondes, un frisson d'angoisse parcourut la jeune femme.

— Non, annonça-t-elle pourtant avec détermination.

Lance parut soulagé mais ne manifesta aucune émotion.

— Parfait. Alors nous passerons à la mairie nous occuper des formalités administratives avant d'aller à l'hôpital. Tu es prête ?

Pour toute réponse, Foxy franchit le seuil, Lance sur ses talons, puis elle referma doucement la porte derrière eux.

— J'aimerais annoncer moi-même la nouvelle de notre mariage à Kirk. Et lorsque je jugerai le moment venu.

— Je n'y vois pas d'inconvénient, acquiesça Lance toujours aussi impassible.

— Excuse-moi, j'aurais peut-être dû te demander si toi non plus tu n'avais pas changé d'avis ? jeta froidement la jeune femme, vexée par l'attitude pour le moins déconcertante de son compagnon.

— Si cela avait été le cas, je te l'aurais déjà dit, répliqua-t-il sur le même ton.

— Evidemment, lâcha-t-elle, un brin sarcastique.

Sans un mot, Lance la conduisit jusqu'à la Porsche bleu métallisé qu'il avait louée le matin même.

Un accès soudain de colère envahit Foxy qui ne put s'empêcher de relancer la discussion.

— J'imagine que tu as déjà contacté tes avocats pour le contrat de mariage. On ne sait jamais…

— Arrête, Foxy, gronda Lance d'une voix sourde en lui ouvrant la portière du côté passager. Arrête !

La jeune femme secoua la tête et le fixa, les yeux brillant d'une rage qu'elle contenait mal. Elle n'avait aucune envie de se taire.

— Je ne comprends pas pourquoi tu te comportes de la sorte ! poursuivit-elle. Mais peut-être est-ce tout simplement le reflet de ta mauvaise humeur du matin. Je suppose que je vais devoir m'y habituer. Tout comme toi, tu vas devoir t'habituer au fait que je dis ce que je veux quand je le veux. Et si cela ne te convient pas, tu peux…

Lance interrompit la tirade de la jeune femme en claquant violemment la portière derrière elle et en l'attirant non moins violemment contre lui, lui écrasant passionnément les lèvres. Puis il l'écarta de lui sans plus de ménagement.

— Voilà ! Désormais tu sauras comment je m'y

prendrai pour te faire taire lorsque je n'aurais pas envie d'entendre ce que tu as à me dire.

— Tu es complètement fou ! fulmina-t-elle, suffoquant d'indignation.

— C'est possible, concéda-t-il en la repoussant sur son siège.

Rouge de rage et de confusion, Foxy remarqua deux jeunes filles hilares qui se tenaient sur le trottoir d'en face et qui avaient l'air de se réjouir du spectacle auquel elles venaient d'assister. Vexée, elle croisa les bras sur sa poitrine et se retrancha, boudeuse, derrière un mur de silence.

C'est donc dans un silence de mort qu'ils firent les démarches administratives nécessaires à toute union solennelle.

A peine deux heures plus tard, et après n'avoir parlé que lorsque cela s'était avéré strictement indispensable, ils se retrouvaient au chevet de Kirk.

Foxy cacha à grand-peine le choc que provoqua chez elle la vue des bandages et des plâtres qui dissimulaient presque chaque parcelle de la peau de Kirk. Sa jambe était immobilisée par une fixation externe semblable à celle que les enfants utilisent dans leurs jeux de construction. Partout des tuyaux et des tubes reliaient son frère à la vie.

Foxy nota aussitôt l'extrême tension qui régnait entre Kirk et Pam, mais elle jugea plus prudent de s'abstenir de tout commentaire.

Les mains vides, car elle savait que Kirk aurait détesté qu'elle lui apporte des fleurs, elle s'approcha du lit, les yeux empreints de gravité.

— Tu n'es pas très présentable, parvint-elle néanmoins à dire avec légèreté.

Elle tremblait pourtant de tous ses membres devant l'appareillage impressionnant dont son frère était équipé. Un faible sourire flotta sur les lèvres de Kirk.

— Tu n'es pas mal non plus, rétorqua-t-il avec humour. Salut, Lance. Je crois que ta voiture va avoir besoin d'une bonne révision.

— Et d'un bon coup de peinture aussi, ajouta ce dernier en enfonçant nerveusement ses mains dans ses poches.

Son regard croisa celui de Pam. Elle avait les traits tirés de quelqu'un qui venait de passer une nuit blanche. Il avait vu cette même lassitude tant de fois sur le visage d'amis, de parents, de maîtresses ou d'épouses de pilotes hospitalisés…

— On m'a dit que c'était Bettini qui avait remporté le championnat, reprit Kirk en haussant maladroitement les épaules. Tant mieux, c'est un bon pilote.

Foxy le vit grimacer de douleur tandis qu'il essayait de changer de position. Elle s'empressa de détourner les yeux, sachant que son frère ne supporterait pas la moindre marque de compassion.

— Eh bien je suppose qu'il ne doit pas te poser trop de problèmes en ce moment, dit-elle, faussement désinvolte, en s'adressant à Pam.

— Détrompe-toi, c'est tout le contraire.

— Pam…, gronda Kirk entre ses dents.

Mais la jeune femme poursuivit, indifférente au ton menaçant de son amant.

— Figure-toi qu'il m'a *ordonné* de rentrer à Manhattan. Malheureusement, et cela semble le contrarier au plus haut point, je n'en ai pas la moindre intention.

Ne sachant trop quoi dire, Foxy regarda tour à tour son frère, puis Pam.

— Il trouve que ce n'est pas raisonnable, continua Pam sur le même ton égal.

— Et stupide, renchérit Kirk en fronçant les sourcils.

— Ah ! oui, j'oubliais ! Et stupide.

— Ecoute-moi bien, Pam, reprit Kirk d'une voix tremblante de colère, tu n'as aucune raison de rôder autour de moi comme ça, tu m'entends ?

— Si, j'en ai une ! claironna Pam. Je suis une maniaque des hôpitaux ! Que veux-tu, c'est comme ça, je ne peux pas m'en passer.

— Bon Dieu ! Fiche le camp d'ici, je ne veux plus te voir ! aboya Kirk en laissant échapper un cri de douleur.

Une main fermement posée sur le bras de Foxy, Lance empêcha cette dernière de se précipiter au chevet de son frère.

— Ne t'en mêle pas, lui ordonna-t-il à mi-voix.

Pam, la tête haute, les épaules bien droites, affrontait Kirk, comme un général face à une armée ennemie.

— Tu n'arriveras pas à te débarrasser de moi. Je t'aime.

— Tu es complètement folle ! grogna Kirk en se laissant retomber doucement sur son oreiller.

— Sûrement. Pour tomber amoureuse d'un homme comme toi, il faut l'être.

Kirk plissa les yeux et fixa la jeune femme qui lui tenait tête.

— Je ne céderai pas, grommela-t-il plus faiblement.

Pam haussa négligemment les épaules.

— Vraiment ? Et comment comptes-tu t'y prendre ? En me bottant les fesses avec ta jambe valide, peut-être ? railla-t-elle.

— Attends un peu que je puisse me lever ! ronchonna

Kirk, furieux de se faire tenir la dragée haute par un petit bout de femme pas plus haut que trois pommes !

— Ah oui ? dit-elle avec la plus parfaite décontraction avant de s'approcher de Kirk et de tirer sur l'une des pointes de sa moustache. Alors, rappelle-moi d'avoir peur un de ces jours. Mais pour l'instant, c'est moi qui décide. J'avais le choix entre trois options : te tuer, me suicider en sautant d'un pont ou assumer.

Elle s'interrompit pour lui tapoter la joue avec un grand sourire narquois.

— Eh bien, j'ai décidé d'assumer et tu n'y peux rien, mon vieux.

— C'est ce que tu crois, lâcha Kirk qui, à bout d'arguments, commençait à faiblir.

Pam se pencha vers lui pour l'embrasser.

— Je ne crois pas, j'en suis sûre, conclut-elle.

— Nous réglerons cela quand je serai en mesure de le faire, murmura-t-il en répondant avec passion au baiser de la jeune femme.

— Si tu veux, répliqua-t-elle avec un petit sourire, tandis qu'elle s'asseyait sur le bord du lit.

Foxy remarqua la main de son frère qui cherchait celle de Pam. La vérité la frappa comme une évidence.

« Il l'aime, réalisa-t-elle soudain. Il l'aime vraiment ! »

Peut-être était-ce Pam, la solution ? Peut-être Kirk trouverait-il en cette femme qu'il aimait une alternative à sa passion ? Peut-être allait-il arrêter de courir et de jouer ainsi avec la mort ?

— A présent que le problème semble réglé, déclara Pam qui s'amusait du regard empreint de respect que Foxy fixait sur elle, peut-être pourriez-vous nous parler de ce qui s'est passé dans le monde depuis hier.

— Pardon ? demanda distraitement Foxy.

Pam éclata d'un rire joyeux.

— Oui ! Y aurait-il eu des tremblements de terre, des inondations, des guerres, des famines, ou je ne sais quoi encore dont je ne serais pas au courant ? J'ai l'impression d'être totalement coupée du monde depuis vingt-quatre heures !

— Ah ! non, annonça Foxy, il n'y a rien eu de tout cela. Pas que je sache, en tout cas.

« C'est le moment, se dit-elle. C'est le moment de lui dire. »

— Lance et moi…, commença-t-elle, se sentant soudain ridiculement nerveuse et maladroite.

Elle prit une profonde inspiration, puis reprit calmement en regardant Kirk droit dans les yeux :

— Lance et moi allons nous marier.

Les sourcils de Kirk s'arquèrent tandis que son visage exprimait une surprise intense. Pam, elle, se leva d'un bond pour aller serrer son amie dans ses bras.

— Foxy ! Quelle merveilleuse nouvelle !

Regardant par-dessus l'épaule de Foxy, ses yeux rencontrèrent ceux de Lance.

— Félicitations, Lance, tu as beaucoup de chance.

— Oui, admit ce dernier avec raideur. Je sais.

Kirk, qui n'en revenait toujours pas, balbutia :

— Vous marier… Comment ça, vous marier ?

— Un mariage, Kirk. Dans la plus stricte tradition, le renseigna Foxy avec une pointe d'ironie. Le mariage, cette coutume populaire qui unit un homme et une femme pour la vie, tu en as déjà entendu parler, non ?

— Quand ?

— Dès que nous en aurons terminé avec les paperasses administratives, répondit Lance en passant un bras protecteur autour des épaules de Foxy. Tu as l'air abasourdi. Tu t'attendais peut-être à ce que l'on te demande la permission ?

— Non, pas du tout, marmonna Kirk, encore sous le choc.

Il regarda sa sœur d'un air absent.

— Enfin, si, ajouta-t-il en retrouvant toute sa bonne humeur. J'aurais pu lui dispenser les conseils d'usage d'un grand frère.

— De toute façon, en ce moment tu n'es pas en état de dispenser quoi que ce soit, plaisanta Lance.

Le regard de Kirk allait de sa sœur à son meilleur ami.

— Tu es sûre que c'est bien ce que tu veux ? ne put-il s'empêcher de demander à Foxy.

Pour toute réponse, la jeune femme plongea dans le regard de Lance et la réponse fusa, spontanée :

— Oui, j'en suis sûre, affirma-t-elle d'une voix forte.

Elle se leva sur la pointe des pieds et embrassa Lance.

— J'en suis sûre, répéta-t-elle fermement. Ne t'inquiète pas pour moi.

— Tu es une grande fille, maintenant, lança Kirk d'un ton léger où perçait néanmoins une certaine émotion. Je suis certain que tu seras très heureuse.

— Merci, dit-elle dans un souffle.

— Allons, viens m'embrasser, lui ordonna-t-il en souriant. Quant à toi, ne lui fais pas de mal, ajouta-t-il, faussement menaçant, à l'adresse de Lance. Ou tu auras affaire à moi. Avez-vous l'intention de vous installer dans ta maison de Boston ?

— Oui, répondit Lance.

Le visage de Kirk s'adoucit et un sourire franc vint enfin flotter sur ses lèvres.

— Dommage que je ne sois pas en état de te donner le bras pour remonter l'allée jusqu'à l'autel, sœurette, dit-il en lui pressant affectueusement la main.

Puis, s'adressant de nouveau à Lance :

— Je te la confie. Rends-la heureuse.

# *Chapitre 9*

Trois jours plus tard, Foxy se trouvait au côté de Lance dans la Porsche qu'il avait louée pour effectuer les nombreux kilomètres qui séparaient New York de l'Etat du Massachusetts.

Ses mains posées bien à plat sur ses cuisses trahissaient néanmoins l'intense nervosité qui l'agitait intérieurement. Régulièrement, elle faisait tourner entre ses doigts la fine alliance en or qu'elle portait à la main gauche.

« Mariés, songea-t-elle une nouvelle fois. Nous sommes vraiment mariés ! » Tout s'était passé si vite ! Presque sans émotion. Quelques minutes devant un maire au visage impénétrable, et ils s'étaient retrouvés mari et femme pour la vie. Quinze minutes exactement ! Elle avait eu l'impression étrange d'être le personnage central d'une pièce de théâtre. Mais lorsque Lance avait passé l'anneau à son doigt, elle s'était immédiatement sentie devenir Mme Lancelot Matthews.

Depuis, elle ne se lassait pas de se répéter mentalement son nouveau nom, Cynthia Fox-Matthews. N'était-ce pas plus élégant ainsi ? Non. Elle était, et resterait, Foxy Matthews.

La voix de Lance la fit sursauter et l'arracha à ses considérations patronymiques.

— Si tu continues, tu n'auras plus de doigt avant

même d'arriver à Rhode Island, lui dit-il dans un sourire moqueur. Nerveuse ?

Peu encline à lui révéler les bêtises qui lui passaient par la tête, elle préféra esquiver.

— Non, j'étais en train de penser à… à Kirk. Il avait l'air d'aller mieux, n'est-ce pas ?

Lance mit en marche les essuie-glaces qui, dans un doux frottement, balayèrent la petite pluie fine qui s'était mise à ruisseler sur le pare-brise.

— Mmm, acquiesça-t-il. Il ne pouvait pas trouver meilleur traitement que Pam pour le remettre rapidement sur pied.

— C'est vrai.

Foxy se tourna à demi dans son siège pour contempler le profil de Lance. Son mari. Ce mot lui semblait étrange et elle se le répétait inlassablement, comme une litanie.

— A part toi, se força-t-elle à dire, je n'avais jamais connu quelqu'un capable de maîtriser Kirk comme elle le fait.

— Elle est parfaite. Exactement le genre de femme qu'il lui faut pour lui tenir tête.

Il lui coula un bref regard en biais et reprit :

— A ta manière, toi aussi tu sais t'y prendre avec lui. A treize ans déjà, tu en faisais ce que tu voulais, et sans même qu'il en ait conscience.

— Je n'avais pas le sentiment de le mener par le bout du nez, s'étonna-t-elle. Mais, surtout, je n'avais pas réalisé que tu t'en étais rendu compte.

— Rien de ce qui te concernait ne m'échappait, lui avoua-t-il en la regardant cette fois droit dans les yeux.

Le cœur de la jeune femme se mit à battre sauvagement dans sa poitrine.

« Me fera-t-il toujours cet effet, se demanda-t-elle, émue. Aurai-je toujours ce frémissement délicieux dans le ventre, même après des années de mariage, lorsque la passion ne sera plus qu'un souvenir lointain ? Connaîtrai-je toujours la même émotion au moindre de ses regards ? »

De nouveau, la voix de Lance la tira brutalement de ses pensées.

— Excuse-moi, tu disais…

— Je disais que c'était chic de ta part d'offrir ton bouquet de mariée à Pam. Dommage que tu n'aies pas gardé le moindre souvenir de ton mariage.

Ces quelques mots déclenchèrent aussitôt en elle un malaise diffus. Elle ne répondit pas et regarda distraitement le paysage défiler sous ses yeux.

— Tout cela a été expédié un peu trop rapidement, n'est-ce pas ? reprit Lance. Pas d'amis, pas de larmes, pas de riz lancé à la sortie de l'église, pas de jolie robe blanche… Tu dois te sentir un peu frustrée, non ?

— Non, pas du tout ! répondit-elle précipitamment.

Bien sûr, elle s'était vaguement demandé ce qu'elle aurait pu ressentir s'ils avaient fait un véritable mariage, mais à aucun moment elle ne s'était sentie dépossédée de quoi que ce soit. Et même si elle ressentait encore l'impression étrange que son mariage n'avait pas été tout à fait réel, ce n'était pas à mettre sur le compte de l'absence de cérémonie.

— Je ne regrette rien, affirma-t-elle d'une voix forte. D'ailleurs, ma famille se résumant à Kirk, il n'y aurait eu personne à l'église pour pleurer de joie sur mon bonheur.

— Et ton alliance ? Toujours pas de regret d'avoir voulu un simple anneau d'or et pas une bague plus sophistiquée ?

— Oh, non ! C'est exactement ce que je voulais.

— Elle te va bien ?

— Oui, oui. Parfaitement bien.

— Dans ce cas, peux-tu m'expliquer pourquoi tu la fais sans cesse tourner autour de ton doigt ? demanda-t-il sur un ton où perçait une note d'irritation.

Foxy poussa un profond soupir.

— Je suis désolée, Lance. Mais, tout s'est passé si vite, et puis nous rendre à Boston comme ça…

Elle se mordit la lèvre.

— En fait, confessa-t-elle, je me sens très nerveuse à l'idée de rencontrer ta famille. Tu comprends, j'ai si peu d'expérience dans ce domaine.

Lance posa sa main sur la sienne.

— Je te conseille de ne pas faire de ma famille le critère idéal. Tu risquerais d'être déçue.

— Je vois, murmura Foxy dans un sourire contrit. Est-ce censé me rassurer ?

— Ne les laisse pas te pourrir la vie, c'est tout, lui suggéra Lance en haussant négligemment les épaules. Fais comme moi, ignore-les.

— C'est facile à dire, rétorqua-t-elle en fronçant le nez. Ce sont *tes* parents.

— Maintenant, ce sont aussi les tiens.

— Parle-moi un peu d'eux, demanda la jeune femme en se recroquevillant dans son siège.

Sans lâcher le volant, Lance sortit un cigare de son étui et l'alluma.

— Ma mère est une Bardett, une des plus vieilles familles de Boston. Et des plus patriotes aussi. En épousant un Matthews, elle a accédé à la satisfaction suprême. Mais, plus que tout, ma mère adore vouer sa vie aux comités !

— Aux comités ? répéta Foxy. Quel genre de comités ?

— Peu importe, pourvu qu'ils conviennent au rang d'une Matthews-Bardett. Elle adore les organiser, y assister, et évidemment les critiquer. Elle est parfaitement snob, depuis la pointe de ses cheveux toujours impeccablement coiffés à la pointe de ses chaussures, de marque invariablement italienne.

— Lance ! C'est affreux !

— C'est toi qui voulais que je t'en parle, répliqua-t-il, impassible. Ma mère s'investit également beaucoup dans les œuvres de charité. Evidemment. Pour en lire le compte rendu élogieux dans les journaux. Cependant, elle attend des pauvres qu'elle aide qu'ils aient le bon goût de ne pas avoir besoin d'argent avant que tout ne soit mis en place par ses propres soins. Mais snob ou pas, motivations nobles ou pas, il faut néanmoins lui reconnaître une grande efficacité d'action.

— Tu es très dur avec elle, lui reprocha Foxy qui, elle, gardait de sa mère l'image d'une femme douce, tellement aimante avec ses enfants.

Lance lui coula un regard en biais puis finit par lâcher :

— Peut-être. Elle et moi n'avons jamais eu la même conception des choses et de la vie. Et je n'ai jamais eu la tolérance de mon père qui trouvait l'engagement de ma mère *amusant et inoffensif*, à défaut d'être honorable.

Il s'interrompit et adressa à Foxy un sourire cynique.

— Mais ne t'inquiète pas, on n'a jamais vu le sang couler dans la famille. Nous sommes des gens extrêmement civilisés.

— Et les Matthews ? s'enquit Foxy, de plus en plus intriguée.

— Ah, les Matthews ! Eh bien, eux, ils ont la fâcheuse

habitude de produire un mouton noir par génération. Il y a deux cents ans de cela, figure-toi qu'un des leurs a eu la mauvaise idée d'épouser une vulgaire petite serveuse. Sacrée mésalliance, non ?

Il sourit dans le vague, visiblement satisfait du bon tour que son aïeul avait joué à sa famille.

— Mais pour la plupart, reprit-il, les Matthews sont pour le moins aussi respectables que le sont les Bardett. Ma grand-mère est l'incarnation même de la dignité. Et même lorsque les commentaires allaient bon train au sujet de la liaison que son mari entretenait avec la comtesse, je ne l'ai jamais entendue prononcer un mot plus haut que l'autre. Car, pour elle, il était clair qu'il ne se passait rien. Quant à sa fille, ma tante Phoebe, elle est vraiment telle que l'a décrite la comtesse : sinistre. Et cela fait cinquante ans que ça dure. En dehors de mes parents proches, ma famille compte toute une tribu d'oncles, de tantes, de cousins, sans parler des innombrables branches rapportées.

— Ils ne vivent tout de même pas tous à Boston ?

— Non, Dieu merci ! Si une bonne partie réside entre Boston et Martha's Vineyard, le reste est disséminé un peu partout aux Etats-Unis et en Europe.

— Je suppose que ta mère a dû être surprise d'apprendre que nous allions nous marier, dit-elle en s'interdisant de faire tourner une nouvelle fois sa bague autour de son doigt.

— Elle ne le sait pas.

— Comment ça, elle ne le sait pas ? s'écria la jeune femme, surprise et légèrement mal à l'aise. Tu ne lui as rien dit ?

— Non.

Foxy se renfonça dans son siège, mortifiée, regardant sans la voir la pluie battre les vitres. Evidemment, une Cynthia Fox d'Indiana ne pouvait pas se mesurer aux grands Bardett et Matthews de Boston…

— Tu as l'intention de me cacher dans un grenier ? cracha-t-elle avec aigreur. Ou, pourquoi pas, de m'inventer un faux pedigree ?

— Hmm ? demanda distraitement Lance qui, après avoir dépassé un camion, baissa sa vitre pour jeter son cigare.

Foxy eut beau s'exhorter au calme, elle n'y parvint pas.

— Oui, nous pourrions leur dire que je suis une princesse d'un pays perdu du tiers-monde ! Je te promets de ne pas prononcer un mot d'anglais pendant six mois !

Ivre de rage et de douleur, elle ne pouvait se contenir.

— Ou alors la fille de quelque obscur baron anglais qui, en mourant, m'a laissée sans un sou ! Après tout, la lignée compte plus que l'argent dans votre monde, non ?

Lance la regarda, stupéfait.

— Mais enfin, qu'est-ce que tu racontes ?

— Si tu pensais que je n'étais pas assez bien pour vous, il ne fallait pas…

Lance donna un coup de volant si brusque que Foxy s'interrompit net. Une fois la Porsche sur la bande d'arrêt d'urgence, il agrippa violemment la jeune femme par le bras.

— Ne répète plus jamais ça, tu m'entends ? siffla-t-il entre ses dents.

Aveuglée par la colère, Foxy releva fièrement le menton et le défia du regard.

— Je n'arrêterai pas tant que je ne comprendrai pas la raison de ton silence à propos de notre mariage !

Impuissante, elle ne put retenir plus longtemps ses larmes, qui se mirent à rouler librement sur ses joues.

— Arrête ! lui ordonna-t-il en la secouant sans ménagement.

— J'arrêterai si je veux, s'entêta Foxy en pleurant de plus belle.

Lance laissa échapper un juron puis reprit d'une voix radoucie mais néanmoins ferme :

— A ta guise. Mais je ne partirai pas de là tant que tu ne m'auras pas expliqué.

Foxy fouilla dans son sac en reniflant bruyamment.

— Je n'ai pas de mouchoir, gémit-elle d'une voix de petite fille en essuyant ses joues du revers de la main.

Lance sortit de la poche de sa veste un carré de soie qu'il tendit à la jeune femme.

— Je ne peux pas me moucher là-dedans ! protesta-t-elle en reniflant plus fort.

— Foxy, si tu continues, je vais finir par t'étrangler !

Et, comme pour conjurer le sort, il crispa ses doigts sur le volant.

— Je te répète que je ne partirai pas d'ici tant que tu ne m'auras pas dit ce qui se passe.

— Ce n'est rien, rien du tout, affirma Foxy en s'essuyant enfin le nez avec le précieux carré de tissu.

Durant les quelques secondes qui suivirent, seuls les reniflements de Foxy et le vrombissement assourdissant des voitures qui les dépassaient rompirent le silence pesant qui plombait l'habitacle.

— Si tu savais à quel point je m'en veux d'être contrariée par le fait que tu n'aies pas prévenu ta famille de notre mariage ! lança enfin la jeune femme.

— Te serais-tu imaginé, par hasard, insinua Lance

d'une voix dangereusement calme, que je n'ai rien dit à ma famille parce que j'avais honte de toi ?

— Y aurait-il une autre raison ? Car j'imagine, effectivement, que mon arbre généalogique ne doit pas être très impressionnant aux yeux de ta prestigieuse famille !

— Idiote !

Le mot avait claqué, sec comme un coup de fouet.

Clouée par la surprise, Foxy vit Lance tenter désespérément d'apaiser la colère qui l'étouffait. Lorsqu'il parla enfin, sa voix était redevenue douce et lisse.

— Si je n'ai rien dit à ma famille, précisa-t-il, c'est parce que je voulais profiter de deux jours de paix avant qu'ils ne nous tombent tous dessus. Il faut que tu saches que, dès qu'ils seront au courant, la machine infernale va se mettre en branle. Bien sûr, si nous avions pu partir pour un voyage de noces de plusieurs jours, cela nous aurait facilité les choses. Mais comme je te l'ai expliqué, les championnats m'ont pris beaucoup de temps et je ne peux pas me tenir plus longtemps éloigné de mes affaires. Crois-moi, je n'ai pas pensé une seule seconde que tu aurais pu imaginer une raison aussi… aussi extravagante !

Il se tut et, après avoir enclenché la première, s'insinua prestement dans le flot ininterrompu des voitures.

Un nouveau silence s'installa entre eux, pesant, insupportable. Foxy tripotait nerveusement son mouchoir, cherchant désespérément un sujet de conversation.

— Je suis désolée, Lance, lâcha-t-elle enfin en levant les yeux sur lui.

— N'y pense plus.

Le ton était cassant, implacable, et lui signifiait clairement que le chapitre était clos. Foxy se sentait misérable. Elle se tourna légèrement pour se perdre dans la contemplation de la pluie qui tombait toujours.

« Les jeunes mariées sont-elles toutes aussi angoissées, se demanda-t-elle. Je ne me reconnais plus, j'ai l'impression qu'une inconnue pense et agit à ma place. Peut-être que tout rentrera dans l'ordre dès que nous serons installés. Je suis si fatiguée ! Quelques jours de repos me feront le plus grand bien. »

Elle ferma les yeux et se laissa bercer quelques instants par le crépitement régulier de la pluie sur les vitres puis s'endormit, enfin sereine.

Foxy laissa échapper un petit grognement et étira devant elle ses bras engourdis. Elle n'entendait plus le ronronnement régulier du moteur de la Porsche mais avait conscience d'un léger bercement et d'embruns qui lui chatouillaient les joues. En tournant la tête pour s'en protéger, son visage effleura quelque chose de doux et de chaud. Le parfum qui s'en échappait lui était familier. Elle ouvrit les yeux et aperçut la mâchoire carrée de Lance. Elle réalisa soudain qu'elle était dans ses bras et qu'il la portait. Elle se blottit un peu plus contre lui, cherchant à échapper à la pluie qui lui mouillait le visage.

La nuit était presque tombée et un léger voile de brouillard commençait à s'installer. De la terre humide s'élevait l'odeur persistante de feuilles mortes et d'herbe coupée. Il émanait de l'ensemble une atmosphère irréelle, presque magique. Inconnue.

Désorientée, Foxy se mit à bouger légèrement.

— Enfin décidée à rejoindre le monde des vivants ?

lui demanda Lance qui s'arrêta, indifférent à la pluie qui ruisselait sur eux.

— Où sommes-nous ? demanda-t-elle en tentant de percer l'obscurité.

Elle repéra immédiatement la masse imposante d'une maison qui se dressait sur trois étages, sa façade disparaissant à demi sous un enchevêtrement de lierre et de chèvrefeuille. De nombreuses portes-fenêtres, hautes et étroites, ouvraient sur des balcons que protégeaient des rambardes en fer forgé tarabiscoté.

Foxy la devinait élégante et stylée.

— C'est ta maison ? s'enquit-elle en penchant la tête pour tenter d'apercevoir le toit hérissé de cheminées.

— Elle appartenait à mon grand-père, répondit Lance, attentif à la réaction de la jeune femme. Il me l'a léguée, sachant que ma grand-mère préférait leur propriété de Martha's Vineyard.

— Elle est magnifique ! murmura-t-elle.

Elle ne prêtait plus aucune attention à la pluie qui dégoulinait sur ses cheveux trempés.

— C'est si beau !

— C'est vrai, approuva Lance, visiblement soulagé de la réaction de Foxy.

— On dirait qu'il pleut, dit-elle en souriant.

Pour toute réponse Lance se pencha vers elle et l'embrassa.

— J'aime boire l'eau à tes lèvres, lui chuchota-t-il à l'oreille, et voir toutes ces petites perles glisser sur tes cheveux.

Il la couvait d'un regard tendre et débordant d'amour.

Une onde de désir fulgurante la fit frissonner.

— Rentrons avant que tu ne prennes froid, décida-t-il, se méprenant sur le tremblement de la jeune femme.

— Lance, protesta-t-elle, tu peux me poser à présent.

Mais il ne l'écoutait pas et, déjà, gravissait d'un pas léger les marches du perron.

— Et faillir à la tradition ? objecta-t-il. Il n'en est pas question !

Il resserra son étreinte et, d'une main, parvint à introduire la clé dans la serrure et à ouvrir la porte. Ainsi chargé de son précieux fardeau, il franchit le seuil.

— Bienvenue chez nous, murmura-t-il en l'embrassant tendrement.

— Lance, chuchota à son tour la jeune femme, je t'aime.

Délicatement, il la posa à terre et ils restèrent ainsi quelques secondes, face à face, leurs silhouettes enlacées se détachant en ombres chinoises sur le ciel assombri.

— Lance, je suis vraiment désolée de t'avoir fait cette scène ridicule dans la voiture.

— N'en parlons plus. D'ailleurs, tu t'es déjà excusée.

— Tu étais tellement en colère ! Tu mérites que je renouvelle mes excuses.

Il éclata de rire, lui piqua un baiser sur le nez puis, se ravisant, l'embrassa passionnément.

Foxy eut le sentiment à la fois fugace et puissant qu'un seul baiser de Lance pouvait tirer d'elle beaucoup plus que ce qu'elle pensait pouvoir offrir.

— La colère est le barrage le plus sûr contre les larmes, lui certifia-t-il en lui effleurant le bras du bout des doigts. Tu m'as touché, Foxy. Tu me touches toujours lorsque tu baisses ta garde et que je te vois désemparée.

Ses yeux graves la fixèrent intensément tandis que ses doigts dessinaient à présent le contour de son visage.

— J'aurais peut-être dû t'en parler avant, reprit-il. Le manque d'habitude, sans doute. Nous aurons certainement quelques petits ajustements à faire.

Il prit les mains de la jeune femme entre les siennes et les porta à ses lèvres.

— Tu veux bien me faire confiance ?

— Je vais essayer.

Lance relâcha ses mains puis referma la porte sur l'humidité fraîche de la nuit. Durant quelques secondes, l'entrée fut plongée dans une obscurité totale avant d'être brusquement inondée de lumière.

Foxy, ébahie, tourna lentement sur elle-même. A sa gauche se trouvait un majestueux escalier en chêne massif dont la rampe du même bois luisait comme de la soie. Un immense placard vitré, dans lequel s'étaient probablement mirées des centaines de fois les aïeules de Lance, lui faisait face. Elle admira une paire de candélabres en bronze, s'attarda sur une toile de Gainsborough, représentant le portrait en pied d'une délicate jeune femme.

— Je ne t'aurais jamais imaginé dans un décor pareil, fit-elle remarquer lorsqu'elle eut achevé son tour d'horizon de la pièce.

— Vraiment ? s'étonna Lance en s'adossant contre le mur, attendant qu'elle précise sa pensée.

— C'est vraiment magnifique, poursuivit-elle d'une voix pleine de respect, mais tout est si… si immuable ! Et cela te correspond si peu ! Je suis sûre que derrière cet homme d'affaires avisé se cache un homme prêt à décoller sur-le-champ pour d'excitantes aventures !

— Quelle chance j'ai d'avoir épousé une femme qui me comprend si bien ! s'exclama-t-il, son éternel sourire narquois au coin des lèvres.

A sa vue et comme toujours, le cœur de Foxy se mit à battre plus vite.

Lance s'approcha d'elle et se mit à jouer négligemment avec les mèches fauves échappées de son chignon.

— Et si belle reprit-il. Si vive, si intelligente, suffisamment impulsive pour en devenir fascinante, et dotée d'une voix exceptionnellement sensuelle…

Foxy rougit imperceptiblement sous cette pluie de compliments.

— Il semblerait que tu aies fait une bonne affaire, alors ? souffla-t-elle, mi-amusée, mi-embarrassée.

— Evidemment, plaisanta-t-il. Un homme d'affaires digne de ce nom se trompe rarement. As-tu faim ? ajouta-t-il brusquement.

— Non, pas vraiment.

Puis elle se souvint des longues heures que Lance avait passées au volant.

— Mais j'imagine que toi, tu dois être affamé. Il doit bien y avoir une boîte de conserve quelque part, non ?

— Je pense que nous devons pouvoir trouver mieux, annonça-t-il en la prenant par la main.

Il l'entraîna à sa suite dans un couloir sur lequel ouvraient de nombreuses pièces qui, plongées dans l'obscurité, semblèrent à Foxy chargées de mystère.

— J'ai appelé Mme Trilby hier matin et je lui ai demandé de veiller à ce que la maison soit propre, et les placards garnis de victuailles.

Ils débouchèrent soudain dans une pièce que Lance s'empressa d'allumer.

— Oh, Lance ! Quelle merveille ! s'écria Foxy en découvrant la cuisine. Est-ce qu'elle fonctionne ?

demanda-t-elle en désignant une cheminée ancienne creusée dans le mur.

— Parfaitement, lui certifia Lance en souriant à la vue de sa jeune épouse qui, accroupie sur le carrelage, avait plongé la tête dans l'âtre pour mesurer la hauteur du conduit.

— J'adore cette cheminée ! s'écria-t-elle en se redressant. Je l'allumerai même en été !

Elle fit glisser le bout de ses doigts le long de l'immense table en pin qui trônait au milieu de la pièce.

— Tu feras comme bon te semblera. Désormais, tu es la maîtresse de ces lieux, Foxy, lui rappela Lance.

Il dénoua sa cravate et la fit glisser derrière le col de sa chemise. Il y avait dans ce geste pourtant anodin quelque chose d'extrêmement intime et sensuel qui n'échappa pas à Foxy. Un léger frisson la parcourut.

— J'ai bien peur de ne pas être à la hauteur, confessa-t-elle humblement. Je n'ai aucune idée de l'endroit où peut se trouver le café.

— Essaie ce placard, derrière toi, lui suggéra Lance.

Tandis qu'elle s'exécutait, il alla inspecter le contenu du réfrigérateur.

— Sais-tu cuisiner ?

— Un vrai cordon-bleu, ironisa Foxy qui venait, enfin, de repérer un paquet de café. Il te suffit de demander ce que tu veux !

— Pour ce soir, nous ferons l'impasse sur le bœuf Wellington. Que dirais-tu d'une omelette ?

— Un jeu d'enfant, répondit Foxy en lui jetant un coup d'œil par-dessus son épaule. Et toi, tu sais cuisiner ?

— Seulement le couteau sous la gorge.

Un moment plus tard, ils se régalaient de l'omelette

née de leurs efforts conjugués, accompagnée d'une tasse de café.

Dehors, la nuit était devenue d'un noir d'encre, et la pluie crépitait joyeusement contre les vitres.

Foxy avait perdu toute notion du temps. Elle jouissait tant de ce moment de parfaite quiétude en compagnie de l'homme qu'elle aimait qu'elle aurait voulu arrêter le temps.

Mais sous la conversation badine qu'elle entretenait, elle sentait une nervosité croissante la gagner peu à peu. Elle avait beau tenter de se calmer, elle n'y parvenait pas ; derrière l'image de la jeune femme détendue et confiante qu'elle offrait à son mari se cachait une petite fille terrorisée. Elle chipota le reste de son omelette tandis que Lance remplissait de nouveau leurs tasses vides.

— Je commence à comprendre pourquoi tu es si mince, la taquina-t-il. J'ai bien vu que tu ne mangeais pas assez durant la saison. D'ailleurs, je trouve que tu as maigri.

Foxy haussa négligemment les épaules, se moquant bien de son poids.

— Ne t'inquiète pas, d'ici à quelques jours, j'aurai repris des kilos, dit-elle en lui souriant. Mais, pour le moment, je rêve d'un bain bouillant.

— Je vais te conduire jusqu'à la salle de bains, lui proposa-t-il en se levant. Ensuite, je redescendrai chercher les bagages. Le reste nous sera livré demain.

Foxy se leva à son tour et commença à débarrasser la table. Elle se sentait de plus en plus nerveuse.

— Tu n'as pas besoin de m'accompagner, laissa-t-elle tomber vivement. Indique-moi simplement où elle est, je finirai bien par la trouver.

Lance la regarda empiler les assiettes dans l'évier.

— La salle de bains se trouve à l'étage, juste à côté de notre chambre. Deuxième porte sur ta droite. Et laisse ça, ordonna-t-il en pointant la vaisselle du menton. Mme Trilby s'en chargera demain.

Foxy s'apprêtait à refuser mais la main de Lance fermement posée sur son bras l'en dissuada.

— Très bien, accepta-t-elle en tournant les talons. Je n'en ai pas pour très longtemps. J'imagine que toi aussi tu dois avoir envie de te plonger dans un bon bain ?

— Prends tout ton temps, ce ne sont pas les salles de bains qui manquent ici.

Ils quittèrent la cuisine ensemble et se séparèrent dans le corridor.

Foxy grimpa l'escalier quatre à quatre et trouva leur chambre sans difficulté.

Elle était spacieuse et dotée d'une porte-fenêtre à la française qui ouvrait sur un balcon surplombant le jardin. Les murs étaient tapissés d'un épais papier couleur crème sur lequel courait, tout autour du plafond, une frise bariolée. Le mobilier, mélange joyeux de différents styles, donnait à l'endroit une impression de chaleur et de naturel que la jeune femme adora sur-le-champ. Dans un des angles de la pièce se trouvait une petite cheminée en marbre dans laquelle l'efficace Mme Trilby avait disposé des bûches toutes prêtes à s'enflammer. Au milieu trônait un imposant lit à baldaquin recouvert d'un couvre-lit de soie bleue. Probablement du linge de maison hors de prix que l'on se faisait passer de génération en génération, songea Foxy, mal à l'aise. C'était le genre de détails auxquels il allait falloir s'habituer. Ou plutôt avec lesquels elle allait devoir vivre.

— Pourquoi penser à des choses pareilles ? murmura-t-elle. Après tout, c'est Lance que j'ai épousé. Pas son argent ni sa famille.

Elle poussa un profond soupir et continua son inspection.

Son regard se porta de nouveau sur l'immense lit puis sur l'anneau qui brillait à son doigt. Elle tenta d'ignorer le frémissement qui parcourait son corps et commença à se dévêtir. Une fois dans la salle de bains, elle eut une nouvelle preuve de la compétence de Mme Trilby qui avait pris soin de disposer des draps de bain propres près des radiateurs et une profusion de savonnettes, gels et huiles de bain sur le rebord d'une somptueuse baignoire, profonde et assez large pour pouvoir accueillir deux personnes.

Quelques minutes plus tard, Foxy se coulait avec délices dans l'eau chaude et parfumée et n'en ressortit qu'une demi-heure après, la peau soyeuse, les muscles parfaitement détendus. Elle s'enveloppa sommairement dans une immense serviette vert tilleul et, fredonnant un air joyeux, ôta les pinces qui retenaient ses cheveux. La masse de ses boucles fauves cascada sur ses épaules et elle y passa ses doigts en guise de peigne.

Lorsqu'elle pénétra de nouveau dans la chambre, les lampes diffusaient une douce lumière tamisée et le feu crépitait dans la cheminée. Lance portait un kimono de satin noir et l'attendait, tranquillement assis à une petite table de verre. Il reposa la bouteille de champagne qu'il s'apprêtait à ouvrir et se mit à la dévorer des yeux. Dans un geste d'une dérisoire pudeur, Foxy resserra un peu plus la serviette qui cachait son corps nu. De sa main libre, elle repoussa en arrière ses cheveux encore humides.

— Alors, s'enquit-il sans la lâcher des yeux, tu te sens mieux ?

Foxy chercha ses bagages du regard.

— Oui. Je ne t'ai pas entendu entrer, dit-elle d'une voix qu'elle sentait mal assurée. Je venais chercher ma brosse à cheveux et un peignoir.

Lance prit le temps de remplir deux coupes puis lâcha d'un ton égal :

— Pourquoi ? Le vert te va très bien.

D'une main tremblante, Foxy resserra un peu plus le drap de bain sur ses seins nus, les yeux rivés sur le sourire ensorceleur, presque démoniaque, qui flottait sur les lèvres de Lance, ce sourire qui la faisait chavirer et auquel ses sens ne pouvaient résister.

— Et j'adore tes mèches rebelles. Viens, dit-il en levant une coupe dans sa direction. Trinquons.

Les choses ne se passaient pas du tout comme Foxy l'avait prévu. Elle aurait voulu accueillir son mari dans l'irrésistible déshabillé que lui avait offert Pam comme cadeau de mariage. Elle aurait voulu donner d'elle l'image d'une femme élégante qui, sûre d'elle, allait se donner sans complexes. Au lieu de cela, elle avait débarqué hirsute, enroulée dans un drap de bain humide et affichant un étonnement stupide !

Tandis qu'elle s'approchait timidement de Lance, sa bouche devint sèche, son pouls s'accéléra. Elle allait porter le verre à ses lèvres lorsque Lance, d'une main posée sur son poignet, l'en empêcha.

— Tu ne veux pas trinquer avec moi, Foxy ? demanda-t-il dans un souffle, son éternel sourire au coin des lèvres.

Il se leva et, le regard rivé à celui de son épouse, approcha sa coupe de la sienne.

— A une course rondement menée !, déclara-t-il d'une voix forte.

Foxy but une gorgée de champagne en silence, attentive aux petites bulles qui éclataient sur son palais.

— Une seule coupe ce soir, n'est-ce pas ? insinua Lance. Je te veux l'esprit parfaitement clair.

Foxy se détourna de lui, le cœur battant la chamade.

— Je n'ai jamais vu autant d'antiquités réunies dans une seule pièce, éluda-t-elle.

— Cela te plaît ?

— Je ne sais pas, répondit-elle franchement en faisant le tour de la chambre. Je n'en ai jamais possédé. Toi, en revanche, tu parais être un amateur éclairé.

Les mots moururent sur ses lèvres tandis que, le souffle court, elle sentait le corps chaud de Lance presque contre le sien. Elle allait s'écarter légèrement de lui lorsqu'il se mit à lui caresser la nuque.

— Je ne vois qu'une façon de te faire tenir tranquille, lui susurra-t-il à l'oreille en la faisant pivoter vers lui.

Il se pencha alors vers elle et l'embrassa.

Foxy sentit le sol se dérober sous ses pieds tandis que la langue de Lance s'amusait avec ses lèvres avant de forcer le barrage de ses dents.

— Tiens-tu vraiment à ce que nous parlions antiquités ? chuchota-t-il amoureusement en débarrassant Foxy de sa coupe à moitié vide.

Foxy le fixa intensément.

— Non.

Dans la seconde qui suivit, Lance l'embrassa de nouveau.

Foxy s'agrippa à lui, indifférente au drap de bain qui venait de glisser au sol, la dévoilant dans sa splendide nudité. Dans un gémissement de plaisir, Lance enfouit son visage dans le creux de son épaule tandis que ses mains impatientes allaient et venaient sur sa peau brûlante. Le désir qu'elle éprouvait était si intense qu'il en devenait presque douloureux. Elle se plaqua étroitement contre lui.

— Lance, murmura-t-elle d'une voix rauque, je te veux. Je te veux maintenant.

Il couvrit ses paroles d'un nouveau baiser et la porta jusqu'à leur lit.

— La lumière, souffla-t-elle tandis qu'il la déposait délicatement sur le couvre-lit soyeux.

Le regard de Lance devint sombre, exigeant.

— Non. Je veux te voir, rétorqua-t-il d'une voix impérieuse.

Leurs deux corps s'épousaient parfaitement, comme s'ils avaient été faits l'un pour l'autre. Lance répondait au besoin d'urgence que lui manifestait Foxy, brusquant ses caresses, accélérant la cadence de leurs corps imbriqués. Ses mains impatientes glissaient sur sa peau brûlante tandis que sa bouche, toujours plus avide, goûtait à la moindre parcelle de son corps avant de s'attarder sur ses seins tendus de désir.

Foxy gémit doucement lorsque la langue de Lance se mit à agacer doucement, puis avec plus de force, le bout durci de ses mamelons. Une explosion de plaisir la fit se raidir, dans l'attente de plus de jouissance encore.

Elle se mit alors à onduler lentement sous lui, dans une danse langoureuse et sensuelle, l'invitant à répondre à sa supplique muette. Lance lui faisait l'amour comme il pilotait ses voitures, avec une intensité nuancée de concentration. Il lui imposait une douce domination mais lui faisait peu à peu découvrir ce pouvoir merveilleux qu'elle avait en elle et n'avait jamais soupçonné jusque-là : le pouvoir excitant et merveilleux de déclencher le désir chez l'homme que l'on aime.

Ses mains, devenues subitement expertes, caressaient avec audace les muscles saillants de Lance, que sa minceur naturelle lui avait dissimulés. Lance s'agrippa sauvagement à ses hanches rondes et l'entraînait à présent dans une danse effrénée, son membre durci contre son ventre lui arrachant un râle de plaisir. Le plaisir était si intense qu'il en devenait une exquise torture. Il semblait à Foxy qu'elle avait brusquement glissé dans un monde parallèle, que la moindre parcelle de son corps voulait explorer, conquérir, jouir. Elle se grisait de l'odeur animale que la peau de Lance exhalait, ne s'en repaissant que lorsqu'elle léchait à petits coups de langue la sueur de son corps frémissant de plaisir. Elle vivait une passion qui allait bien au-delà de ce qu'elle avait pu imaginer, où fusions physique et émotionnelle étaient indissociables.

Elle sut à cet instant précis qu'elle appartenait corps et âme à Lance.

Soudain son souffle se fit court et elle murmura son nom dans un long gémissement.

— Lance…

Au comble de l'excitation, Lance la fit basculer sous lui, lui écarta les jambes et prit sauvagement ses lèvres tandis qu'il la pénétrait.

Le plaisir que Foxy avait cru à son apogée s'intensifia encore. Elle ondula de longues minutes sur la crête de l'orgasme, dans un voyage merveilleux qui les entraînait tous deux bien loin des rivages de la réalité.

Les premières lueurs de l'aube perçaient les ténèbres lorsque, repus et rassasiés l'un de l'autre, ils s'endormirent, enlacés.

# *Chapitre 10*

Foxy se réveilla, vibrante d'un bonheur tout neuf. Elle garda les paupières closes, devinant à travers elles la promesse d'une journée ensoleillée. Elle poussa un petit soupir d'aise, retrouvant le plaisir de son adolescence de traîner au lit. Elle adorait ces samedis matin où, blottie dans la chaleur des draps, elle ruminait le plaisir des deux longues journées vacantes qui l'attendaient. Envolés les emplois du temps surchargés, le souci des devoirs à rendre. Le lundi matin et sa rentrée trop matinale lui paraissaient alors à des années-lumière de là.

Elle étira langoureusement son corps encore tout engourdi de plaisir et de sommeil, savourant l'exquise sensation de se sentir à la fois libre et protégée. Elle se rapprocha un peu plus de l'homme qui dormait à son côté. Elle ouvrit paresseusement les yeux et rencontra le regard vif que Lance posait sur elle. Elle comprit alors qu'il n'avait pas dormi et qu'il avait dû passer les courtes heures qui venaient de s'écouler à veiller sur son sommeil. Ils se fixèrent un moment sans rien dire puis, dans un élan commun, leurs lèvres se joignirent, douces et chaudes.

— Tu ressembles à une enfant quand tu dors, murmura-t-il en promenant ses lèvres sur son visage. Si jeune, si pure !

Foxy n'osa pas lui avouer que ses pensées étaient tout

aussi puériles. Mais à mesure que les mains de Lance allaient et venaient dans le creux de ses reins, elle se sentait redevenir femme.

— Depuis quand es-tu réveillé ? demanda-t-elle.

— Un bon moment, répondit-il évasivement en la caressant distraitement. J'ai adoré te regarder dormir. Peu de femmes peuvent se vanter d'être aussi attirantes que toi au réveil.

Foxy fronça les sourcils, faussement contrariée.

— Pourquoi ? Tu en as connu beaucoup ? demanda-t-elle d'un ton taquin.

Il lui sourit et lui chatouilla le creux de l'épaule.

— Je déteste me lever tard, éluda-t-il.

Foxy se mit à rire doucement.

— Je suppose que tu dois mourir de faim.

— Oui, j'ai un appétit d'ogre, ce matin, lança-t-il en lui mordillant le bras.

Une onde de désir électrifia Foxy.

— Et j'adore goûter à ta peau, poursuivit-il en remontant jusqu'à ses lèvres. Je ne peux déjà plus m'en passer, ajouta-t-il en englobant ses seins entre ses mains en coupe.

Malgré elle la jeune femme laissa échapper un petit cri et son corps se tendit aussitôt de plaisir.

A coups de caresses expertes et de mots passionnés, Lance l'entraîna rapidement au sommet de l'extase.

Il était plus de midi lorsqu'elle trouva le courage de se rendre dans la cuisine. Elle descendait lentement l'escalier, jouant à se persuader que, de cette façon, le temps s'éterniserait. A peine avait-elle descendu quelques marches que la sonnette de la porte d'entrée retentit. Elle s'arrêta, jeta un coup d'œil en arrière ; mais rien n'indiquait que

Lance était sorti de la douche. Elle décida donc d'aller ouvrir elle-même.

Deux femmes se tenaient sous le porche. Un rapide coup d'œil à leur tenue vestimentaire suffit à persuader Foxy qu'il ne s'agissait pas de démarchage à domicile.

La première, dont le visage rond et rose était encadré d'une masse de boucles brunes, avait à peu près le même âge qu'elle. Elle portait un tailleur en tweed et une chemise de soie qui lui donnaient un style à la fois chic et décontracté.

La deuxième, quoique plus âgée, était tout aussi élégante. Ses cheveux blancs coupés court dégageaient un visage aux traits délicats et racés qui ne devaient rien au maquillage sophistiqué qu'elle avait adopté. Elle avait endossé un manteau léger dont le bleu myosotis était assorti à ses yeux. Ce qui frappa Foxy au premier abord, ce fut le manque d'expression de ce visage à la beauté quasiment parfaite. Pareil à un tableau qu'un peintre aurait exécuté sans la moindre imagination.

— Bonjour, dit Foxy en leur souriant, tour à tour. Puis-je vous aider ?

— Oui, trancha la plus âgée des deux d'un ton cassant. En nous laissant entrer.

Puis, sans attendre d'y avoir été invitée, elle se rua à l'intérieur.

Plus intriguée que contrariée par cette entrée intempestive, Foxy s'effaça pour les laisser passer. Plantée au milieu de l'entrée, sa peu aimable visiteuse était en train d'ôter ses gants blancs en peau. Lorsque, enfin, elle sembla s'apercevoir de la présence de Foxy, elle ne se gêna pas pour détailler d'un air visiblement dédaigneux le jean effrangé et le pull informe que celle-ci avait enfilés.

— Pouvez-vous me dire où se trouve mon fils ? s'enquit-elle d'un ton impérieux.

Foxy se maudit de ne pas avoir deviné immédiatement que ces yeux froids qui la jaugeaient ne pouvaient être que ceux de la mère de Lance.

— Lance n'est pas encore descendu, madame Matthews, je suis sa..., commença Foxy.

— Eh bien, qu'attendez-vous pour aller le chercher ? Dites-lui que je viens d'arriver.

Ce n'était pas tant la rudesse du ton employé que le dédain dont il était empreint qui fit bondir Foxy. Elle s'appliqua à refouler la colère qu'elle sentait monter dangereusement en elle.

— C'est impossible. Il est en train de prendre une douche. Mais vous pouvez l'attendre, si vous voulez.

Elle avait riposté sur le ton qu'aurait employé une assistante dentaire pour faire patienter quelqu'un dans la salle d'attente. Du coin de l'œil, elle capta la lueur amusée qui dansa dans le regard de la plus jeune des deux femmes.

Manifestement contrariée, la mère de Lance frappa nerveusement la paume de ses mains de ses gants.

— Viens, Melissa, lança-t-elle. Allons attendre dans le salon.

— Oui, tante Catherine, répliqua la jeune femme d'un ton faussement soumis.

Foxy inspira profondément et leur emboîta le pas. Elle fit mine de connaître les lieux, peu désireuse de laisser deviner à Catherine Matthews-Bardett qu'elle ne connaissait de cette maison que la chambre à coucher de son fils. Elle passa rapidement en revue le tapis persan, le piano à queue, la lampe Tiffany et le fauteuil dans lequel sa belle-mère avait pris place.

— Puis-je vous offrir quelque chose à boire ? leur proposa-t-elle sans entrain.

Espérant que le ton employé n'avait pas trahi ses pensées, elle esquissa un petit sourire contrit. Elle était bien consciente de la nécessité de décliner sa nouvelle identité, mais la personnalité pour le moins rebutante de sa belle-mère l'en dissuada. Il serait toujours temps de faire les présentations lorsque Lance serait descendu les rejoindre.

— Du thé ? Ou du café peut-être ?

— Rien, merci, répondit Catherine Matthews-Bardett d'un ton abrupt. Est-ce une nouvelle lubie de Lancelot de demander à de jeunes inconnues de faire patienter sa famille ?

— Je l'ignore, riposta Foxy en serrant les mâchoires. A vrai dire nous n'avons pas perdu notre temps à aborder le sujet.

— J'imagine, en effet, que ce n'est pas pour votre conversation que mon fils apprécie votre compagnie.

Puis, posant ses deux mains bien à plat sur les accoudoirs, elle se mit à pianoter du bout des doigts sur le bois lisse.

— Le choix de ses petites amies m'a toujours étonnée, poursuivit-elle toujours aussi méprisante, mais là, j'avoue que je suis stupéfaite !

Elle ponctua son propos d'un froncement de sourcils perplexe et fixa attentivement Foxy.

— Je me demande bien où il est allé vous dégotter, lâcha-t-elle avec rudesse.

— Sur le circuit d'Indianapolis, où je tenais une

buvette, ne put s'empêcher de rétorquer la jeune femme. Il a promis de faire mon éducation !

— Je n'aurais pas cette prétention, intervint Lance qui venait de faire son apparition dans la pièce.

Foxy constata avec soulagement qu'il portait une tenue aussi décontractée que la sienne : jean et T-shirt. Cependant, il n'avait même pas pris la peine de se chausser.

Il l'embrassa au passage avant d'aller effleurer de ses lèvres la joue que sa mère lui tendait.

— Bonjour, mère, vous semblez être en pleine forme. Melissa, ajouta-t-il en se tournant vers sa cousine, tu es encore plus belle que la dernière fois !

La jeune femme battit des cils sous le compliment de son cousin, puis lui adressa un sourire resplendissant.

— Lance ! s'exclama-t-elle, une pointe de coquetterie dans la voix. Je suis si contente de te revoir !

— Merci, répondit-il.

Puis, il ajouta se tournant de nouveau vers sa mère :

— Je suppose que c'est Mme Trilby qui vous a informée de mon arrivée, mère.

— Oui, acquiesça cette dernière en croisant des jambes restées étonnamment belles pour son âge. Laisse-moi te dire que je trouve extrêmement désagréable d'être tenue au courant des allées et venues de mon fils par une domestique.

— N'en voulez pas à cette chère Mme Trilby. Elle aura probablement cru que vous le saviez. De toute façon, j'avais l'intention de vous appeler avant la fin de la semaine.

— J'imagine que je dois t'en être reconnaissante, railla Catherine Matthews-Bardett en effleurant Foxy d'un regard chargé d'indifférence. Puisque ta gouvernante n'est pas là, pourrais-tu demander à cette jeune personne d'aller en cuisine nous préparer du thé ? J'aimerais t'entretenir de sujets strictement personnels.

Ivre d'une rage qu'elle avait de plus en plus de mal à contenir, Foxy tourna les talons avec la ferme intention d'aller se cloîtrer dans sa chambre jusqu'au départ des deux femmes.

— Foxy !

La voix de Lance s'était élevée, calme, impérieuse.

Le regard flamboyant, Foxy se retourna sans esquisser le moindre pas vers la petite assemblée.

Lance la rejoignit et passa un bras protecteur autour de ses épaules.

— Je ne pense pas que les présentations aient été faites ? s'enquit-il d'une voix lisse.

— Est-ce bien nécessaire ? trancha Catherine Matthews-Bardett d'un ton sec.

Lance inclina légèrement la tête.

— Si vous voulez bien cesser de l'insulter, j'aimerais, mère, vous présenter ma femme.

Un silence de plomb accueillit la nouvelle. Néanmoins, aucun signe d'émotion ne vint trahir ce que ressentait véritablement Catherine Matthews-Bardett qui fixait obstinément Foxy sans paraître réaliser sa présence.

— Ta *femme*, dis-tu ?

— Oui, mère. Nous nous sommes mariés hier matin, à New York. Et nous sommes arrivés ici tout de suite après la cérémonie pour… pour une lune de miel aussi courte qu'informelle.

Foxy savait au ton de sa voix et à la petite lueur amusée qui dansait au fond de ses yeux que Lance savourait pleinement la situation. Elle devina également que ce n'était pas le cas de sa belle-mère.

— J'ose espérer que *Foxy* n'est pas son véritable prénom, laissa tomber cette dernière.

— Non, répondit Foxy que le ton condescendant de la mère de Lance commençait à agacer prodigieusement. En réalité je m'appelle Cynthia.

— Cynthia, murmura pensivement Catherine Matthews-Bardett.

Elle jugea inutile de se fendre du moindre mot de félicitations mais, pour la première fois, sembla vraiment voir Foxy, réfléchissant probablement à la façon de sortir dignement d'une situation aussi embarrassante.

— Et quel est votre nom de famille ?

— Fox.

— Fox, répéta-t-elle en se remettant à pianoter sur le bras du fauteuil. Fox. Ce nom m'est vaguement familier.

— C'est le pilote automobile que sponsorise Lance, l'informa Melissa.

Cette dernière dévisagea Foxy avec une admiration non dissimulée.

— Vous êtes sa sœur ou une parente proche, n'est-ce pas ? ajouta-t-elle à l'intention de la jeune femme.

— En effet, je suis sa sœur.

Tout comme Lance, Melissa semblait beaucoup s'amuser de la situation.

— Tu l'as vraiment rencontrée sur un… sur un…, reprit Catherine Matthews-Bardett.

D'un geste vague de la main, elle signifia qu'elle cherchait le terme exact.

— … *circuit automobile* ? acheva-t-elle d'un air profondément dégoûté.

Pour la première fois également, une pointe de colère transparaissait dans ses paroles.

— Finalement, je prendrais bien un peu de café, dit soudain Lance. Fox, tu veux bien t'en occuper ?

Il ignora le regard furibond qu'elle lui adressa et enchaîna :

— Melissa va t'aider. N'est-ce pas, Melissa ?

— Bien sûr, acquiesça cette dernière en se levant et en entraînant Foxy à sa suite. Vous vous êtes vraiment rencontrés sur un circuit ? demanda-t-elle au comble de la curiosité dès qu'elles furent sorties.

Luttant encore contre la colère qui la submergeait, Foxy parvint néanmoins à répondre d'un ton calme :

— Oui. Il y a dix ans.

— Dix ans ? Mais vous étiez une enfant !

Melissa prit place à la table pendant que Foxy allait chercher un paquet de café dans le placard.

— Et, dix ans plus tard, il vous épouse !

La jeune femme posa les coudes sur la table, mit son menton entre ses mains en coupe et soupira.

— C'est terriblement romantique !

Foxy, qui sentait la colère se dissiper, sourit à la cousine de Lance qu'elle commençait à trouver sympathique.

— J'imagine que ça doit l'être, oui.

— Ne faites pas trop attention à tante Catherine, lui conseilla Melissa. Elle aurait eu la même attitude avec n'importe qui.

— Merci, je suis rassurée ! ironisa Foxy qui se mit en devoir de préparer aussi du thé.

— Et je ne vous parle pas de toutes les femmes de vingt à quarante ans qui vont avoir envie de vous étrangler ! ajouta Melissa en croisant ses jambes gainées de soie.

En épousant Lance, vous avez anéanti tous leurs espoirs de devenir un jour Mme Lancelot Matthews.

— De mieux en mieux ! fit remarquer Foxy en s'appuyant contre le comptoir.

— Vous aurez très vite l'occasion de les rencontrer, lui annonça gaiement Melissa, que cette perspective semblait beaucoup amuser. Car vous ne pourrez pas échapper bien longtemps aux soirées de bienfaisance et autres mondanités dont les Matthews sont friands. Certes Lance sera à vos côtés pour vous protéger des coups de griffes que ces femmes bien intentionnées ne manqueront pas de vous donner, mais il vous faudra cependant rester vigilante.

— Oh, mais je n'ai pas l'intention de perdre mon temps avec ce genre de futilités, riposta Foxy en se mettant en quête d'une théière et d'un pot à lait. Je dois travailler.

— Travailler ? Vous avez un vrai métier ?

Elle affichait une telle incrédulité que Foxy éclata de rire.

— Oui, bien sûr. Pourquoi, c'est interdit ?

— Non… non. Enfin… cela dépend. Quel métier exercez-vous ?

Foxy mit la bouilloire sur le feu et alla rejoindre Melissa à table.

— Je suis photographe.

— Ce doit être passionnant !

— Ça l'est. Et vous, Melissa, que faites-vous dans la vie ?

— Moi ? Eh bien, je…

Melissa réfléchit un instant, semblant chercher le mot juste.

— Disons que je *circule*, dit-elle avec tant de naturel que, de nouveau, Foxy éclata de rire.

— Je suis sortie de Radcliffe il y a trois ans, expliqua Melissa, puis j'ai fait le tour de l'Europe, passage obligé dans notre milieu. Je parle couramment français, sais exactement qui est fréquentable ou pas dans la bonne société bostonienne, et également où être vue et avec qui. J'ai toujours une des meilleures tables réservée chez Charles, connais les meilleures boutiques de lingerie fine et suis au courant de tous les cadavres planqués dans les placards. Je suis folle amoureuse de Lance depuis mes deux ans, et si les liens du sang ne s'en étaient pas mêlés, je peux vous assurer que j'aurais tout mis en œuvre pour être à votre place. La chose étant impossible, je vais me résoudre à bien vous aimer et à me réjouir du spectacle que ce mariage, qui ne va pas manquer d'être considéré comme une mésalliance, va m'offrir.

Elle s'interrompit pour reprendre son souffle, mais si brièvement que Foxy n'eut pas le temps d'émettre la moindre objection.

— Vous êtes déjà extrêmement séduisante mais je vous garantis qu'avec quelques vêtements de grands couturiers dans votre garde-robe vous deviendrez renversante, poursuivit-elle avec la même énergie. Mais c'est normal. Lance n'aurait jamais pu aimer une fille quelconque et dénuée de charme. En outre, vous n'avez pas l'air de vous laisser marcher sur les pieds, et croyez-moi, dans ce milieu, mieux vaut savoir se défendre. Vous pouvez compter sur mon soutien indéfectible. J'adore les gens capables de faire des choses que je suis incapable de faire. Je crois que l'eau bout, conclut-elle avec un charmant sourire.

Un peu sonnée par ce flot de paroles ininterrompu, Foxy alla retirer la bouilloire du feu.

— Tous les proches de Lance sont-ils aussi expansifs que vous ? demanda-t-elle.

— Grands dieux, non ! s'exclama Melissa. J'ai la prétention de croire que je suis unique. Je sais que la majeure partie des gens que je fréquente sont des snobs, suffisants et ennuyeux, et je ne me fais aucune illusion sur moi-même.

Elle haussa les épaules et regarda Foxy verser l'eau bouillante dans une théière en porcelaine.

— J'admire Lance de se moquer des conventions comme il le fait. Je sais que, quelquefois même, il fait les choses juste pour heurter la sensibilité de cette bourgeoisie bien-pensante à laquelle il appartient, bien malgré lui.

Foxy sentit le regard sceptique de Melissa peser sur elle.

— Vous pensez que c'est dans ce but qu'il m'a épousée ? voulut-elle savoir.

— Si c'était le cas, répondit Melissa en haussant de nouveau les épaules, quelle importance ? Vous avez tiré le gros lot, profitez-en !

Les deux femmes tournèrent la tête en même temps en direction du *gros lot* en question qui venait de faire son entrée dans la pièce, espérant qu'il n'avait pas entendu la fin de leur conversation.

— Mère voudrait partir, Melissa, annonça Lance, impassible.

Cette dernière plissa le nez en même temps qu'elle se levait de sa chaise.

— Zut ! J'avais pensé que la nouvelle de votre mariage l'aurait suffisamment perturbée pour qu'elle en oublie la vente de charité à laquelle elle veut me traîner.

Apparemment, je me suis trompée. Je suppose qu'elle t'a mis au courant de la soirée que donne oncle Paul demain soir ? A mon avis, vous n'allez pas pouvoir y échapper.

— Elle m'en a parlé, en effet, répondit Lance sans grand enthousiasme.

— Il me tarde d'y être, pouffa Melissa. Juste pour voir la tête de grand-mère. On peut dire que tu as le chic pour déranger l'ordre établi, toi !

Elle adressa un clin d'œil complice à Foxy et s'approcha de son cousin.

— Je crois que je ne t'ai pas encore félicité.

— Non, dit Lance en levant un sourcil. Pas encore.

— Alors, félicitations.

Elle se dressa sur la pointe des pieds et plaqua deux baisers sonores sur les joues de Lance.

— Ta femme me plaît beaucoup, cousin. Je reviendrai donc, que je sois invitée ou pas.

— J'y compte bien, cousine. Elle aura besoin d'amies.

— N'est-ce pas le cas de tout le monde ? murmura-t-elle comme pour elle-même.

Puis elle ajouta en se tournant vers Foxy :

— Je passerai vous chercher un de ces jours pour une virée shopping dont j'ai le secret. Ce sera l'occasion de faire plus ample connaissance. Oh, et si vous n'y voyez pas d'inconvénient, nous pourrions nous tutoyer, non ? En attendant, à demain soir. Et gare au bûcher !

Foxy regarda la porte se refermer derrière la jeune femme.

— Je ne sais pas pourquoi, ironisa-t-elle, mais j'ai l'impression d'y être déjà passée, sur le bûcher !

Lance prit le menton de la jeune femme entre ses doigts et leva son visage vers lui.

— Tu t'en es très bien tirée, Fox, lui assura-t-il avec gravité. Je te prie d'excuser le comportement de ma mère.

— Tu m'avais prévenue. Tu savais qu'elle n'approuverait pas ta décision, n'est-ce pas ?

— Je crois que ma mère n'a jamais approuvé aucune de mes décisions. Et je me fiche bien qu'elle apprécie ou pas ce que je fais. Mon mariage encore moins que tout. Chacun est maître de son destin, Foxy.

Une ride se creusa sur son front tandis qu'il se penchait vers elle pour l'embrasser.

— Souviens-toi, Fox, je t'ai demandé de me faire confiance, murmura-t-il en lâchant ses lèvres à regret.

Foxy poussa un profond soupir puis se détourna de Lance.

Il flottait dans l'air l'odeur rassurante du café et du thé mélangés.

— Il semble que nous n'ayons même pas eu les deux jours de paix auxquels nous aspirions, soupira-t-elle.

Elle sentit la chaleur réconfortante des mains que Lance venait de poser sur ses épaules. Elle se tourna vers lui et noua les bras autour de son cou. Toute la tension et la colère accumulées disparurent, comme par enchantement.

— Après tout, la journée ne fait que commencer, lança-t-elle gaiement en lui offrant ses lèvres. Et le café peut attendre, qu'en penses-tu ?

En guise de réponse il la bascula sur ses épaules.

Poussant un cri, Foxy tenta vainement d'écarter le rideau de cheveux qui l'aveuglait.

— Mon amour, railla-t-elle tandis qu'ils franchissaient le seuil, tu es si romantique !

# *Chapitre 11*

Foxy mit un temps considérable à choisir la tenue qu'elle allait porter pour sa première sortie officielle au bras de son riche et si convoité époux. Après de nombreuses hésitations elle opta pour un bustier de soie sauvage vert pâle qu'elle assortit à un large pantalon fluide. Elle alla se planter devant le miroir en pied pour enfiler une veste d'un vert plus soutenu qu'elle ceintura d'un lien doré. Elle brossa ensuite énergiquement ses cheveux, bien déterminée à laisser ses boucles folles flotter librement sur ses épaules.

— Puisque je vais être le point de mire de cette soirée, autant leur donner une bonne raison de jaser, décida-t-elle fermement.

Enfin prête, elle jeta un dernier coup d'œil à son reflet, enviant soudain aux femmes rondes leurs courbes voluptueuses.

— Si seulement j'avais un peu plus de formes ! gémit-elle.

— Moi je te trouve parfaite comme tu es.

Nonchalamment appuyé contre le chambranle de la porte, Lance détaillait la jeune femme d'un regard approbateur.

— Tu vas les étonner, n'est-ce pas, Foxy ?

Cette dernière haussa négligemment les épaules et alla reposer sa brosse à cheveux sur la coiffeuse.

— Ma mère est insupportable, n'est-ce pas ? ajouta Lance en s'approchant.

Foxy arrangea machinalement la disposition de flacons parfaitement à leur place et hésita à répondre.

— C'est de bonne guerre, risqua-t-elle. J'imagine qu'elle aussi a dû me trouver insupportable.

Elle entendit Lance soupirer derrière elle, puis sentit son menton s'appuyer délicatement sur le haut de son crâne.

— Je n'aurais pas dû t'écouter, j'estime que tu mérites des excuses.

La jeune femme se retourna et secoua la tête.

— Non, dit-elle en esquissant un petit sourire.

Puis, bien déterminée à changer d'humeur et à se montrer sous son meilleur jour, elle fit un pas en arrière et pivota sur elle-même.

— Alors, comment me trouves-tu ? lança-t-elle gaiement.

Lance la saisit par le poignet et l'attira à lui.

— Tu es magnifique, murmura-t-il en lui effleurant les lèvres d'un baiser. Je t'avoue que je serais même tenté d'oublier ce brave oncle Paul et sa satanée soirée. Qu'en penses-tu, ma chérie ? Si nous faisions... la soirée buissonnière ?

Elle aurait tant voulu pouvoir accepter et se soumettre aux délices de cette bouche pleine de promesses. Mais elle s'écarta légèrement de Lance.

— Mieux vaut se débarrasser de cette corvée une bonne fois pour toutes, trancha-t-elle.

— Dommage, lui chuchota-t-il à l'oreille. Mais tu es un brave petit soldat. Tu mérites une récompense.

Il sortit alors de la poche de sa veste une petite boîte noire qu'il lui tendit.

— Qu'est-ce que c'est ? demanda Foxy, au comble de la curiosité.

— Comme tu peux le voir, ma chérie, se moqua-t-il tendrement, il s'agit d'une boîte.

— Merci ! riposta la jeune femme sur le même ton.

La vue de deux diamants qui scintillaient de mille feux au fond de l'écrin de velours lui arracha un cri de surprise.

— Lance ! Mais… ce sont des diamants !

— C'est en tout cas ce que l'on m'a certifié lorsque je les ai achetés, confirma-t-il, un sourire au coin des lèvres. Tu t'en souviens ? Un jour tu m'as demandé de t'offrir quelque chose d'extravagant. Eh bien, j'ai pensé que ces boucles d'oreilles étaient finalement plus originales qu'un couple de pur-sang arabes.

— Mais, Lance, je plaisantais ! Je ne cherchais pas à…

— Toutes les femmes ne font pas ressortir l'éclat de ces pierres, la coupa-t-il. Vois-tu, il faut une certaine classe naturelle pour pouvoir se permettre de porter des bijoux pareils.

Tout en lui parlant il accrocha délicatement aux lobes veloutés de Foxy les gemmes taillés en forme de gouttes. Puis il lui releva le menton pour juger du résultat.

— Sur toi, elles sont parfaites.

Il la fit pivoter vers le miroir.

— Vous êtes ravissante, madame Matthews. Et vous êtes toute à moi, lui chuchota-t-il à l'oreille.

La gorge de Foxy se serra. Le miroir lui renvoya le reflet d'un couple profondément uni. A cet instant, elle aurait donné tous les diamants du monde pour qu'un moment comme celui-là ne finisse jamais.

— Je t'aime, murmura-t-elle d'une voix tremblante d'émotion. Je t'aime tant que, parfois, cela m'effraie.

Elle prit les mains de Lance et s'y agrippa presque désespérément.

— Oh, Lance ! Tout s'est passé si vite qu'à certains moments j'ai l'impression de rêver. J'ai le sentiment que je vais me réveiller et que tu ne seras plus là, à mes côtés. Et cela me terrorise à un point que tu ne peux imaginer. J'aurais tant aimé prolonger un peu notre intimité, mon amour. J'ai si peur de ces gens que je ne connais pas et qui vont désormais entrer dans notre vie.

Lance la fit se retourner doucement vers lui et la força à le regarder droit dans les yeux.

— Ils ne pourront rien nous faire que nous ne leur laissions faire, affirma-t-il avec une telle détermination que Foxy commença à se détendre.

Tout doucement ses lèvres se posèrent sur celles de la jeune femme qui renversa la tête en arrière, l'invitant à plus d'intimité.

— Tant pis pour l'oncle Paul, murmura-t-il. Je crois que nous arriverons en retard à sa soirée.

Foxy fit glisser la veste de Lance le long de ses épaules, puis le long de ses bras pour, enfin, la laisser tomber sur le sol. Sans lâcher ses lèvres, elle retira son bustier et se plaqua, ondulante, contre les muscles bandés qu'elle sentait à travers sa chemise, se grisant de l'odeur musquée de Lance qui, en se mélangeant à son propre parfum, créait une fragrance unique.

Elle se débarrassa de ses escarpins et chuchota à son tour :

— Oui, tant pis pour l'oncle Paul…

*
* *

Ce que découvrit Foxy en arrivant à la soirée de Paul Bardett dépassait largement tout ce qu'elle avait pu imaginer.

L'imposante demeure, située dans l'élégant quartier de Beacon Hill, comptait un nombre invraisemblable d'invités. Lance et elle traversèrent un charmant petit salon décoré de meubles Louis XV pour se rendre sur une immense terrasse que des lanternes chinoises éclairaient *a giorno.* Ils gravirent et descendirent des dizaines et des dizaines de marches tendues d'épaisses moquettes de velours, passèrent d'une pièce à une autre, tout aussi éblouissantes les unes que les autres, à l'image des tenues que portaient les femmes de l'assemblée, tenues nées, sans aucun doute, de l'imagination des plus grands stylistes européens.

Toute la soirée, Foxy fut l'objet de présentations interminables à la très étendue famille Matthews-Bardett. Elle eut à essuyer quantité de sourires, d'embrassades, de serrements de mains, plus ou moins cordiaux, plus ou moins chaleureux. Certains lui témoignèrent une indifférence manifeste, d'autres une franche gentillesse. Tel fut le cas de la grand-mère de Lance, Edith Matthews, qui, au premier regard, afficha son approbation.

Elle n'avait rien d'une comtesse italienne flamboyante. Sa silhouette replète était vêtue d'une stricte robe noire que n'éclairait qu'un col de dentelle blanche. Ses cheveux blanc argenté, soigneusement tirés en arrière, encadraient un visage carré empreint d'une austérité qu'adoucissaient des yeux verts malicieux.

Sa poignée de main fut franche, directe, et disait clairement que la jeune mariée appartenait désormais au clan.

— Il semble que tes cachotteries nous aient privés de tes noces, Lancelot, reprocha-t-elle à son petit-fils d'une voix aigrelette.

— Ce n'est pas bien grave, grand-mère. Les mariages, ce n'est pas ce qui manque chaque année dans cette famille.

La vieille dame arqua la courbe encore parfaitement dessinée de ses sourcils.

— Eh bien, moi, j'aurais bien aimé assister à celui-ci. Enfin, tant pis ! Tu as toujours agi comme tu l'entendais, sans te soucier des conventions. Mais dis-moi, vous êtes-vous installés dans la maison que ton grand-père t'a léguée ?

— Oui, grand-mère.

— C'est bien. Il aurait approuvé ta décision, acquiesça-t-elle en détournant son attention de son petit-fils pour la reporter un instant sur Foxy. Tout comme il aurait approuvé ton choix. Je crois qu'il aurait bien aimé cette jeune personne.

Estimant que la vieille dame venait, à sa façon, de formuler un immense compliment, Foxy jugea utile d'intervenir. Elle se pencha vers elle et l'embrassa spontanément.

— Merci, madame Matthews.

Les sourcils de la vieille dame s'arquèrent de nouveau, cette fois de surprise.

— Je suis vieille à présent, vous pouvez m'appeler grand-mère.

— Oui, grand-mère, répéta docilement Foxy en lui adressant un sourire plein de tendresse qui se figea aussitôt lorsqu'elle vit Catherine Matthews-Bardett s'approcher d'eux.

— Bonsoir, Lancelot, dit cette dernière de sa voix mondaine. Bonsoir, Cynthia, vous êtes tout à fait charmante.

— Merci, madame, répondit-elle poliment en feignant d'ignorer le regard mauvais dont elle était la cible.

Elle vit les yeux de sa belle-mère se rétrécir en découvrant les diamants qui étincelaient à ses oreilles.

— Je ne pense pas que vous connaissiez ma belle-sœur, Phoebe, reprit Catherine Matthews-Bardett d'une voix parfaitement lisse. Phoebe Matthews-White. Phoebe, voici l'épouse de Lancelot, Cynthia Fox.

Une petite femme insignifiante lui tendit une main molle et moite.

— Enchantée, annonça cette dernière qui ne devait pas penser un traître mot de ce qu'elle venait de dire.

Elle remonta ses lunettes sur son nez busqué et plissa ses petits yeux de myope.

— Nous ne nous sommes encore jamais rencontrées, n'est-ce pas ?

— Non, madame.

— C'est curieux, répliqua Phoebe en affichant un air soupçonneux.

— Lancelot et Cynthia se sont rencontrés en Europe, expliqua Catherine Matthews-Bardett.

— Henry et moi sommes restés à Cape Cod cette année, confia Phoebe. Je n'ai pas eu l'énergie nécessaire pour un voyage en Europe. Cet hiver, peut-être…

— Lance !

Foxy vit une créature pulpeuse, étroitement moulée dans un fourreau rose, se jeter au cou de son mari. L'œil exercé de la photographe détecta immédiatement en elle l'étoffe d'un top model. La nouvelle venue possédait ce que Foxy qualifiait de « look Helen Troy », agence de mannequins réputée pour choisir ses recrues en fonction de leur physique parfaitement identique : corps sculptural surmonté d'un visage ovale à la délicatesse fragile. Foxy nota les grands yeux bleus et le petit nez droit sur une bouche outrageusement charnue, qui étaient tout autant de signes de reconnaissance.

— Je viens juste d'apprendre ton retour, minauda l'inconnue en promenant ses lèvres sensuelles sur la joue de Lance. J'aurais préféré que ce soit toi qui me l'annonces, ajouta-t-elle en baissant la voix.

— Salut, Gwen, répondit Lance que les effusions de la jeune femme laissaient manifestement de marbre. Tu es plus belle que jamais. Salut, Jonathan.

L'homme en question était la réplique masculine exacte de Gwen. L'envie démangea Foxy de photographier ce profil de statue antique, ce regard de braise qui, à présent, la déshabillait ostensiblement sans la moindre vergogne.

— Catherine, poursuivit Gwen en posant une main possessive sur le bras de Lance, vous devez absolument persuader votre fils de rester parmi nous cette fois.

— J'ai bien peur de ne pouvoir persuader Lance de quoi que ce soit, rétorqua sèchement cette dernière.

Lance serra tendrement la main de Foxy et l'attira contre lui.

— Foxy, j'aimerais te présenter Gwen Fitzpatrick et son frère, Jonathan, de vieux amis de la famille.

— *Vieux amis !* Quelle horrible présentation, Lance ! se plaignit la jeune femme en dévisageant Foxy. Je suppose que vous êtes la surprise que Lance nous a réservée.

— Le suis-je vraiment ? rétorqua celle-ci sur le même ton dédaigneux que venait d'employer Gwen.

Elle sirota une gorgée de champagne et dévisagea à son tour la jeune femme.

— Avez-vous déjà posé pour des photographes ? lui demanda-t-elle d'un air faussement détaché.

— Certainement pas !

— Vraiment ? Quel dommage ! laissa tomber Foxy qui s'amusait de la profonde répulsion exprimée.

— Foxy est photographe, jugea bon de préciser Lance.

— Comme c'est intéressant ! feignit de s'extasier Gwen que cette nouvelle semblait faire mourir d'ennui. Nous avons tous été stupéfaits d'apprendre ton mariage, reprit-elle sur un ton plus léger. Cela a été si rapide ! Mais il est vrai que tu as toujours été si impulsif !

Foxy lutta pour conserver un calme apparent lorsque les yeux bleus la balayèrent une nouvelle fois avec dédain.

— Il faudra que tu nous révèles ce qu'elle a de plus que nous, ajouta Gwen avec perfidie.

— Il suffit de la regarder pour le savoir, intervint alors Jonathan.

Sans que Foxy s'y attende, ce dernier prit sa main entre les siennes et la porta à ses lèvres, tout en plongeant dans ses yeux avec insolence.

— C'est un immense plaisir de faire votre connaissance, madame Matthews.

Foxy lui sourit, immédiatement séduite par cet aplomb non dénué de charme.

Gwen fusilla son frère d'un regard glacial.

— Comme c'est charmant ! railla-t-elle.

L'arrivée de Melissa, virevoltante, mit un terme à l'entrevue qui risquait de devenir houleuse.

— Bonsoir tout le monde ! lança-t-elle à la cantonade. Lance, si tu le permets, je t'enlève Foxy un moment. Jonathan, je t'en veux, tu n'as pas encore flirté avec moi, ce soir. Je te conseille vivement de réagir lorsque je serai de retour. Si vous voulez bien nous excuser…

Toujours souriante, elle glissa un bras sous celui de Foxy et l'entraîna vers la terrasse.

— J'ai pensé que tu aurais besoin de souffler un peu, lui dit-elle lorsqu'elles furent à l'abri des regards assassins de Gwen.

— Tu es vraiment unique ! s'exclama Foxy en éclatant de rire. Et tu as parfaitement raison, il était temps que je souffle un peu.

Elle frissonna sous l'effet de la brise fraîche qui venait de se lever, annonciatrice d'un hiver précoce. Mais elle préférait cent fois la fraîcheur de la nuit à l'atmosphère étouffante qui régnait à l'intérieur.

Elle regarda Melissa tapoter soigneusement le coussin d'un fauteuil avant de s'y installer.

— J'ai également pensé qu'un petit tour d'horizon pourrait t'être utile.

— Un tour d'horizon ?

— Oui. Ou si tu préfères un « qui est qui » dans le cercle très fermé de la famille Matthews-Bardett.

Elle alluma négligemment une cigarette, en tira une longue bouffée et croisa ses jolies jambes.

— Allons-y. Commençons par Phoebe. Tante de Lance du côté de son père, relativement inoffensive. Son mari est banquier, et lorsqu'il ne travaille pas, il consacre tous ses loisirs au grand orchestre philharmonique de Boston. Paul Bardett, l'oncle de Lance du côté de sa mère. Fin psychologue, spirituel à l'occasion, sa vie tourne essentiellement autour de la pratique du droit. A la fâcheuse tendance de se montrer rasoir dès qu'il s'adresse à quelqu'un. Tu as rencontré mes parents, des cousins par alliance du côté de son père.

Melissa s'interrompit pour rejeter une nouvelle bouffée de fumée et faire tomber, d'un petit tapotement délicat, sa cendre par terre.

— Mes parents sont des gens charmants, reprit-elle. Et originaux. Papa collectionne les timbres rares et maman élève toute une colonie de terriers Yorkshire. Tous deux passent le plus clair de leur temps à leurs chers hobbies.

Elle passa le bout de sa langue sur ses lèvres.

— Passons à présent aux Fitzpatrick, annonça-t-elle. Autant le savoir, Gwen était en tête de liste au petit jeu de « celle qui sera la première à se faire passer la bague au doigt par le célibataire le plus convoité de la ville ».

— Elle doit être extrêmement contrariée alors, murmura Foxy, le regard soudain perdu au loin.

La nuit claire et étoilée lui rappela celle qu'elle avait passée avec Lance et au cours de laquelle ils avaient échangé leur premier baiser. Elle ferma les yeux, se mordit la lèvre avant de poser la question qui la tracassait.

— Etaient-ils… étaient-ils…

— Amants ? acheva Melissa d'un ton léger. J'imagine que oui. Il est tout à fait le type de Gwen.

Elle coula un regard en biais à Foxy.

— J'espère que tu n'es pas jalouse ?

— Si, admit Foxy à voix basse. Je le suis.

— Seigneur ! s'exclama Melissa d'un ton compatissant. Il ne manquait plus que cela ! Ah, j'allais oublier Jonathan, reprit-elle en écrasant le mégot de sa cigarette sous son talon. Il est dangereusement séduisant, probablement infidèle, mais j'ai décidé de l'épouser.

Foxy se tourna vers Melissa et la considéra un instant en silence. Quelle fille étrange !

— J'imagine que je dois te féliciter.

— Il est encore trop tôt, chérie, répliqua Melissa en se levant de son siège.

Elle lissa soigneusement les plis de sa robe en taffetas et ajouta d'une voix égale :

— Il ne le sait pas encore. Je lui laisse jusqu'à Noël. D'ici là, tu es parfaitement libre de flirter avec lui car moi, en revanche, je ne suis absolument pas jalouse. J'aimerais bien me marier en mai. Ou peut-être en mars. Quatre mois de fiançailles seront largement suffisants, qu'en penses-tu ?

Puis, sans laisser à la jeune femme, abasourdie, le temps de riposter, elle l'entraîna de nouveau à sa suite.

— Viens, il est temps d'aller les retrouver.

# *Chapitre 12*

Foxy passa la semaine suivante à prendre ses marques. Après avoir visité la maison de fond en comble, elle avait jeté son dévolu sur une des pièces de l'entresol qui, une fois nettoyée, était devenue l'endroit idéal pour y installer une chambre noire. Et tandis qu'elle passait son temps à aménager son nouvel espace de travail, Lance passait le sien dans ses bureaux de Boston.

Elle avait fait la connaissance de Mme Trilby et lui était reconnaissante de régner sans partage sur la quasi-totalité de la maison, à l'exception de cet entresol que la gouvernante lui avait cédé sans un murmure de protestation. Mais il était clair, dans l'esprit de l'austère gouvernante, que Foxy ne devait pas dépasser les limites de son territoire, ni interférer dans son travail.

Satisfaites de leurs petits arrangements, les deux femmes y trouvaient chacune leur compte.

Foxy alternait les longues heures en chambre noire avec celles passées sur le terrain. Elle adorait explorer cette ville qui était devenue la sienne, et s'y perdre en solitaire, à l'affût du moindre angle de vue susceptible de faire une bonne photo. Elle fut néanmoins surprise de constater qu'après tant d'années d'indépendance revendiquée haut et fort il lui était difficile de supporter l'absence de Lance toute une journée. Mais elle ne s'en plaignait jamais, sachant la somme de travail qu'il avait à rattraper après des mois passés sur les circuits du championnat.

Alors qu'elle étudiait une série de clichés pris durant une course, le visage de Kirk s'imposa brutalement à elle. Etait-il possible que trois semaines se soient écoulées depuis l'accident ? Il lui semblait que cela faisait une éternité. Mais, d'une certaine façon, cet accident avait été le déclencheur de toute une série d'événements qui avaient radicalement changé sa vie. Le monde dans lequel elle évoluait aujourd'hui était à cent mille lieues de celui dans lequel évoluait alors Cynthia Fox. D'un geste machinal, elle fit tourner son alliance autour de son doigt.

Elle considéra un long moment une photo qu'elle avait faite de son frère et où il apparaissait tel qu'elle se l'était toujours représenté : indestructible. Une vague de nostalgie la submergea, la poussant à quitter son labo pour se précipiter dans le bureau de Lance. Elle referma soigneusement la porte derrière elle, se laissa tomber dans le fauteuil et s'empara du téléphone.

Elle ressentit un petit frisson de plaisir lorsqu'elle entendit la voix de Pam à l'autre bout du fil.

— Pam ! C'est Foxy.

— Madame Matthews ! Quelle bonne surprise ! Comment vas-tu ?

— Bien, répondit machinalement Foxy. Très bien même, répéta-t-elle en hochant la tête, comme pour s'en persuader elle-même.

Elle se renversa dans son siège et laissa échapper un profond soupir.

— Et Kirk, comment va-t-il ?

— Mieux. Mais tu connais ton frère ! Il est impatient

de sortir de là. Tu viens juste de le manquer. Des infirmiers l'ont emmené passer des radios.

Foxy cacha sa déception et parvint à demander d'un ton léger :

— Et toi, Pam, tu t'en sors ? Mon frère ne t'a pas encore poussée à bout ?

— Pas tout à fait. Je tiens encore le coup, répondit Pam en riant. Il va être déçu d'avoir raté ton appel.

— J'ai eu brusquement envie d'entendre sa voix. Tout s'est enchaîné si vite, ces dernières semaines, que parfois j'ai l'impression d'être quelqu'un d'autre. J'avais besoin qu'il me rappelle que je suis bien toujours la même personne.

Elle laissa échapper un petit rire forcé.

— Tu crois que je deviens folle ?

— Juste un peu, plaisanta Pam. Sais-tu que Kirk s'est très bien habitué à votre mariage ? Il en est enchanté, pour tout dire. Il en est même arrivé à se persuader que c'est grâce à lui que cette idylle est née.

Pam s'interrompit un instant pour demander ensuite sur un ton plus grave :

— Es-tu heureuse, Foxy ?

Foxy se mit à réfléchir jusqu'à ce que le visage de Lance s'impose à elle. Un sourire vint alors fleurir sur ses lèvres.

— Oui, répondit-elle enfin. J'adore Lance et, comble du bonheur, je me plais beaucoup dans notre maison et dans cette ville. Je me sens un peu perdue depuis que Lance a repris ses activités, mais j'imagine que c'est normal. Ma vie est si différente ! Parfois, je me sens l'âme d'une Alice au pays des merveilles qui aurait franchi le miroir !

— J'imagine qu'à sa façon la haute société de Boston

doit regorger de merveilles. Mais dis-moi, tu ne passes pas ton temps à pourchasser des lapins blancs, j'espère ?

— Mais pas du tout ! Je travaille, figure-toi, ma chère ! J'ai aménagé une chambre noire à l'entresol de la maison. D'ailleurs je t'enverrai les épreuves des courses d'ici à quelques jours. Tu n'auras qu'à choisir les clichés qui te plaisent et me dire si tu veux que je les retouche.

— Cela me semble parfait. Combien de photos as-tu prises ?

Foxy réfléchit quelques secondes.

— Environ deux cents, en comptant celles qui sont en cours de développement, annonça-t-elle.

Un petit sifflement d'admiration accueillit cette nouvelle.

— Tu n'as pas l'air de t'ennuyer, dis donc.

— La photographie non seulement est mon métier mais elle est devenue ma planche de salut, figure-toi. Grâce à elle j'ai pu me soustraire à un nombre incalculable de déjeuners mortels !

Elle ponctua ses propos d'un petit rire cristallin et s'enfonça un peu plus dans le cuir moelleux du dossier.

— Je ne suis absolument pas faite pour ce genre de *fonctions*, avoua-t-elle.

— Je suppose qu'ils peuvent se passer de toi. Tu as donc rencontré toute la famille de Lance ?

— A peu près. J'ai fait la connaissance d'une de ses cousines, Melissa, une forte personnalité, un brin originale, mais je l'aime beaucoup. Sa grand-mère s'est montrée charmante avec moi. Quant aux autres…

Elle s'interrompit et plissa le nez.

— J'ai eu le choix entre « vague cordialité » ou « franche désapprobation ». Disons que je considère ces présentations comme une obligation à laquelle je ne peux pas me soustraire. Mais ensuite, dès qu'ils m'auront tous vue et admirée sous toutes les coutures, terminé ! Rideau !

Elle haussa les épaules et esquissa un petit sourire.

— Du moins, je l'espère.

— La mère de Lance est redoutable n'est-ce pas ? avança prudemment Pam.

— Oui, reconnut Foxy. Mais comment le sais-tu ?

— Ma mère et elle se connaissent un peu.

Foxy se souvint soudain que Pam était née et avait été élevée dans ce milieu mondain, et qu'elle le fréquentait parfois, par la force des choses.

— Je l'ai moi-même rencontrée un jour où je faisais un papier sur les mécènes, ajouta-t-elle. J'ai gardé d'elle le souvenir d'une femme élégante, à l'allure aristocratique mais d'une froideur inouïe. Ne te laisse pas impressionner, Foxy. D'ici à quelques mois, les choses se seront tassées, crois-moi.

Foxy se mit à jouer avec un presse-papiers en cuivre, réplique en miniature d'une formule 1.

— J'essaie, Pam. Mais je t'assure qu'il y a des jours où j'aimerais vraiment leur fermer ma porte et m'isoler pour toujours avec Lance. A cause d'eux, notre lune de miel s'est achevée avant même d'avoir commencé ! Je suis suffisamment égoïste pour vouloir passer deux semaines loin d'eux, juste le temps de m'habituer à être une femme mariée.

— Cela me semble plus raisonnable qu'égoïste, rectifia Pam en riant. Peut-être pourrez-vous vous échapper un peu lorsque Lance aura terminé la conception de la nouvelle voiture qu'il réserve à Kirk ? D'après ce que j'en sais, le projet s'avère un peu compliqué à cause des nouvelles mesures de sécurité que Lance veut y intégrer.

Le sang de Foxy se figea dans ses veines.

— Quelle voiture ? demanda-t-elle d'une voix blanche.

— Celle que Lance est en train de dessiner pour Kirk, répéta Pam. Il ne t'en a pas parlé ?

— Non. J'imagine qu'il la prévoit pour la saison prochaine ?

— Oui. Kirk ne me parle pratiquement que de cela. Il espère même pouvoir aller à Boston dès qu'il sortira de l'hôpital pour participer à la touche finale. Les médecins pensent que c'est une excellente motivation pour accélérer le processus de guérison. Si tu voyais le mal qu'il se donne ! Il s'est mis en tête d'être sorti pour le 1er janvier, et tu verras qu'il y arrivera !

— Si ce n'est pas le cas, vous pourrez toujours le sortir sur une chaise roulante et le sangler dans son cockpit, rétorqua cyniquement Foxy. Je suis certaine que Lance n'y verrait aucune objection.

— Il en serait bien capable ! riposta Pam, à qui le cynisme de son amie avait échappé. A ce propos, pourrais-tu m'envoyer quelques photos de cette nouvelle merveille ? Si tu pouvais en faire pendant les essais… Compte tenu des rapports plus qu'étroits qui existent entre le boss et toi, ce devrait être facile !

Foxy ferma les yeux, tentant de refouler la violente migraine qui, déjà, lui martelait les tempes.

— Je ferai mon possible.

« Ce cauchemar ne cessera donc jamais ? », se demanda-t-elle en massant son front d'un geste nerveux.

— Je dois retourner au boulot, Pam. Embrasse Kirk pour moi, veux-tu ? Et prends bien soin de toi.

— Sois heureuse, Foxy, et transmets mes amitiés à Lance.

— Je n'y manquerai pas, répondit Foxy en raccrochant doucement le combiné.

Elle resta immobile un long moment. Une gangue glacée l'enveloppait tout entière, qui empêchait son cerveau de fonctionner normalement. Un vide béant bloquait ses émotions, faisant barrage à la colère froide qui pénétrait son esprit. Les images de l'accident défilaient dans sa tête avec une précision insoutenable. Elle resta assise des heures, sous le choc, indifférente au temps qui passait. Et lorsque la porte s'ouvrit sur Lance, elle le remarqua à peine.

— Tu es là ? lança-t-il en traversant la pièce sans même avoir refermé la porte derrière lui. Mais qu'est-ce que tu fais seule dans le noir, Fox ? Passer des heures dans l'obscurité de ton labo ne te suffit donc pas ?

Il s'approcha d'elle et l'embrassa tendrement. N'obtenant aucune réaction, il fronça les sourcils et se mit à étudier attentivement le visage fermé de sa jeune épouse.

— Foxy, que se passe-t-il ? demanda-t-il doucement.

Foxy leva sur lui des yeux vides d'expression.

— J'ai eu Pam au téléphone.

Un pli d'inquiétude se creusa instantanément sur le front de Lance.

— Il est arrivé quelque chose à Kirk ?

Ces quelques mots firent voler en éclats la carapace dont la jeune femme s'était protégée jusqu'à présent. Une vague de fureur la submergea, mêlée à un intense sentiment de trahison. Elle lutta pour ne pas laisser éclater la rage qui l'empêchait de respirer. Pas encore. Pas avant d'avoir compris.

— Depuis quand la santé de Kirk t'intéresse-t-elle ? attaqua-t-elle, sarcastique.

Surpris par le ton cassant de la jeune femme, Lance lui caressa la joue.

— Depuis toujours. Fox, il y a eu des complications ?

— Des complications ? siffla-t-elle entre ses dents en plantant ses ongles dans la paume de ses mains. Cela dépend du sens que tu donnes à ce mot. Pam m'a parlé de la voiture.

— Quelle voiture ?

Il n'en fallut pas plus pour que la tension accumulée en elle explose violemment. Elle écarta brutalement la main de Lance de son visage, bondit de son siège et se planta face à lui, furibonde.

— Comment oses-tu envisager de revoir Kirk courir alors qu'il est toujours hospitalisé ? s'écria-t-elle. Tu ne pouvais pas au moins attendre qu'il soit capable de poser un pied par terre ?

La lumière sembla alors se faire dans l'esprit de Lance.

— Foxy, la conception d'une voiture comme celle-là demande des mois de travail, lui expliqua-t-il d'une voix patiente et extrêmement douce. J'étais déjà dessus lorsque nous sommes partis sur les circuits.

— Pourquoi ne m'en as-tu pas parlé ? Ou plutôt pourquoi me l'as-tu *caché* ?

— Parce que dessiner des voitures est mon métier, Foxy. Que j'en ai toujours imaginé pour ton frère et que son accident n'y change rien. Pourquoi les choses devraient-elles être différentes à présent ?

— Parce que, cette fois, il a failli y rester ! s'indigna-t-elle.

— Ce sont les risques du métier. Et ni toi ni moi n'y pouvons rien.

— Les risques du métier ! répéta la jeune femme

en hurlant. Bravo ! C'est si facile de mettre la vie d'un homme sur le compte des *risques du métier* ! Vraiment, j'envie beaucoup ton implacable logique.

— Fais attention à ce que tu dis, Foxy, la prévint Lance d'une voix sourde, semblant soudain perdre patience.

Mais Foxy poursuivait, indifférente au ton menaçant de son mari.

— Pourquoi l'encourages-tu à reprendre les courses ? Si tu ne lui avais pas mis une nouvelle voiture sous le nez, peut-être aurait-il eu envie de décrocher cette fois ! Il a Pam maintenant et…

— Kirk n'a pas besoin de mes encouragements ! l'interrompit brutalement Lance. Accident ou pas, il aurait de toute façon repris le chemin des circuits. Et n'essaie pas de te persuader du contraire, Foxy. Tu sais comme moi que rien ni personne n'empêchera Kirk de reprendre sa place sur une grille de départ !

— Evidemment ! Il casse une voiture et tu lui en apportes aussitôt une neuve sur un plateau. Comment pourrait-il résister ?

— Si ce n'est pas moi, quelqu'un d'autre le fera à ma place !

Lance s'interrompit et enfonça rageusement ses mains dans ses poches.

— Je croyais que tu avais compris sa passion… Et la mienne.

— Tout ce que je comprends c'est que tu l'imagines déjà au volant d'une nouvelle formule 1, alors qu'il ne peut même pas marcher ! lui reprocha-t-elle avec aigreur.

Elle se mit à arpenter la pièce, fourrageant nerveusement dans la masse de ses boucles.

— Je pensais qu'au contraire tu userais de ton influence

pour l'inciter à se retirer définitivement des courses automobiles, et au lieu de ça…

— Non ! la coupa-t-il. Je refuse de porter la responsabilité de ce que ton frère veut faire de sa vie, tu m'entends ? Je refuse !

La gorge de Foxy se noua et elle lutta contre les larmes qui lui brouillaient la vue.

— Bien sûr, je comprends, dit-elle d'un ton accusateur. Toi, tout ce que tu as à faire, c'est de tracer des lignes sur du papier, de faire quelques calculs, d'ordonner la fabrication de tes modèles. Toi, tu ne risques pas ta vie ! Juste ton argent. Et ça tu es prêt à en faire profiter tout le monde, n'est-ce pas ? Un peu comme au casino de Monte-Carlo, précisa-t-elle, aveuglée par sa colère. Tu t'assieds et tu assistes au spectacle, dans ta royale générosité. Mais il est vrai que l'argent ne signifie pas grand-chose pour quelqu'un qui n'en a jamais manqué. J'espère qu'au moins tu tires une satisfaction profonde du fait de rester assis en sécurité pendant que les autres prennent des risques pour toi ?

Un silence de mort accueillit cette tirade.

En deux enjambées, Lance était auprès de la jeune femme et la prenait par les épaules, ses doigts s'enfonçant douloureusement dans sa chair.

— Tu n'as pas de leçons à me donner, Fox, dit-il, la mâchoire dangereusement contractée. Sache que je n'ai jamais payé personne pour prendre des risques à ma place. J'ai couru parce que je l'ai voulu et j'ai arrêté sans que l'on m'y oblige. Et si demain je veux reprendre les courses, je le ferai, sans me justifier auprès de qui que ce soit.

Cette soudaine éventualité épouvanta Foxy, anéantissant d'un seul coup la colère qui la submergeait.

— Lance, murmura-t-elle d'une voix tremblante d'émotion, tu ne vas pas reprendre les courses, n'est-ce pas ? Tu ne…

— Ne me dis pas ce que j'ai à faire !

Les mots avaient claqué, secs comme un coup de fouet.

L'angoisse qui nouait la gorge de la jeune femme céda le pas à un sentiment où se mêlaient colère, peine et frustration. Une fois encore on la faisait passer au second plan.

— Quelle idiote j'ai été de penser que mes sentiments pour toi avaient de l'importance ! lâcha-t-elle en essayant de se libérer de l'étreinte de Lance.

— Ecoute-moi bien, Foxy, dit-il en l'empêchant de fuir. Kirk est un grand garçon, libre de ses choix. Et tu n'as pas à t'en mêler. De la même façon que tu n'as pas à te mêler de mes propres choix.

Elle leva sur lui un regard froid, teinté de regrets.

— Je ne suis pas d'accord, riposta-t-elle calmement. Même si je sais que Kirk pilotera ta voiture la saison prochaine et que tu feras exactement ce que tu veux faire. Effectivement je ne peux rien changer à cela. Maintenant, laisse-moi partir, je suis fatiguée.

Sans un mot, Lance scruta son visage dans la pénombre puis laissa retomber ses bras le long de son corps.

Comme un automate Foxy quitta la pièce en silence et referma doucement la porte derrière elle.

# *Chapitre 13*

Lorsque le jour vint surprendre Foxy, cela faisait des heures qu'elle était étendue dans son lit, les yeux grands ouverts, à ruminer sa dispute avec Lance. Elle n'avait même pas eu conscience de sombrer dans le sommeil tant, même dans ses rêves, la scène de la veille était venue la hanter.

Sa main se tendit machinalement vers son mari mais elle ne rencontra que le vide. C'était la première fois, depuis leur mariage, qu'ils faisaient chambre à part. Qu'ils ne se réveillaient pas enlacés, prêts à débuter ensemble leur journée.

Un poids terrible pesait sur sa poitrine, l'empêchant de respirer normalement. Les mots qu'elle avait eus avec Lance avaient laissé des cicatrices profondes.

« Il est peut-être encore en bas, se dit-elle en fixant le plafond, je devrais descendre et… Non », trancha-t-elle en secouant la tête.

Le moment était mal choisi, avec Mme Trilby qui s'affairait probablement dans la cuisine, pour mettre les choses à plat. Et puis mieux valait laisser passer encore un peu de temps pour que les esprits surchauffés se calment.

Le corps lourd de fatigue, Foxy se leva et prit une douche rapide. Elle mit un soin tout particulier à choisir sa tenue et passa mentalement en revue son emploi du temps de la journée. Elle allait travailler sur les tirages des courses jusqu'à 11 heures, puis enchaînerait avec le nouveau projet qu'elle avait en tête. Satisfaite, elle descendit l'escalier.

Rien, dans le silence pesant de la maison, ne signalait la présence de Lance, et bien que Foxy veuille se persuader que c'était mieux ainsi, elle lutta pour ne pas l'appeler à son bureau.

Après avoir rapidement avalé une tasse de café, elle alla s'enfermer dans sa chambre noire. Les tirages étaient suspendus là où elle les avait laissés la veille. Presque machinalement, elle décrocha la photo de Kirk, celle qui avait tout déclenché, et elle l'observa attentivement.

Oui, son frère était une comète, et, comme toutes les comètes, il était voué à exploser un jour. Il y aurait d'autres photos de lui l'année prochaine, mais ce ne serait pas elle qui en serait l'auteur. Elle repoussa les planches de tirage et commença à travailler sur une nouvelle pellicule. Elle était si profondément absorbée par sa tâche qu'elle sursauta violemment lorsque quelqu'un frappa à la porte. Elle fronça les sourcils, perplexe. Mme Trilby ne se serait jamais aventurée en territoire ennemi.

— Melissa ! s'exclama-t-elle en découvrant la jeune femme, souriante, qui attendait sagement sur le pas de la porte. Quelle bonne surprise !

— Mais on y voit parfaitement dans cette pièce, commenta la nouvelle venue en pénétrant dans le laboratoire. Pourquoi appelle-t-on cet endroit « une chambre noire » si l'obscurité n'y est pas totale ? Je suis déçue.

— Tu n'es pas venue au bon moment, voilà tout. Je peux t'assurer qu'il y a deux heures tu n'aurais pas pu voir le bout de ton nez.

— Je suppose que je dois te croire sur parole.

Melissa fit le tour de la petite pièce et s'arrêta devant les épreuves en train de sécher sur leur fil.

— Ma parole, mais tu es une vraie photographe !

— J'aime à le croire, en tout cas.

— Tout cela paraît si technique, ajouta Melissa en tripotant toute une série de minuteurs. C'est ce que tu as étudié à l'université ?

— Tu sais, j'ai obtenu mon diplôme dans une petite fac de province. Rien de prestigieux comme Radcliffe ou Vassar.

Melissa fit mine d'être horrifiée.

— *Une petite fac de province ?* Seigneur ! Surtout garde cela pour toi si tu ne veux pas choquer toutes ces dames de la bonne société !

— De toute façon, passé la curiosité des premiers jours, je ne présenterai plus grand intérêt à leurs yeux.

— Ce que tu peux être naïve ! soupira Melissa en tapotant la joue de Foxy. Enfin, je vais te laisser tes illusions pendant encore quelques jours.

Elle brossa du plat de la main un grain de poussière sur son pull et reprit :

— Il y a une soirée au country club samedi soir. Lance et toi viendrez, n'est-ce pas ?

— Malheureusement oui, confirma Foxy en poussant un profond soupir. Nous serons là.

— Patience, chérie ! Dans quelques mois, les sorties officielles ne seront plus de mise. Lance n'est pas du genre à en accepter plus qu'il n'est nécessaire. Et puis…

Elle s'interrompit pour adresser à Foxy un adorable sourire mutin.

— … cela nous donne une excellente raison d'aller

faire les boutiques et de nous trouver une robe sublime. As-tu terminé ton travail ?

— Oui, je viens juste de finir.

— Alors, allons-y ! lança Melissa en prenant Foxy par le bras.

— Oh, non ! Tu m'as déjà entraînée dans ce genre de marathon samedi dernier, ne m'épargnant aucune des boutiques de Newbury's. En outre, je suis fatiguée et je n'ai besoin de rien pour cette soirée. J'ai déjà la robe idéale, conclut-elle en refermant la porte du laboratoire derrière elles.

— Te faut-il en avoir besoin pour t'offrir une nouvelle tenue ? s'étonna Melissa. Justement, l'autre jour tu n'as acheté qu'un chemisier. Mais dis-moi, à quoi cela te sert-il d'avoir un mari aussi riche ?

— A une multitude de choses, je n'en doute pas, riposta Foxy avec gravité.

Mais un sourire revint fleurir sur ses lèvres tandis qu'elle précisait :

— Mais certainement pas à me payer des vêtements dont je n'ai que faire. De toute façon, pour mes dépenses personnelles, j'utilise l'argent que je gagne.

Melissa croisa les bras sur sa poitrine et regarda attentivement son amie.

— Quelle étrange créature que voilà… Mais je vois bien que tu ne plaisantes pas. Quand même, avec tout l'argent que possède Lance !

— J'aurais préféré qu'il en ait un peu moins, crois-moi, répliqua Foxy avec une pointe d'amertume.

Elle s'apprêtait à monter l'escalier lorsque Melissa la retint par le bras. Sa voix était devenue tout à coup plus grave.

— Attends une minute, Foxy. Ils t'en ont fait voir, n'est-ce pas ?

— Cela n'a pas d'importance, répondit la jeune femme en haussant les épaules.

— Au contraire ! s'indigna Melissa en resserrant son emprise. Ecoute bien ce que j'ai à te dire Foxy. Et pour une fois je vais essayer d'être sérieuse. Tous ces commérages sur le fait que tu as épousé Lance pour son argent ne tiennent pas debout. Cela ne veut rien dire, tu comprends ? Ce sont des ragots colportés par des crétins. Et surtout ne va pas t'imaginer que tout le monde pense cela dans la famille. Tu as même gagné le cœur et la sympathie de beaucoup. Grand-mère, par exemple. Elle t'adore. Et tu es arrivée à ce résultat juste en te montrant telle que tu es : simple et chaleureuse. Je suppose que des amis bien intentionnés n'ont pas manqué de te parler du goût qu'avait Lance pour les femmes mariées avant de te connaître ?

Foxy tressaillit mais tenta de ne rien montrer.

— Nous n'en avons pas discuté. Ou plutôt, pour être honnête, je n'ai pas voulu aborder le sujet. Cela me paraissait malvenu de me plaindre.

— Tu préfères rester tranquillement dans ton coin, à te faire lapider ? Réagis, Foxy ou tu vas filer tout droit dans le mur !

Foxy secoua la tête.

— Je dois être trop sensible en ce moment. Ma vie a tellement changé en si peu de temps ! J'ai dû jongler avec tant de choses !

Melissa passa un bras amical sous celui de son amie.

— Il y a autre chose, n'est-ce pas ?

— Cela se voit donc tant que ça ?

— Disons plutôt que je suis très intuitive et que mon intuition me dit que Lance et toi, vous vous êtes disputés…

— Le mot est faible, murmura Foxy en poussant la porte qui menait au rez-de-chaussée. Mais cela va s'arranger.

— A ton avis, qui est fautif ?

Foxy ouvrit la bouche, s'apprêtant à blâmer Lance, puis la referma, convaincue que c'était elle la coupable. Alors elle renonça et poussa un profond soupir.

— Aucun de nous, j'imagine. Ou tous les deux.

— Normal, trancha Melissa. Le meilleur moyen de chasser ces vilaines idées noires, c'est de sortir et de te trouver une robe fabuleuse qui te rendra encore plus belle. Crois-moi, je ne connais rien de mieux pour l'ego. Ensuite, si tu tiens à faire souffrir un peu ton mari, tu l'accueilles avec une politesse froide. Ou bien tu renvoies Mme Trilby chez elle plus tôt que prévu, et tu lui joues le grand jeu de la séduction. Tu vois ce que je veux dire ? demanda-t-elle en décrochant son sac et son blouson du portemanteau.

Foxy éclata de rire.

— Melissa ! Quelle merveilleuse façon tu as de simplifier les choses !

— Je sais, mon chou, c'est un don, railla la jeune femme en contemplant son reflet dans un miroir ancien. Alors, qu'as-tu décidé ? De venir prendre du bon temps en ma compagnie ou de continuer à t'échiner sur tes photos ?

Dans un élan d'affection, Foxy se pencha vers Melissa pour l'embrasser sur la joue.

— Tu me tentes mais je sais me montrer très volontaire lorsque c'est nécessaire.

— Tu vas vraiment passer l'après-midi à travailler ?

s'étonna Melissa sur un ton où se mêlaient admiration et scepticisme. Pourtant, tu y as déjà consacré ta matinée.

La naïveté de Melissa fit rire Foxy.

— Mais qu'est-ce que tu t'imagines ? Tout le monde travaille *toute* la journée ! Non, vraiment je te remercie, mais je démarre une série de photos sur les enfants, et j'avais décidé d'aller flâner dans les jardins publics.

Melissa enfila son blouson de fourrure et fronça les sourcils.

— Tu m'abandonnes à mon triste sort alors ?

— Je ne m'inquiète pas pour toi, je suis sûre que tu t'en remettras vite.

A son tour, Melissa embrassa Foxy.

— Je ne peux pas m'empêcher de me sentir un peu coupable. Enfin, amuse-toi bien quand même ! lança-t-elle en claquant la porte derrière elle.

— Toi aussi ! cria Foxy.

Un sourire aux lèvres, elle alla enfiler son manteau, mit son sac en bandoulière sur une épaule, son appareil photo sur l'autre. C'est en se retournant qu'elle se heurta brutalement à Mme Trilby.

« Les chaussures à semelles de crêpe devraient être interdites », pensa-t-elle, irritée de ne pas avoir entendu la gouvernante entrer dans la pièce.

Cette dernière se tenait face à Foxy, bien droite, raide comme la justice dans sa robe grise et son tablier blanc.

— Vous sortez, madame Matthews ?

— Oui, j'ai du travail. Je serai de retour vers 15 heures.

— Très bien, madame.

Foxy allait franchir le seuil lorsqu'elle se retourna. Mme Trilby était toujours immobile, le visage impénétrable.

— Madame Trilby, si Lance… si Lance appelle, pouvez-vous lui dire…

Foxy s'interrompit, hésitant à poursuivre.

— Oui, madame ?

— Non, rien, dit-elle en secouant la tête. Ne lui dites rien.

Elle redressa les épaules et lui adressa un sourire contrit.

— Au revoir, madame Trilby.

— Au revoir, madame. Bonne journée.

Foxy aspira avec gourmandise une profonde bouffée d'air frais. Elle aimait le froid vif et sec de cette journée d'automne. Toute ragaillardie, elle choisit de laisser sa voiture au garage pour marcher au gré de son inspiration.

Le ciel était limpide, vierge de tout nuage, quelques feuilles mortes tournoyaient doucement sur les trottoirs. La jeune femme se sentait le cœur plus léger à mesure que le projet qu'elle avait en tête se précisait.

Des mamans attentives suivaient du regard leur progéniture qui, le rouge aux joues, courait en hurlant dans tous les sens. D'autres promenaient leurs bébés emmitouflés dans des poussettes ou des landaus.

Foxy flânait parmi tout ce petit monde, l'œil aux aguets, prête à appuyer sur le déclencheur de son appareil photo à tout moment. L'expérience lui avait appris que l'art de la photographie ne se limitait pas à de simples connaissances techniques. Il fallait aussi savoir deviner ce que donnerait un sujet choisi sur le vif, une fois dans la boîte. Patience et ténacité étaient des qualités indispensables.

Elle prenait également le temps d'expliquer à un parent curieux ce qu'elle faisait.

Elle s'aplatit dans l'herbe froide et braqua son objectif sur une fillette de deux ans qui jouait avec un adorable petit chien. Absorbés par leur jeu, aucun des deux ne prêta la moindre attention à cette étrangère qui, bizarrement, rampait autour d'eux, l'œil rivé au viseur de son appareil photo. La jeune femme appuya sur le déclencheur au moment où le chien, qui tournait en jappant autour de la petite fille, échappait encore une fois à ses menottes maladroites. Foxy passa de longues minutes à les immortaliser, puis, lorsqu'elle eut fini, elle s'assit sur ses talons et leur sourit. Après une rapide discussion avec la mère de l'enfant, elle se leva et mit en place une pellicule neuve.

— Quelle performance fascinante !

Foxy sursauta et leva les yeux sur Jonathan Fitzpatrick qui se tenait face à elle.

— Oh, bonjour, dit-elle en rejetant ses cheveux en arrière.

— Bonjour, madame Matthews. Belle journée pour se rouler dans l'herbe !

Son sourire était si manifestement charmeur que Foxy éclata de rire.

— C'est vrai. Ravie de vous revoir, monsieur Fitzpatrick.

— Jonathan, corrigea-t-il en ôtant une feuille morte prisonnière des boucles rousses. Et si vous me le permettez, je vous appellerai Foxy, comme le fait Melissa. C'est un nom qui vous va très bien, d'ailleurs. Est-ce indiscret de vous demander ce que vous faisiez ?

— Non, répondit la jeune femme en continuant de charger son appareil. Je prenais des photos. C'est mon métier.

— Je l'ai entendu dire, en effet. Etes-vous vraiment une professionnelle ?

— C'est en tout cas ce que je dis lorsque je me présente aux éditeurs pour qui je veux travailler.

Elle fit claquer le boîtier de son appareil et regarda fixement Jonathan. La ressemblance avec sa sœur était frappante, mais elle ne ressentait pas, face à lui, le malaise qu'elle avait ressenti en présence de Gwen. Jonathan Fitzpatrick était, en revanche, tout le contraire de Lance, aussi blond que son mari était brun, affichant une réelle décontraction de même qu'une sincère gentillesse. Agacée de se laisser prendre ainsi au jeu des comparaisons, Foxy s'empressa de poursuivre :

— Je travaille actuellement sur un projet qui tourne autour des enfants.

— Puis-je vous accompagner un moment ? Je suis libre cet après-midi.

— Bien sûr, répondit spontanément Foxy en prenant la direction de Mill Pond. Mais j'ai bien peur que vous ne vous ennuyiez à mourir !

— J'en doute, riposta tout aussi spontanément le jeune homme en lui emboîtant le pas. Je m'ennuie rarement en présence d'une jolie femme.

Foxy lui coula un regard en biais. Melissa avait fait le bon choix, songea-t-elle.

— Et vous, Jonathan, que faites-vous dans la vie ?

— Je fais… au gré de mes envies, répondit-il en fourrant ses mains dans les poches de sa veste en cuir. Théoriquement, j'occupe un poste de cadre dans l'entreprise familiale d'import-export. Mais, en réalité, je passe mon temps à charmer des femmes mûres, ou à escorter leurs filles lorsqu'elles me le demandent.

Les yeux de Jonathan pétillaient d'humour, ce qui enchanta Foxy.

— Et vous aimez votre… *travail* ? demanda-t-elle, tout aussi ironique.

— Je l'adore.

— Moi aussi, j'adore le mien. D'ailleurs, si vous voulez bien vous écarter un peu…

L'œil acéré de la professionnelle venait de repérer un banc auprès duquel un saule pleureur trempait nonchalamment ses longues branches fines dans les eaux calmes du lac. Une femme lisait, tout en surveillant son fils qui s'amusait à donner du pain sec aux canards. Après quelques mots échangés avec la maman, Foxy se mit au travail. Prenant garde à ne pas déranger le petit garçon, elle le photographia au moment où, battant des mains, il regardait les canards se disputer bruyamment pour les quelques miettes qu'il venait de leur lancer. Jouant habilement de la lumière naturelle, elle parvint à capturer en images la joie et l'innocence qui émanaient de ce visage angélique aux joues rebondies. Changeant inlassablement d'angle de vue, de vitesse, de filtre, elle mitrailla son modèle jusqu'à ce que, enfin satisfaite, elle replace la bandoulière de son appareil sur son épaule, signe que la séance était terminée.

— Vous paraissez très concentrée lorsque vous travaillez, fit remarquer Jonathan, visiblement impressionné, en rejoignant la jeune femme. Très compétente aussi.

— S'agit-il d'un compliment ou d'une constatation ?

— Les deux. Vous êtes fascinante, Foxy Matthews. Vous êtes une raison de plus d'en vouloir à Lance.

— Vraiment ? s'étonna-t-elle sans la moindre trace de coquetterie. Y en a-t-il beaucoup d'autres ?

— Des tonnes, mais celle-ci arrive en tête de liste. Est-il vrai que votre frère est le fameux pilote Kirk Fox, et qu'en vous épousant Lance vous a arrachée au milieu des courses ?

Foxy se raidit imperceptiblement.

— J'ai en effet grandi sur les circuits.

Surpris par le ton de la jeune femme, Jonathan leva un sourcil sceptique.

— Il semble que j'ai touché un point sensible, j'en suis désolé. Mais il s'agissait de simple curiosité, Foxy, n'y voyez aucune critique de ma part. J'ai suivi de près la carrière de votre frère. Lui aussi m'a toujours fasciné. Vous avez dû vivre une vie passionnante à ses côtés !

Foxy comprit que Jonathan était sincère, et elle se détendit un peu.

— C'est moi qui suis désolée, répliqua-t-elle en haussant les épaules. C'est la deuxième fois aujourd'hui que je me montre un peu trop sensible. Mais vous savez, ce n'est pas facile d'être en permanence le point de mire de tout le monde.

Jonathan lui prit tendrement la main.

— C'est parce que personne ne s'attendait à une telle surprise. Dans ce milieu très particulier qu'est le nôtre, expliqua-t-il, il y a ceux qui rentrent dans le moule dès leur naissance et ceux qui, comme Lance, imprévisibles, portent leurs choix sur du rare, de l'unique. Comme vous.

— Unique, moi ? murmura Foxy en fixant Jonathan sans la moindre ambiguïté. Je n'ai pas d'argent. A part Kirk, je n'ai plus de famille, et j'ai grandi dans un milieu strictement masculin, peuplé de pilotes et de mécaniciens. Je n'ai pas fréquenté d'université prestigieuse, et le peu que je connais de l'Europe, je l'ai entraperçu entre deux courses.

— Souhaitez-vous prendre un amant ? demanda brusquement Jonathan avec une rare désinvolture.

Foxy écarquilla de grands yeux étonnés.

— Bien sûr que non ! protesta-t-elle avec véhémence.

— Avez-vous déjà fait de la barque ? poursuivit-il sur le même ton.

Foxy ouvrit la bouche, puis la referma, se demandant bien où son étrange compagnon voulait en venir.

— Non, avança-t-elle prudemment.

— Parfait ! déclara-t-il en lui reprenant la main. Alors nous allons opter pour la barque ! Etes-vous d'accord ?

Toute méfiance envolée, Foxy lui adressa un sourire radieux.

— Avec plaisir ! acquiesça-t-elle gaiement.

« Melissa ne s'ennuiera jamais avec un mari pareil », songea-t-elle en se laissant guider par Jonathan.

— Voulez-vous un ballon, Foxy ?

— Oh ! oui. Le bleu, là.

Les deux heures suivantes furent les plus agréables que Foxy passa depuis qu'elle avait endossé l'identité de Mme Lance Matthews. Ici, avec Jonathan, aucune des obligations mondaines qu'exigeait son nom, mais juste le plaisir de s'entasser dans une barque en compagnie de touristes émerveillés et d'enfants aux doigts poisseux. Ils flânèrent ensuite à travers le parc en mangeant des glaces qui leur coulèrent le long des doigts.

Lorsque Jonathan déposa la jeune femme devant l'imposante demeure en pierre, elle était toujours d'humeur joyeuse.

— Voulez-vous entrer un moment, Jonathan ? lui proposa-t-elle en récupérant son appareil photo sur la banquette arrière. Vous pourriez même rester dîner avec nous.

— Merci mais j'ai rendez-vous avec Melissa. Une autre fois, peut-être.

— Embrassez-la pour moi.

Foxy ouvrit la portière et, sur une impulsion subite, se pencha vers Jonathan pour l'embrasser sur la joue.

— Merci, Jonathan. C'était bien plus drôle que de devenir amants, et certainement beaucoup plus simple !

Jonathan acquiesça d'un hochement de tête dubitatif.

— A samedi, dit-il en passant un doigt sur l'arête de son nez.

— A samedi. Ah, j'oubliais ! ajouta Foxy avant de se glisser hors de la voiture. Pouvez-vous dire à Melissa que j'approuve totalement ses projets ?

Elle éclata de rire devant la mine déconfite de Jonathan.

— Elle comprendra, précisa-t-elle.

Elle claqua la portière derrière elle et gravit en courant les marches du perron. La porte s'ouvrit brusquement devant elle.

Lance se tenait dans l'entrée, l'air pincé, visiblement contrarié.

— Salut, Foxy, dit-il d'un ton sec. Tu as l'air de t'être bien amusée, on dirait.

La jeune femme, qui ne voulait pas rejoindre son mari sur ce terrain, ignora sa mauvaise humeur manifeste pour lâcher sur un ton léger :

— Tu es rentré tôt, aujourd'hui.

Elle lui souriait, heureuse de le retrouver et impatiente de lui faire partager sa joie.

— Ce qui n'est pas ton cas, rétorqua-t-il en refermant la porte.

Foxy jeta un coup d'œil à sa montre et constata, stupéfaite, qu'il était 18 heures. Elle posa son appareil photo sur un fauteuil.

— Tu es rentré depuis longtemps ? demanda-t-elle.

— Un bon moment, oui.

Il regarda d'un air soupçonneux les joues de la jeune femme, que l'air vif avait joliment rosies, et se dirigea vers le salon.

— Veux-tu boire quelque chose ? s'enquit-il.

— Non merci.

L'accueil glacial de Lance la perturbait. Elle le suivit dans le salon, mal à l'aise.

— Nous n'avons rien de prévu pour ce soir, n'est-ce pas ? s'enquit-elle.

Lance se servit une rasade généreuse de whisky avant de se tourner vers elle.

— Non, pourquoi ? Tu avais l'intention de ressortir ?

— Non, je…

Elle s'interrompit, paralysée par le regard dur que Lance fixait sur elle.

— Non.

Lance but une gorgée, sans la lâcher des yeux par-dessus son verre. La tension, qui s'était relâchée pendant ces heures joyeuses d'évasion, la submergea de nouveau. Venue de très loin, l'impression qu'un fossé était en train de se creuser entre eux s'insinua en elle, mais elle fut incapable d'aborder la discussion qui pouvait, peut-être, désamorcer le conflit latent.

— Je suis tombée sur Jonathan Fitzpatrick au parc où je suis allée faire des photos, finit-elle par dire en déboutonnant nerveusement son manteau. C'est lui qui m'a ramenée.

— J'ai vu.

Lance, immobile, son verre à la main, affichait toujours le même masque impénétrable.

— Il a fait si beau aujourd'hui, poursuivit Foxy tout en cherchant un moyen d'échapper à cet échange insensé de politesses banales.

Elle regarda Lance se servir un deuxième verre de whisky et reprit :

— Il y avait un nombre incroyable de touristes, mais Jonathan m'a affirmé qu'il n'y en aurait plus un seul en hiver.

— J'ignorais qu'il s'intéressait à la population touristique de Boston, lâcha-t-il, sarcastique.

Foxy fronça les sourcils puis ôta son manteau.

— C'est moi que cela intéressait, rétorqua-t-elle. Il y avait tant de monde sur le lac que nous avons eu du mal à trouver deux places pour un tour en barque.

— Jonathan dans une barque avec toi ? Comme c'est charmant ! ironisa Lance sans laisser à Foxy le temps de répondre.

Puis il vida son verre d'un trait.

— Eh bien je n'en avais jamais fait, alors…

— Voudrais-tu insinuer que je te néglige ? la coupa-t-il brusquement.

Foxy le regarda d'un air désapprobateur remplir de nouveau son verre. Elle sentait la colère la gagner peu à peu.

— Ne sois pas ridicule ! Et tu devrais arrêter de boire, Lance.

— Je boirai si je veux, riposta-t-il en la défiant du regard. Quant à être ridicule, il y a des hommes qui battraient leur femme pour avoir passé leur après-midi avec un autre homme.

— Mais qu'est-ce que tu crois ? protesta Foxy. Nous ne sommes plus à l'époque de Cro-Magnon ! Et puis nous n'avons rien fait de mal, nous étions dans un endroit public !

— Je sais, il t'a même offert une promenade en barque !

— Tu oublies le ballon et le cornet de glace ! ajouta Foxy en se plantant devant lui, les poings bien enfoncés dans ses poches.

— Tes goûts sont décidément aussi simples que le milieu d'où tu sors !

La jeune femme sentit son cœur s'arrêter de battre. Ce fut comme un coup de poing qu'elle aurait reçu dans le ventre. La respiration bloquée, elle devint blême, et un voile de souffrance assombrit son regard. Elle entendit le chapelet d'injures que Lance dirigeait contre elle puis le bruit du verre qu'il reposait bruyamment avant de se précipiter vers elle.

— Excuse-moi, Foxy, je ne voulais pas. Les mots ont dépassé ma pensée.

Foxy le repoussa vivement.

— Ne me touche pas ! lui ordonna-t-elle d'une voix tremblante de rage. Cela fait trois semaines que je supporte les insinuations de ta famille et de tes amis, leurs sourires hypocrites, leurs commérages ! Mais jamais, tu m'entends, jamais je ne t'aurais cru capable, toi, d'une telle bassesse ! J'aurais préféré cent fois que tu me frappes plutôt que d'entendre ça !

Luttant contre les sanglots qui lui montaient à la gorge, elle lui tourna le dos et se précipita dans l'escalier. Lance s'élança à sa suite, l'empêchant, d'une poigne solide, de s'enfermer dans leur chambre.

— Ne m'abandonne pas, Foxy, dit-il d'une voix sourde et menaçante. Ne m'abandonne plus jamais.

— Fiche-moi la paix ! hurla la jeune femme en se débattant pour tenter d'échapper à son emprise.

Puis la gifle claqua sur la joue de Lance, sèche, d'une violence inouïe.

— Très bien, marmonna-t-il, les mâchoires contractées. Disons que je l'ai méritée. Mais maintenant, calme-toi.

— Lâche-moi, siffla Foxy entre ses dents. Je veux rester seule.

— Pas avant que nous ayons eu une petite explication.

La jeune femme rejeta la tête en arrière et l'épingla d'un regard lourd de reproches.

— Je n'ai rien à expliquer. Et ôte tes mains de moi, je ne peux pas les supporter, ajouta-t-elle en se tortillant de nouveau.

— Ne me pousse pas à bout, Foxy, menaça Lance d'une voix dangereusement calme. Je n'ai pas vraiment le contrôle de moi-même depuis la nuit dernière. Alors, s'il te plaît, calme-toi et discutons-en, veux-tu ?

— Je n'ai rien à te dire, s'entêta Foxy, qui cessa cependant de se débattre. Entre hier et aujourd'hui, je crois que nous nous sommes déjà tout dit, non ?

— Tu as raison, approuva Lance qui, prenant la jeune femme par surprise, lui scella la bouche d'un baiser.

Il lui tenait fermement les poignets, l'empêchant ainsi de se débattre. Elle reconnut d'instinct cette rudesse et cette détermination dont il était capable. Elle sut alors qu'il était vain d'essayer de lui échapper et força son corps et ses lèvres à rester passifs.

— Tu peux rester de glace, décréta-t-il, cela m'est

égal. Je sais exactement comment m'y prendre pour te faire fondre.

Tandis qu'il la portait jusqu'à leur lit, Foxy se remit à gesticuler comme une tigresse.

— Non, Lance ! Pas comme ça ! supplia-t-elle.

Ses cris redoublèrent tandis que Lance la laissait tomber sans ménagement sur le lit. Il était sur elle avant qu'elle ait pu esquisser le moindre geste. Elle détourna la tête mais d'une main ferme il la maintint face à lui et se pencha pour, de nouveau, prendre ses lèvres. Lorsqu'il sentit qu'elle s'abandonnait, il commença à la déshabiller. Il lui retira d'abord son jean, puis son pull et enfin la fine chemise de soie, dernier rempart à sa peau nue et déjà consentante. Elle s'arc-bouta, vaincue, tandis que la bouche de Lance s'écrasait sur ses seins tendus de désir. De sa langue, de ses mains, il exploitait ses faiblesses, sondant le moindre recoin caché, jusqu'à ce qu'il la sente au bord de l'orgasme. Alors seulement, et tandis qu'il la rejoignait sur les pics de la volupté, il la pénétra, imposant à son corps moite la cadence infernale qu'il avait choisie.

Mais Foxy savait qu'aucun des deux n'avait remporté la bataille.

# *Chapitre 14*

La pluie se mit à tomber tôt, ce samedi matin. Puis le froid s'installa, transformant la pluie en neige. Foxy regardait les flocons légers tomber et fondre, sitôt qu'ils avaient touché le sol.

Lance avait déjà quitté la maison lorsqu'elle s'était réveillée. Elle avait repensé à leur joute amoureuse de la veille qui leur avait laissé comme un goût d'amertume. Le plaisir qu'ils avaient éprouvé n'avait pas pour autant effacé le malaise qui régnait entre eux. Et depuis qu'elle avait ouvert les yeux et découvert qu'elle était seule dans le grand lit froid, un sentiment d'angoisse l'avait étreinte, qui n'avait fait que s'amplifier au fil des heures. Elle avait bien essayé de l'oublier dans le travail, mais le cœur n'y était pas.

— Comment en sommes-nous arrivés là ? murmura-t-elle avec tristesse. Nous venons à peine de nous marier et, déjà, tout semble nous échapper.

Elle passa le doigt sur la vitre embuée, contempla la fine pellicule blanche qui fondait au sol.

La sonnerie du téléphone la fit sursauter. Lance ! Elle se rua sur le combiné, le cœur battant.

— Allô !, dit-elle d'un ton qu'elle voulait léger.

— Salut, Foxy, lui répondit la voix de Kirk. Comment vont les choses en ce bas monde ?

— Kirk ! C'est si bon d'entendre ta voix, affirma-t-elle en s'affalant dans un fauteuil. Comment vas-tu ? Tu penses sortir bientôt ? Et Pam, elle est à côté de toi ?

— Toujours aussi curieuse, n'est-ce pas ? Si tu me parlais plutôt de toi ? Tu dois avoir des tas de choses à me raconter.

— Toi d'abord ! répliqua Foxy en riant. Alors, comment vas-tu ?

— Plutôt bien. Je dirais même que je suis sur la voie de la guérison. Il se peut même que je sorte dans quinze jours si Pam accepte de faire les allers et retours nécessaires pour ma rééducation.

Foxy devina à la voix de son frère que ses blessures n'étaient déjà pour lui qu'un mauvais souvenir. « Les risques du métier », comme l'avait dit Lance.

— J'imagine qu'elle ne se fera pas trop prier. Oh, Kirk, je suis si contente que tu ailles mieux ! Tu dois commencer à t'ennuyer, non ?

— Tu n'imagines même pas à quel point ! J'en suis réduit à passer des heures sur les mots croisés du *Times* !

— Si tu veux, je peux t'envoyer des livres de coloriage.

Elle sourit en l'entendant ronchonner au bout du fil.

— Je ne m'abaisserais pas à répondre à cela. Dis-moi plutôt comment ça se passe à Boston. Est-ce que tu t'y plais ?

— C'est une ville magnifique. Le froid est en train de s'installer. D'ailleurs, il neige en ce moment.

— Et la famille de Lance ?

— A vrai dire, ils sont…

Elle s'interrompit, chercha les mots exacts puis finit par éclater de rire.

— Disons… différents. J'ai un peu l'impression d'être

comme Gulliver, propulsée dans un monde où les règles sont différentes. Nous essayons de nous adapter les uns aux autres. Je me suis même fait quelques amis. En revanche, je crois que la mère de Lance ne m'apprécie pas trop.

— Quelle importance ? Ce n'est pas elle que tu as épousée, répliqua Kirk avec sa logique implacable. Je n'arrive pas à t'imaginer te laissant malmener par une poignée de notables suffisants !

Les choses paraissaient si simples, formulées de cette façon, que Foxy ne put s'empêcher de sourire de nouveau.

— Et Lance, comment va-t-il ? enchaîna Kirk.

Foxy se mordit la lèvre.

— Il va bien, répondit-elle machinalement. Il est très occupé par son travail.

— J'imagine qu'il doit passer un temps fou sur la conception de la nouvelle formule 1.

Elle sentit la voix de Kirk vibrer d'excitation à cette idée et se força à ne faire aucun commentaire.

— Il paraît que c'est un véritable petit bijou ! reprit-il. Il me tarde de sortir d'ici et de venir la voir ! Tu as de la chance, ma vieille, ton mari est un sacré génie !

— Tu le penses vraiment ?

— Mais oui ! Car c'est une chose d'avoir des idées, Foxy, mais c'en est une autre de savoir les matérialiser. Crois-moi, ce n'est pas donné à tout le monde !

Il avait parlé avec une pointe d'envie telle que cela obligea Foxy à considérer son mari sous un nouvel angle.

— C'est curieux, on a du mal à l'imaginer dessinant des tableaux de bord toute la journée, tu ne trouves pas ? lança-t-elle, pensive.

— Tu devrais savoir mieux que personne que Lance

n'est pas du genre à se laisser enfermer dans le moule du conformisme.

Foxy fronça les sourcils, semblant réfléchir à ce que venait de dire son frère.

— Bien sûr. Je le savais mais tu as raison de me le rappeler. Et puis c'est très agréable d'entendre mon frère dire de mon mari qu'il est un génie !

— J'ai toujours su qu'il était plus attiré par la mécanique que par les courses elles-mêmes. A part ça, comment vas-tu ?

— Moi ? Oh, très bien ! Tu diras à Pam que j'ai fini de développer toutes les photos et que je vais les lui envoyer.

— Es-tu heureuse, Foxy ?

Il avait posé la question avec la même gravité que Pam quelques jours auparavant.

— Voyons, Kirk, est-ce une question à poser à une femme qui vient juste de se marier ? feignit-elle de s'offusquer d'un ton léger.

— Foxy…

— Je l'aime. Ce n'est pas toujours facile, ce n'est pas toujours parfait, mais je l'aime et j'ai besoin de lui.

— C'est parfait alors. Ecoute, Foxy… En fait, je t'ai appelée pour t'annoncer une grande nouvelle. Je voulais t'en parler avant, mais…

Foxy attendit patiemment quelques secondes une suite qui ne venait pas.

— Mais quoi ? finit-elle par demander.

— J'ai demandé à Pam de m'épouser.

— Enfin !

— Cela n'a pas l'air de te surprendre, constata Kirk avec une pointe de déception.

— En fait, je me demandais si tu allais attendre

encore longtemps, plaisanta Foxy. Quand comptez-vous vous marier ?

— A vrai dire… c'est déjà fait. Nous nous sommes dit « oui » il y a une heure.

— Quoi ?

— Pam ne voulait pas attendre que je sois sur pied, expliqua Kirk, satisfait de son petit effet, alors nous avons fait appel à un pasteur, et nous nous sommes mariés ici, à l'hôpital. J'ai essayé de te joindre pour te prévenir mais je n'arrivais pas à t'avoir.

— J'étais en bas dans ma chambre noire.

Elle ramena ses jambes sous elle et posa la tête sur ses genoux.

— Oh ! Kirk, je suis si contente pour vous ! Je n'arrive pas à croire que tu aies franchi le pas !

— Pour être tout à fait honnête, moi non plus. Mais Pam est si différente !

— Je comprends ce que tu ressens. Je peux lui parler ?

— Elle n'est pas là. Elle est allée visiter la maison que nous avons l'intention de louer. En tout cas, nous avons bien l'intention de venir à Boston dans les premiers jours de janvier. J'ai tellement hâte de voir le nouveau bolide que me réserve Lance !

« Il ne changera jamais », se dit Foxy en fermant les yeux. Lance avait raison : rien ni personne ne pourrait le détourner de sa passion. Kirk courrait jusqu'à son dernier souffle et elle avait été stupide de penser le contraire. Une vague de culpabilité la submergea.

— Je serai très heureuse de vous avoir à la maison, Pam et toi.

— Tu comptes refaire le circuit avec nous, cette année ?

— Non, Kirk, annonça-t-elle sans hésiter. Non, je ne viendrai pas.

— C'est bien ce que pensait Pam. Bon, je dois te laisser, voilà mes bourreaux qui arrivent. Dis à Lance de prévoir le champagne pour fêter mon retour parmi vous. Et du bon !

— Promis ! Prends soin de toi, Kirk.

— Ne t'inquiète pas. Salut, sœurette ! Je t'aime.

— Moi aussi, dit Foxy en raccrochant.

Elle regarda pensivement la neige qui, à présent, tombait drue.

— Il n'a plus besoin de moi, murmura-t-elle avec un brin de nostalgie.

Le lien qui les unissait était si fort depuis la tragédie qui les avait rendus orphelins ! Mais elle réalisait que désormais Kirk avait Pam, et elle, Lance. Elle se demanda soudain si ce dernier avait besoin d'elle. Certes, il l'aimait, la désirait, mais Lance Matthews, si sûr de lui, si arrogant, avait-il réellement *besoin* de son épouse ? Y avait-il quelque chose en elle qu'il percevait comme lui étant complémentaire ou indispensable ? Elle ne s'était jamais posé la question.

Les sens soudain en alerte, elle leva la tête pour apercevoir Lance qui, immobile sur le seuil, l'observait en silence. Elle bondit de son fauteuil et tira bêtement sur son chandail déjà informe, se maudissant de recevoir son mari dans une tenue aussi négligée. Tous les beaux discours qu'elle se répétait mentalement depuis le matin s'étaient envolés. Elle le fixait, l'esprit parfaitement vide.

— C'est toi…, balbutia-t-elle. Je ne t'ai pas entendu arriver.

Il posait sur elle un regard insistant mais dénué de toute émotion.

— Tu étais au téléphone, répliqua-t-il d'une voix lisse.

— Oui, je… C'était Kirk.

Une extrême tension enveloppa la jeune femme. Elle passa une main nerveuse dans ses cheveux.

Lance restait immobile, le visage toujours impénétrable.

— Comment va-t-il ?

— Bien. En fait très bien, même. Pam et lui se sont mariés ce matin, lâcha-t-elle précipitamment.

Puis elle se mit à arpenter nerveusement la pièce, ne s'arrêtant que pour arranger inutilement la disposition de bibelots parfaitement en place.

— Tu es contente ? demanda-t-il en se dirigeant vers le bar.

Il souleva une bouteille de whisky puis, semblant se raviser, la reposa sans se servir.

— Oui… oui, très contente.

Elle s'arrêta pour prendre une profonde inspiration, bien déterminée à lui présenter des excuses.

— Lance…, commença-t-elle. Je…

Lance l'écoutait s'empêtrer dans un discours qui ne franchissait pas ses lèvres. Puis il glissa ses mains dans ses poches et plongea son regard gris dans le sien.

— Les excuses n'ont jamais été mon fort, affirma-t-il d'une voix qui ne trahissait rien de ses émotions. Cependant, compte tenu des circonstances, je ne peux pas faire autrement que de t'en présenter. Je te prie donc de bien vouloir m'excuser pour toutes les horreurs que je t'ai dites. Je te fais le serment que cela ne se renouvellera pas.

Le ton d'extrême politesse qu'il avait employé ne fit qu'accroître la nervosité déjà intense de Foxy. Cet étranger indifférent qui lui faisait face et qui s'excusait sur un ton si courtois ne pouvait pas être son mari.

— Dois-je comprendre que tu refuses de me pardonner ? insista-t-il d'une voix cette fois teintée de douceur.

Elle le regarda, attendrie. Ses traits étaient tirés, probablement à cause d'une nuit sans sommeil. Elle s'avança vers lui et lui caressa doucement la joue.

— S'il te plaît, Lance, oublions tout cela. Nous avons tous les deux dit des choses qui dépassaient largement notre pensée.

Lance retira ses mains de ses poches et, d'un geste plein de douceur, enroula une boucle fauve autour de son doigt.

— J'avais oublié à quel point tu pouvais être désarmante de tendresse. Tigresse et chatte à la fois.

Le regard qu'il posa sur elle disait à présent tout l'amour qu'elle lui inspirait.

— Je t'aime, Fox, murmura-t-il.

Emue, la jeune femme passa ses bras autour de son cou et enfouit son visage au creux de son épaule.

— Tu m'as tellement manqué, mon amour, murmura-t-elle à son tour.

Lance glissa sa main sous le pull de Foxy.

— J'étais au bureau, tu aurais pu m'appeler.

— Je n'osais pas, je croyais… Enfin… je ne voulais pas que tu croies que je te surveillais.

— Ma douce idiote, lui chuchota-t-il à l'oreille, je te rappelle que je suis ton mari.

— C'est vrai que j'ai tendance à l'oublier, dit-elle en souriant. J'ai du mal à réaliser que je suis mariée et puis je ne connais pas encore les règles de la parfaite épouse.

— Nous allons faire de notre mieux, lui promit-il en l'embrassant.

La bouche de Foxy, avide, répondit instantanément.

— Ce soir, je veux que nous buvions du champagne, lui dit-elle à l'oreille. J'ai envie d'une petite fête.

— En l'honneur de Pam et Kirk ?

— D'abord en *notre* honneur. Ensuite en celui de Pam et Kirk.

— D'accord, ma chérie. Et, demain, nous irons au cinéma voir un film en nous gavant de pop-corn.

Le visage de Foxy s'éclaira de joie, et ses yeux se mirent à pétiller de bonheur.

— Oh ! oui. Quelque chose de très triste, ou alors de très gai ! s'écria la jeune femme, enthousiaste. Et après, nous irons manger une pizza ! Une pizza aux poivrons !

— Quelle épouse exigeante ! feignit de se plaindre Lance tandis qu'il portait la main de Foxy à ses lèvres.

Soudain ses doigts se raidirent sur ceux de sa femme, et son visage se ferma. Sentant un revirement dramatique d'humeur, Foxy baissa les yeux sur la fine trace mauve que la ficelle du ballon avait laissée sur son poignet.

— Il semble que je te doive d'autres excuses, lâcha-t-il d'un ton redevenu sec et tranchant.

— Lance, ce n'est rien.

— Tu te trompes.

Désemparée et frustrée, Foxy se mit à faire les cent pas.

— Arrête, Lance ! Je ne supporte pas cette froideur ! Si tu es en colère contre moi dis-le, crie-le, casse quelque chose mais, par pitié, ne reste pas là sans bouger, planté comme un piquet ! Je ne comprends pas le langage des piquets, moi !

Un rictus vint flotter sur les lèvres de Lance tandis qu'il écoutait Foxy gronder et tempêter.

— Pourquoi rends-tu les choses aussi difficiles ?

— Ce n'est pas mon intention ! hurla la jeune femme en lançant un coussin à travers la pièce. Au contraire, j'aime que les choses soient simples car *je suis* simple, tu comprends ça ?

— Pas du tout, corrigea Lance avec un flegme horripilant, tu es infiniment complexe, au contraire.

— Non, non, non ! hurla de nouveau la jeune femme, ivre de rage de les voir s'engager une nouvelle fois dans une discussion stérile. Tu ne veux pas comprendre ! Puisque c'est comme ça, je monte !

Elle planta là son mari et alla se faire couler un bain qu'elle parfuma de tout un mélange d'huiles et de sels. Elle resta un long moment allongée, s'immergeant de temps en temps entièrement.

— Il est stupide, marmonna-t-elle en se frottant énergiquement avec une éponge naturelle. Je devrais réussir à ne plus l'aimer si j'y mettais toute ma volonté. Avec un peu de chance je parviendrais même à le détester, conclut-elle avec un sourire mauvais.

Lorsque Lance entra dans la pièce, elle le fusilla du regard.

— Cela ne te dérange pas que je me rase ? demanda-t-il avec désinvolture.

Sans attendre de réponse, il se débarrassa de sa veste et prépara son rasoir.

— J'ai décidé de te détester, annonça Foxy le plus sérieusement du monde.

Lance prit le temps d'étaler la mousse sur son visage et commença à se raser.

— Encore ?

Il croisa dans le miroir les yeux furibonds de sa femme.

— Ce n'était rien. Ce sera encore pire ! siffla-t-elle entre ses dents, vexée.

— Tu as parfaitement raison, ma chérie. Mieux vaut viser haut.

Ivre de rage, Foxy jeta l'éponge trempée dans la direction de Lance. Celui-ci reposa calmement son rasoir, se baissa pour ramasser l'éponge et se dirigea nonchalamment vers la jeune femme.

« Il ne va tout de même pas oser », se dit Foxy en se recroquevillant néanmoins dans un angle de la baignoire.

Médusée, elle regarda Lance poser calmement l'éponge sur le bord de la baignoire puis, avant qu'elle ait réalisé quoi que ce soit, sa main se posait sur sa tête et la poussait impitoyablement sous l'eau. Elle refit surface, crachant, éructant, essuyant fébrilement ses yeux irrités par la mousse.

— Je te hais ! cria-t-elle en frappant l'eau comme une furie pour éclabousser Lance.

Pour toute réponse, ce dernier enjamba la baignoire et se coula dans l'eau tout habillé. La colère de Foxy se mua en fou rire hystérique.

— Lance ! tu es complètement fou !

Leurs corps se cherchèrent instantanément. Lance attira un peu plus la jeune femme contre lui.

— Tu n'as rien à craindre cette fois, lui murmura-t-il. J'ai juste envie de te faire l'amour.

Il y avait dans sa voix et dans ses caresses une douceur que Foxy ne lui connaissait pas encore.

— Lance…

— Chut, chuchota-t-il en prenant ses lèvres.

— Lance, insista mollement la jeune femme, nous devrions quand même par…

Sa peau frissonnait sous les lèvres douces et chaudes de Lance qui effleuraient tour à tour son cou, ses épaules, ses seins.

— Demain, chérie. Nous parlerons demain, lui promit-il d'une voix rauque de désir. Ce soir, je veux juste faire l'amour avec ma femme.

Foxy poussa un petit gémissement de plaisir et s'abandonna totalement aux caresses savantes de son mari.

# *Chapitre 15*

Le lendemain, Foxy attaqua sa journée de travail beaucoup plus tard qu'elle n'en avait l'habitude. Aussi était-il plus de 11 heures lorsqu'elle tira la dernière épreuve destinée à Pam. Elle glissa les clichés dans une épaisse enveloppe en papier kraft, consciente de tourner là une page importante de sa vie.

Elle se mit ensuite à développer les photos qu'elle avait faites de Boston et des enfants dans le parc, précisant ainsi le projet qu'elle avait de les réunir dans un livre. Elle travailla jusqu'au début de l'après-midi, son esprit dérivant sans cesse vers Lance. Elle savait bien que la nuit passée à faire l'amour n'avait résolu aucun de leurs problèmes. Et que, tant qu'elle ne lui aurait pas parlé, elle vivrait dans la terreur de le voir reprendre le chemin des courses. Il fallait qu'ils aient une conversation sérieuse à ce sujet. Elle réalisa au même moment qu'il était grand temps de savoir ce que chacun attendait de l'autre, et, surtout, ce que chacun était capable de donner à l'autre.

Peu à peu, au fil des photos qui défilaient sous ses yeux, des ébauches de réponses surgissaient. En même temps qu'elle découvrait les visages de ses jeunes modèles, elle découvrit qu'elle désirait ardemment un enfant.

Oui, elle voulait des enfants. Les enfants de Lance. Avec lui, elle voulait fonder un foyer, une famille unie.

Mais aurait-il ce même désir ? Elle tenta d'imaginer la réponse. En vain. Elle avait beau connaître Lance intimement, elle ne savait pas.

Un rapide coup d'œil à sa montre lui indiqua qu'elle avait encore de longues heures devant elle. Elle rassembla ses affaires, prit l'enveloppe destinée à Pam et monta passer un coup de fil au bureau de Lance.

La voix haut perchée de son assistante lui répondit.

— Bonjour, Linda. Madame Matthews à l'appareil. Pouvez-vous me passer Lance, s'il vous plaît ?

— Je suis désolée, madame Matthews, mais votre mari n'est pas là. Puis-je vous aider ?

— Non merci. Enfin, si !

Elle venait de décider que les choses seraient réglées dans la journée.

— Je sais qu'en ce moment il travaille sur une nouvelle voiture. Une formule 1.

— Absolument. Celle que pilotera votre frère.

— Oui, et si c'était possible j'aimerais passer faire quelques photos.

— Bien sûr, si toutefois vous ne craignez pas de faire un peu de route. M. Matthews et son équipe sont allés sur le circuit pour effectuer des essais.

— Pourriez-vous m'indiquer la direction à prendre, je n'y suis jamais allée, demanda Foxy en s'armant d'un stylo et d'une feuille de papier.

Trente minutes plus tard, elle garait sa voiture sur le parking du circuit. Dès qu'elle ouvrit la portière, elle entendit le rugissement du moteur. Elle mit sa main en visière devant ses yeux et regarda tourner quelques instants le bolide rouge.

Elle mit son appareil photo en bandoulière et se

dirigea vers la piste d'un pas décidé. Après avoir choisi la meilleure position elle régla son objectif, changea le filtre et attendit que la voiture passe. Véritable boule de feu, le nouveau modèle semblait plus rapide que les autres. Le genre de bolide qui allait enchanter Kirk, se dit-elle en imaginant déjà celui-ci dans le cockpit.

— Toujours à traîner dans nos pattes, hein, gamine ?

Foxy pivota brusquement pour sourire à Charlie.

— Eh oui ! Tu sais bien que je ne peux pas me passer de toi !

Elle lui retira son éternel cigare de la bouche et plaqua deux baisers sonores sur ses joues.

— Décidément, y a plus de respect ! ronchonna-t-il.

Il se racla la gorge et plissa les yeux.

— A part ça ?

— A part ça, tout va bien, répondit Foxy. Et toi ?

— Occupé. Entre ton frère et ton mari, j'ai pas vraiment le temps de m'ennuyer !

— Que veux-tu, c'est le prix à payer pour rester le meilleur !

Charlie renifla, considérant les paroles de la jeune femme comme un compliment.

— Kirk sera sur pied dès que la machine sera prête, décréta-t-il avec assurance. En attendant, heureusement que Lance est là et qu'il en connaît un rayon !

Foxy s'apprêtait à faire un commentaire lorsque les paroles de Charlie prirent tout leur sens. Elle riva les yeux sur le bolide qui tournait sans cesse à un train d'enfer. Un goût de fer lui emplit la bouche. Lance. Elle secoua la tête, refusant de croire à ce qu'elle voyait.

— C'est Lance qui conduit ? demanda-t-elle d'une voix blanche.

— Ouais, acquiesça Charlie avant de s'éloigner, laissant Foxy à la panique qui la submergeait.

Elle resta immobile, incapable du moindre geste, se remémorant les dizaines d'accidents auxquels elle avait assisté.

— Mon Dieu, non ! Lance...

Elle reconnaissait sa façon si particulière de piloter ; totale maîtrise, détermination farouche. Elle fut prise de tremblements compulsifs, et un voile sombre passa devant ses yeux. D'une main moite et glacée, elle remonta sur son épaule la bandoulière de son appareil et resta ainsi, véritable statue de sel, jusqu'à ce que Lance vienne se garer devant le groupe de mécaniciens qui l'avaient accompagné. Toujours impassible, elle le regarda sortir du cockpit, retirer son casque puis sa cagoule. Elle l'avait vu accomplir ces mêmes gestes un nombre incalculable de fois et pourtant, à cet instant, une douleur insoutenable lui vrilla le cœur. Elle l'entendit rire tandis qu'il se penchait vers Charlie, puis froncer les sourcils tandis que le vieil homme pointait du doigt l'endroit où elle se trouvait.

Ils se fixèrent à distance un long moment.

Les larmes lui montèrent trop brutalement aux yeux pour qu'elle puisse les retenir. Elle entendit Lance crier son nom tandis qu'elle se ruait vers sa voiture, tournait d'une main fébrile la clé de contact et démarrait en trombe.

Il faisait presque nuit lorsqu'elle s'engagea dans la rue qui menait chez eux. Elle vit la voiture de Lance garée devant la porte du garage. Elle rangea sa MG juste derrière, coupa le moteur puis posa son front brûlant contre le volant. Les deux heures qu'elle venait de passer à rouler sans but l'avaient calmée mais aussi vidée de toute son énergie. Elle attendit de reprendre des forces pour regagner la maison. Encore une fois, la porte s'ouvrit sur Lance qui l'attendait.

Il la dévisagea attentivement, comme s'il la voyait pour la première fois. Pas un trait ne bougeait sur son visage impassible.

Foxy soutint son regard sans ciller. Elle ignora la main qu'il lui tendait pour franchir le seuil, passa devant lui, et alla poser son appareil photo sur un des fauteuils de l'entrée. Elle pénétra dans le salon sans avoir ôté son manteau. Sans un mot, elle se dirigea vers le bar et se servit un fond de brandy qu'elle avala d'un trait. Sa décision était prise. Restait à la formuler.

Lance la regardait faire depuis le seuil où il se tenait, immobile. La pâleur des traits de sa jeune épouse l'alarma.

— Je suis descendu dans ta chambre noire pensant t'y trouver, commença-t-il. J'ai vu les photos que tu as faites. Elles sont extraordinaires, Foxy. *Tu* es extraordinaire. Tu me surprends chaque jour davantage.

Lorsqu'elle se tourna pour lui faire face, il pénétra à son tour dans la pièce.

— Je te dois une explication pour cet après-midi.

— Surtout pas ! riposta la jeune femme en posant son verre vide sur un petit guéridon. Tu m'as dit l'autre jour que ton métier ne me regardait pas. Je ne veux donc pas d'explication.

Lance fit un pas vers elle.

— Que veux-tu alors, Foxy ?

— Je veux divorcer, annonça-t-elle simplement.

Puis, sentant le nœud d'une émotion trop forte lui bloquer la gorge, elle enchaîna très vite :

— Nous avons fait une erreur, Lance, et plus vite nous la réparerons, mieux ce sera pour nous deux.

— Tu es sûre de vouloir divorcer ? demanda-t-il en la regardant droit dans les yeux.

Son regard insondable la fouillait au plus profond d'elle-même.

— Oui. Et si tu veux bien t'en occuper… Ce devrait être assez facile avec tous les avocats que tu as à ta disposition. Je ne te demanderai aucune compensation, bien sûr.

Lance ne dit rien et à son tour se dirigea vers le bar.

— Je te sers un autre verre ? demanda-t-il avec désinvolture.

— Volontiers, répondit-elle sur le même ton faussement léger.

Carafe en main, il la rejoignit et remplit son verre vide.

Dans un trait d'humour cynique, Foxy se demanda s'ils devaient trinquer à leur prochain divorce.

— Je refuse, déclara alors Lance.

— Comment cela, tu refuses ?

— Je refuse de divorcer, répéta-t-il patiemment. Mais y a-t-il autre chose que je puisse faire pour toi ?

Les yeux de Foxy s'écarquillèrent puis se plissèrent dangereusement.

— Tu ne m'empêcheras pas de te quitter, Lance ! Ma décision est prise, et rien ne m'arrêtera ! fulmina-t-elle en reposant violemment son verre sur une table basse.

— Nous verrons bien, rétorqua Lance avec flegme. Mais à ce petit jeu, je doute que tu sortes gagnante.

Il la rejoignit, posa son verre à côté du sien et, sans qu'elle s'y attende, prit sa tête entre ses mains, la forçant à le regarder dans les yeux.

— Je ne te laisserai pas partir, Foxy. Ni maintenant, ni jamais. Je te l'ai déjà dit, je suis un parfait égoïste. Je t'aime et je n'ai pas l'intention de me passer de toi.

Ivre de colère, la jeune femme tenta de le repousser de toutes ses forces.

— Comment oses-tu ? Comment oses-tu ne penser qu'à toi sans tenir compte de ce que je ressens ? En fait, tu ne m'aimes pas ! Tu ne connais même pas le sens de ce mot !

— Foxy, calme-toi, tu vas finir par te faire mal.

Il noua ses bras autour de la taille de la jeune femme et la souleva comme si elle était aussi légère qu'une plume. Elle ferma les yeux, refusant de le voir, furieuse de devoir céder sur tous les fronts.

— Lâche-moi, siffla-t-elle entre ses dents.

— M'écouteras-tu à la fin ? dit-il en resserrant son étreinte.

— Je n'ai pas vraiment le choix, que je sache !

— S'il te plaît, Foxy.

Elle fléchit, déstabilisée par la somme de douceur qu'il avait mise dans sa prière. Elle opina d'un léger hochement de tête. Lorsqu'il l'eut reposée à terre, elle s'approcha de la fenêtre et admira un instant le disque parfait de la lune.

— J'ignorais que tu devais venir sur le circuit aujourd'hui, commença Lance.

Foxy laissa échapper un petit rire amer et posa son front sur la vitre froide.

— Tu pensais qu'en ne me disant rien tu m'épargnerais ?

— Fox…

Le son de sa voix était si tendre à présent qu'elle se retourna vers lui.

— Je n'ai réfléchi à rien, lui expliqua-t-il. J'ai l'habitude de participer aux essais, c'est tout. Et je n'avais aucune idée de la souffrance que tu pouvais endurer avant de la lire sur ton visage.

— Cela fait-il une différence, de toute façon ?

— Fox, pour l'amour du ciel !

— Quoi ? N'est-ce pas une question *raisonnable* ?

Au comble de la nervosité, Foxy se mit à arpenter la pièce à grandes enjambées.

— Cela me semble pourtant à l'ordre du jour, reprit-elle. Parce que j'ai découvert quelque chose sur moi que j'ignorais : je n'accepterai jamais de passer au second plan dans ta vie.

Elle s'interrompit pour prendre une profonde inspiration.

— Il n'est pas question que je reste en retrait comme je l'ai toujours fait avec Kirk. J'ai besoin… j'ai besoin de quelque chose de permanent, de solide et de stable, comprends-tu ? J'ai attendu cela toute ma vie. Cette maison…

Elle fit un geste dérisoire de la main, censé exprimer ce qu'elle n'arrivait pas à formuler.

— Je voudrais tant qu'elle soit mon port d'attache ! Peu importe que nous la quittions régulièrement si nous devons y revenir. Je veux un foyer, Lance. Et des enfants. *Tes* enfants.

Elle s'interrompit, la voix tremblante d'émotion.

— Je veux tout cela, dit-elle en plongeant dans le regard de Lance.

Elle s'éloigna de nouveau, refoulant la boule qui se formait dans sa gorge.

— Quand je t'ai vu dans cette voiture cet après-midi, je ne peux pas t'expliquer ce que j'ai ressenti. C'est certainement stupide, mais c'est plus fort que moi, je n'arrive pas à me contrôler.

Elle pressa ses pouces sur ses tempes douloureuses.

— Je ne peux plus vivre dans cette terreur permanente. Je t'aime tant, Lance, que parfois je peux à peine croire que nous sommes mari et femme. Et même si je t'aime tel que tu es, je ne supporterai pas que tu reprennes les courses, je…

— Qu'est-ce qui te fait penser que je veuille recommencer à courir ? demanda-t-il d'une voix calme.

Foxy haussa légèrement les épaules.

— Tu me l'as fait comprendre le jour où j'ai appris que tu étais en train de concevoir une nouvelle voiture pour Kirk. De plus, je sais que c'est important pour toi.

— Tu m'as vraiment cru capable de te faire subir cela ? Alors, depuis ce jour, tu t'es mis cette idée dans la tête ?

Il s'approcha d'elle et posa les mains sur ses épaules.

— Ecoute-moi bien, Foxy. Courir ne m'intéresse plus. Mais si c'était le cas, j'y renoncerais par amour pour toi.

Il la secoua légèrement dans un geste qui se voulait affectueux.

— Comment pourrais-je envisager une telle éventualité quand je sais l'état dans lequel cela te met ? Tu n'as donc pas compris que tu passais avant tout ?

Elle ouvrit la bouche pour répondre mais il ne lui en laissa pas le temps.

— Non, probablement pas. Mais c'est ma faute. Sans doute n'ai-je pas été assez clair. Il est grand temps que je le sois, décida-t-il en laissant retomber ses bras le long du corps. Tout d'abord, j'ai profité de l'accident de Kirk pour te précipiter dans un mariage hâtif. Je le regrette. Non, laisse-moi terminer. Je te voulais désespérément et tu avais l'air tellement perdue ce soir-là ! A cause de mon égoïsme, tu n'as pas eu le beau mariage auquel tu avais droit. Mais, pour être honnête, j'avais peur que tu ne m'échappes, et puis je me disais que je me rattraperais plus tard.

— Lance, l'interrompit Foxy en lui caressant la joue, je me fiche d'avoir ou non un beau mariage.

Lance prit les mains de sa femme entre les siennes et les porta à ses lèvres.

— Si je t'avais offert un mariage digne de ce nom, insista-t-il, peut-être n'aurais-je pas été dévoré de jalousie à l'idée que tu avais passé l'après-midi avec Jonathan. C'est moi qui aurais dû être à sa place.

A son tour, il se mit à arpenter nerveusement la pièce.

— C'est difficile d'être patient lorsque l'on aime une femme depuis plus de dix ans.

— Pardon ? dit Foxy en s'asseyant maladroitement sur le bras d'un fauteuil. Qu'est-ce que tu viens de dire ?

Lance se tourna vers elle et lui adressa un petit sourire contrit.

— Si j'avais joué la carte de la franchise dès le début, nous aurions peut-être évité pas mal de problèmes. Je ne sais pas exactement à quel moment je suis tombé amoureux de toi, mais, du plus loin que je me souvienne, je l'ai toujours été.

— Pourquoi… pourquoi ne m'as-tu rien dit ? s'enquit Foxy, abasourdie par une telle révélation.

— Parce que tu étais trop jeune et que moi j'étais déjà un homme.

Il éclata de rire et passa une main dans ses cheveux.

— Kirk était mon meilleur ami. Si j'avais touché à un seul de tes cheveux, il m'aurait tué de ses propres mains. Tu le connais. Et en fait, ce soir-là, au Mans, si je n'arrivais pas à trouver le sommeil c'est parce que j'étais amoureux fou d'une adolescente de seize ans. Et si je me suis montré brutal avec toi, c'était tout simplement pour me protéger. T'éloigner de moi était la seule chose sensée à faire. Il fallait que je te laisse le temps de grandir, de vivre ta vie. Les six années que j'ai passées sans te voir ont été incroyablement longues. C'est à cette époque que je me suis lancé dans la conception des voitures de course et que je me suis installé dans cette maison. Je t'imaginais l'habitant avec moi, aucune autre femme que toi n'y avait sa place. Et même si des maîtresses ont jalonné ma vie, je n'ai jamais aimé que toi, Fox.

Foxy avala péniblement sa salive avant de demander :

— Lance, as-tu besoin de moi ?

— J'ai compris pas mal de choses ces derniers temps, dit-il en lui passant tendrement la main dans les cheveux. Moi qui me suis toujours moqué de ce que l'on pensait de moi, j'ai réalisé que ton opinion m'était très importante. Chaque jour, je découvre que tu m'es un peu plus indispensable. Je ne pourrais plus me passer de toi.

La jeune femme lui sourit, rayonnante d'un bonheur retrouvé.

— Je t'ai toujours aimé, Lance, même lorsque j'essayais de me l'interdire. Et te retrouver a été pour moi comme retrouver un port d'attache. Oh, mon amour ! Je veux que tu m'embrasses jusqu'à ce que je ne puisse plus respirer.

Il effleura ses lèvres d'un baiser puis frotta sa joue contre la sienne.

— Fox…

— Continue, murmura-t-elle. Je peux encore respirer.

Leurs bouches se prirent alors sauvagement, avides

l'une de l'autre. Lorsqu'elles se quittèrent, à regret, Foxy demanda à voix basse :

— Pourquoi nous sommes-nous comportés comme des idiots alors qu'il nous suffisait de parler ?

Lance frotta son nez contre celui de Foxy et lui sourit.

— Nous sommes de jeunes mariés, nous avons besoin de quelques ajustements.

Foxy se serra un peu plus contre lui, savourant ce moment d'exquise plénitude.

— Je me sens enfin ta femme, Lance. Et j'adore ça.

— Alors, en tant qu'épouse, tu as droit à une vraie lune de miel, décréta-t-il. A partir de ce soir et pendant quinze jours, tu peux considérer que je suis en vacances. Où aimerais-tu aller, ma chérie ?

— Je peux choisir n'importe quelle destination ?

— Bien sûr.

— Alors je choisis de rester ici, décida-t-elle en glissant ses mains sous le pull de Lance.

Sa peau douce et chaude sous ses paumes la fit frissonner de désir.

— Il paraît que le service y est parfait.

Elle chercha le téléphone à tâtons et lorsqu'elle l'eut trouvé passa le combiné à Lance.

— Tiens, appelle Mme Trilby et dis-lui que nous partons pour… les îles Fidji ! Et dis-lui aussi que nous ne serons de retour que dans quinze jours !

— Quel bonheur d'avoir épousé une femme aussi intelligente !

Il décrocha le combiné et le laissa négligemment tomber par terre.

— Mme Trilby peut attendre, décréta-t-il en embrassant Foxy. Que disais-tu à propos d'enfants… ?

Les yeux de la jeune femme s'ouvrirent pour se refermer aussitôt.

— Je disais…

— Combien en voudrais-tu, mon amour ?

— Je ne sais pas… Je n'y ai pas encore réfléchi, murmura-t-elle.

— Nous pourrions commencer par un. Et je propose que nous nous attaquions tout de suite à un projet aussi important. Qu'en penses-tu ?

— Que tu as entièrement raison, mon chéri, acquiesça Foxy dans un souffle.

# Dès le 1er février, 5 romans à découvrir dans la

collection NORA ROBERTS

**L'orgueil du clan - *Saga des MacGregor***

Si elle rêve parfois de changer sa vie d'un simple coup de baguette magique, Darcy Wallace ne croit pas pour autant aux contes de fées. Jusqu'au jour où, jouant ses derniers dollars dans une machine à sous d'un des plus grands casinos de Las Vegas, elle devient millionnaire… Une fortune qui lui offre enfin la liberté dont elle rêve. Mais c'est quand elle voit le directeur de l'établissement s'avancer vers elle que Darcy prend *vraiment* conscience que la chance a tourné pour elle. Car devant le regard sombre et pénétrant de Robert MacGregor, elle devine aussitôt qu'elle vient de faire la rencontre la plus importante de son existence. Mais elle devine aussi que pour avoir cet homme hors du commun dans sa vie, elle va devoir faire un pari plus fou encore que celui qu'elle a fait en entrant dans son casino...

**Un printemps à San Francisco**

Au cours d'une promenade sur les quais de San Francisco, Cassidy a la surprise de se voir aborder par un homme très séduisant, au physique époustouflant : Colin Sullivan, le célèbre peintre… et don Juan invétéré ! Celui-ci lui propose bientôt de poser pour lui quelques heures par jour pendant deux mois. Une offre inespérée pour Cassidy, qui pourrait ainsi gagner sa vie, tout en se consacrant à sa passion, l'écriture. Mais elle ne tarde pas à se rendre compte qu'elle a peut-être commis une erreur en acceptant. D'abord parce qu'il va lui falloir supporter la présence de l'associée de Colin, une femme très belle mais jalouse et antipathique, qui se montre tout de suite très hostile. Ensuite, parce qu'elle n'est pas sûre d'avoir la force de résister au désir que Colin lui inspire… Tout en sachant qu'elle ne sera pour lui qu'une conquête de plus. Et qu'il la chassera sans l'ombre d'un regret lorsqu'il aura terminé sa toile.

collection NORA ROBERTS

## Clair-obscur

*Ile de Cozumel, Mexique.*
Au cours d'une sortie en bateau qu'elle a organisée pour des touristes, Liz découvre avec effroi, au fond de l'eau, le corps sans vie d'un de ses employés, tué d'une balle dans la tête. Qui a pu commettre ce meurtre atroce ? Cette question angoissante la hante toujours lorsque, quelques jours plus tard, arrive sur l'île le frère jumeau de la victime, Jonas Sharpe, avocat à Philadelphie. Un homme sombre, déterminé, et visiblement prêt à tout pour découvrir la vérité. Un homme auprès de qui Liz ressent aussitôt un trouble déstabilisant.
Alors que son instinct lui dicte de rester en dehors de cette affaire qui pourrait se révéler très dangereuse, elle accepte à contrecœur de louer une chambre à Jonas le temps que durera son enquête, tout en se promettant de rester prudemment à distance. Mais quand elle comprend que le tueur semble désormais prêt à s'en prendre à elle, Liz n'a plus le choix : il va lui falloir faire confiance à Jonas...

## La rebelle amoureuse

Lorsqu'elle apprend qu'elle a été choisie pour accompagner en reportage une célèbre journaliste, Foxy est folle de joie : nul doute qu'elle pourra ainsi se faire un nom comme photographe ! Mais cette joie sans mélange fait place au trouble et à la confusion lorsque son travail l'amène à croiser le chemin de Lance Matthews… Lance, dont elle était follement amoureuse six ans plus tôt, alors qu'elle n'était qu'une jeune fille, avant de comprendre que ce séducteur représentait pour elle un trop grand danger. Aujourd'hui, alors qu'elle est devenue une femme, est-elle de taille à vivre la passion qu'il lui inspire, avec la même force que naguère ? Des doutes vite balayés lorsque Lance l'embrasse pour la première fois. Un baiser sensuel, enivrant, qui lui fait tout oublier. Oublier qu'il se lassera d'elle. Oublier que même s'il l'aimait vraiment, sa famille, une des plus anciennes et des plus fortunées de Boston, ne l'acceptera jamais en son sein…

collection NORA ROBERTS

***La Saga des Stanislaski* - *Tome 2* Un bonheur à bâtir**

*Natasha, Mikhail, Rachel, Alexi, Frederica, Kate : tous sont membres de la famille Stanislaski. De parents ukrainiens, ils ont grandi aux Etats-Unis. Bien que très différents, ils ont en commun la générosité, le talent, et l'esprit de clan. Et pour chacun d'entre eux, va bientôt se jouer le moment le plus important de leur vie.*

Sculpteur passionné au succès grandissant, Mikhail est l'artiste de la famille Stanislaski. Autant dire que rien ne le préparait à tomber sous le charme de Sydney Hayward, la femme d'affaires new-yorkaise sophistiquée et sûre d'elle avec laquelle il a rendez-vous… Et sa surprise ne fait que grandir lorsque la jeune femme accepte de lancer les travaux qu'il réclame depuis de longs mois pour l'immeuble de Soho où il vit. Cette décision est si inespérée qu'il renonce même à la détromper lorsqu'il comprend qu'elle le croit charpentier de métier, et qu'elle veut l'embaucher pour réaliser lesdits travaux ! Intrigué, subjugué, Mikhail décide de jouer de ce quiproquo pour apprivoiser la belle Sydney…

*A paraître le 1er janvier*

*Best-Sellers n°543* • suspense

**Le manoir du mystère - Heather Graham**

Quand l'agent Angela Hawkins accepte de devenir la coéquipière du brillant et séduisant enquêteur Jackson Crow, elle est loin d'imaginer ce qui l'attend. Tout ce qu'elle sait, c'est que la femme d'un sénateur est morte en tombant du balcon de l'une des plus belles demeures historiques du quartier français de La Nouvelle-Orléans. Et que, pour presque tout le monde, elle s'est jetée dans le vide, désespérée par la mort récente de son fils. Mais à peine Angela commence-t-elle son enquête avec Jackson dans l'étrange demeure du sénateur que l'hypothèse du suicide lui semble exclue. Guidée par son intuition et par des visions inquiétantes où elle voit la jeune femme en danger, Angela est en effet rapidement persuadée que dans l'entourage du sénateur, chacun est moins innocent qu'il n'y paraît. Mais de là à tuer ? Et pour quel motif ? Décidés à dévoiler la sombre vérité, Angela et Jackson vont non seulement risquer leur vie… mais, aussi, leur âme.

*Best-Sellers n°544 • suspense*

**Meurtre à Heron's Cove - Carla Neggers**

Lorsqu' Emma Sharpe est appelée d'urgence au couvent de Heron's Cove, sur la côte du Maine, c'est en partie en qualité de détective spécialisée dans le trafic d'œuvres d'art au sein du FBI, et aussi en raison des années qu'elle a elle-même vécues ici. Mais elle n'a pas le temps d'en savoir plus, car quelques minutes à peine après son arrivée, la religieuse qui l'a contactée est retrouvée morte. Pour unique piste, Emma doit se contenter de la disparition mystérieuse d'un tableau représentant d'anciennes légendes. C'est alors qu'elle découvre, stupéfaite, que sa famille n'est pas étrangère à l'histoire de cette toile. Se pourrait-il qu'il y ait un lien entre ce vol, le meurtre et son propre passé ? Emma ne sait où donner de la tête. Heureusement, elle peut compter sur la précieuse collaboration de Colin Donovan, un agent secret du FBI solitaire et mystérieux. Même si elle conserve une certaine méfiance vis-à-vis de cet homme qui se moque des règles et semble n'en faire qu'à sa tête. Lancée dans une folle course contre la montre, elle s'immerge avec Colin dans un héritage fait de mensonges et de tromperies. Sans savoir qu'un tueur impitoyable les a déjà dans sa ligne de mire.

*Best-Sellers n°545 • thriller*

**Dans l'ombre du bayou** - Lisa Jackson

Lorsque Eve Renner accepte en pleine nuit le mystérieux rendez-vous fixé par Roy, son ami d'enfance, dans un cabanon du bayou, non loin de La Nouvelle-Orléans, elle n'imagine pas qu'elle met le pied dans un véritable guet-apens. Car elle découvre son ami poignardé, le chiffre 212 tracé sur un mur en lettres de sang. Pis encore : Cole, son fiancé, se trouve sur les lieux du crime et tente de la tuer elle aussi... Trois mois plus tard, Eve se remet difficilement de la trahison de Cole, qu'elle aime depuis toujours. Devenue amnésique, elle ne comprend pas ce qui a pu se passer lors de cette nuit de cauchemar. Jusqu'à ce qu'un mystérieux courrier l'incite à chercher dans ses souvenirs d'enfance. Et c'est là que se dissimule non seulement le secret du meurtre de Roy, mais aussi la clé d'autres mystères, plus troubles, plus dangereux encore...

*Best-Sellers n°546 • thriller*

**Face au danger** - Brenda Novak

Traumatisée par la violente agression dont elle a été victime trois ans auparavant, Skye Kellermann a mis du temps à surmonter ses angoisses. Ce n'est que depuis peu qu'elle reconstruit son existence autour de l'association d'aide aux victimes qu'elle a créé en Californie avec deux amies. Mais quand elle apprend que son agresseur est sur le point d'être libéré pour bonne conduite, bien avant la fin de sa peine, toutes ses peurs ressurgissent brutalement : comment oublier que c'est son propre témoignage qui a permis d'envoyer cet homme derrière les barreaux ? Lui n'a certainement pas oublié qu'il a tout perdu par sa faute. Le temps presse et Skye n'a qu'une solution : faire ce qu'il faut pour qu'il ne sorte pas de prison, en commençant par prouver son implication dans trois affaires de meurtres survenues à l'époque de son agression, et qui n'ont jamais été résolues... Heureusement, elle peut compter sur l'aide et le soutien inconditionnel de l'inspecteur David Willis, qui est venu la trouver. Car lui aussi en est convaincu : Burke n'en restera pas là.

*Best-Sellers n°547 • roman*

**Le secret d'une femme** - Emilie Richards

Lorsqu'elle arrive à Toms Brook, le village natal de sa mère, en Virginie, Elisa Martinez sait que ce qu'elle est venue chercher ici pourrait bien bouleverser sa vie à tout jamais. Aussi courageuse que farouche, elle a appris à cacher derrière une apparente réserve les lourds secrets de son passé. Un passé qui l'a toujours contrainte à fuir de ville en ville, à changer de nom, à taire tout ce qui pourrait la trahir. Pourtant, quand Sam Kincaid lui propose de travailler avec lui, elle sent qu'il lui sera difficile de ne pas ouvrir son cœur à cet homme séduisant et attentionné. Bientôt prise au piège de son attirance pour Sam, Elisa se retrouve déchirée entre la nécessité de protéger ses secrets et le désir de vivre cet amour qu'elle n'attendait plus – un amour qui pourrait bien être la promesse d'une vie nouvelle...

*Best-Sellers n°548 • roman*

**Un si beau jour-** Susan Mallery

Vivre enfin ses rêves. C'est le souhait le plus cher de Jenna lorsqu'elle retourne s'installer à Georgetown, dans sa famille, après un divorce douloureux et une vie professionnelle décevante. Aussi, sur un coup de tête, décide-t-elle de lancer un concept innovant : une boutique dans laquelle elle proposera à la fois des accessoires et des cours de cuisine. Une entreprise qui s'avère rapidement être un véritable succès. Mais à peine Jenna retrouve-t-elle sa sérénité et sa joie de vivre, qu'un couple de hippies, Serenity et Tom, débarque dans son magasin et se présente comme ses parents naturels. Bouleversée, Jenna s'insurge contre cette arrivée intempestive. D'autant plus que celle qui prétend être sa mère ne tarde pas à se mêler de sa vie privée. C'est ainsi qu'elle lui présente Ellington, un ostéopathe, certes séduisant, mais qu'elle n'a nullement l'intention de fréquenter ! Et pour couronner le tout, son ex-mari tente désormais de la reconquérir… Submergée par ses émotions, Jenna doute : peut-elle croire à une seconde chance d'être heureuse ?

*Best-Sellers n°549 • historique*

**La rebelle irlandaise -** Susan Wiggs

*Irlande, 1658.*

Lorsque John Wesley s'éveille sous un soleil brûlant, sur le pont d'un bateau voguant au beau milieu de la mer, il peine à croire qu'il est vivant. Autour de son cou, il sent encore la brûlure de la corde… Il aurait dû être exécuté pour trahison, alors pourquoi l'a-t-on épargné ? C'est alors qu'une voix s'élève au-dessus du vacarme des flots : Cromwell, l'homme qui a ordonné son exécution avant de lui offrir un sursis inespéré... Aussitôt, John comprend que son salut ne lui a pas été accordé sans conditions : s'il veut rester en vie et récupérer sa fille de trois ans que Cromwell retient en otage, il doit se rendre en Irlande et infiltrer un clan de rebelles pour livrer leur chef aux Anglais. Une mission simple en apparence, à condition de ne pas tomber sous le charme de la maîtresse des rebelles, la ravissante Catlin MacBride…

*Best-Sellers n°550 • historique*

**Les amants ennemis -** Brenda Joyce

*Cornouailles, 1793*

Fervente opposante à la monarchie, Julianne suit avec passion la tempête révolutionnaire qui s'est abattue sur la France. Et de son Angleterre natale, où les privilèges font loi, elle désespère de voir la société évoluer un jour. Aussi se réjouit-elle quand, au beau milieu de la nuit, un Français blessé débarque au manoir familial de Greystone et lui demande son aide. Julianne ne tient-elle pas là l'occasion rêvée d'apporter sa modeste contribution au mouvement qu'elle soutient ? Et puis, elle rêve d'en apprendre davantage sur le fascinant étranger qui l'a envoûtée dès le premier regard. Mais Julianne est loin de se douter que l'arrivée du mystérieux Français à Greystone ne doit rien au hasard…vivre sous son toit pendant trente jours…

Composé et édité par les

*éditions* HARLEQUIN

Achevé d'imprimer en France (Malesherbes)
par Maury-Imprimeur
en janvier 2013

Dépôt légal en février 2013
N° d'imprimeur : 178403